COLLECTION
FOLIO DOCUMENTS

Thierry Wolton

Le KGB au pouvoir

Le système Poutine

Gallimard

Pour Natacha Dioujeva (1949-1990),
qui m'a aidé à comprendre.

Retour sur le KGB

Je ne pensais pas revenir de sitôt sur le Comité de sécurité de l'État, plus connu sous son sigle KGB. Après plusieurs livres consacrés aux méthodes de subversion de la police secrète et des services de renseignement soviétiques, j'avais fini par délaisser ce champ d'investigation depuis une bonne décennie, faute d'éléments nouveaux[1]. L'effondrement de l'URSS et la disparition des pays communistes d'Europe auraient dû faire du KGB un sujet d'histoire qui, pour être renouvelé, a besoin d'archives inédites, de faits inconnus, de données originales. Ayant beaucoup séjourné dans la Russie postsoviétique des années 1990, à la recherche d'informations sur le sujet justement, j'ai vu le filon se tarir. Le pays a vécu une brève ouverture de ses dossiers secrets, peu après

1. Les ouvrages en question sont *Le KGB en France* (1986), *Les Visiteurs de l'ombre*, écrit en collaboration avec Marcel Chalet (1990), *Le Grand Recrutement* (1993), et *La France sous influence* (1997), tous publiés chez Grasset.

la chute du système, mais ils se sont vite refermés pour nimber, de nouveau, le KGB de mystère.

À l'époque, je me suis douté que la (re)mise au secret des documents à peine dévoilés signifiait que la police secrète reprenait du pouvoir en coulisses. J'étais loin d'imaginer à quel point c'était vrai. Le Comité de sécurité de l'État a changé de nom (il s'appelle désormais Service fédéral de sécurité, FSB), l'URSS a disparu et le communisme n'est plus l'idéologie officiellement professée par la Russie ; il n'empêche, ce sont bien les hommes du KGB, en tout cas leurs héritiers directs, qui dirigent désormais à Moscou. Il ne s'agit plus de l'histoire mais d'un présent ô combien réel.

En une décennie, entre 1990 et 2000, la Russie a connu des bouleversements inouïs. Ce pays est passé d'un système communiste dirigé par Gorbatchev au régime autocratique que nous connaissons aujourd'hui avec Poutine, après une phase de transition menée par Eltsine, où le Kremlin s'est essayé au capitalisme et à la démocratie sans y parvenir. Cet ouvrage retrace ces événements pour tenter d'en comprendre la logique, l'intelligence même — terme approprié quand on a affaire à des professionnels du renseignement, qui sont les acteurs principaux de cette saga.

Le KGB et son successeur, le FSB, sont au centre de ce récit. Ils en sont le fil conducteur. Cela n'a rien à voir avec une vision policière de ma part, même s'il est facile, mais dangereux, de céder à cette tentation lorsqu'on s'intéresse aux coulisses de l'histoire. À l'époque de l'URSS, le KGB constituait l'ossature, le squelette sur lequel reposait le système. Son rôle s'est accentué à mesure que le régime communiste s'est délité avant de s'effondrer. Les responsables des services secrets furent les premiers à comprendre que l'avenir de l'Union soviétique était compté, ils ont été aux avant-postes pour proposer des réformes, mais à l'arrière-scène pour les mettre en œuvre. Avec la glasnost et la perestroïka, Mikhaïl Gorbatchev a appliqué le programme que le Comité de sécurité avait mis au point avant qu'il devienne le numéro un soviétique. Ce plan a échoué quand le processus de modernisation a échappé à ces apprentis réformateurs pour des raisons que j'explique. Le KGB a voulu sauver l'URSS, mais il a perdu le régime soviétique avec l'arrivée de Boris Eltsine au pouvoir, un électron libre, pour peu de temps néanmoins.

Tout au long de la décennie 1990, la Russie a semblé sombrer dans un grand désordre qui fut pourtant le seul moment de liberté que ce pauvre pays et son peuple ont connu en un siècle. Les hommes du KGB en ont profité pour avancer leurs pions, pour circonvenir la fragile « démocratie » russe, pour se rendre indispensables dans l'anarchie ambiante. Il leur fallait récupérer le pouvoir qu'ils avaient perdu avec la chute de l'Union soviétique, en 1991. Cette restauration, Poutine l'a menée sans état d'âme à l'aide des instruments redoutables dont le KGB disposait toujours. La reprise en main s'est effectuée dans le sang et dans les larmes ; rien ne pouvait arrêter ces hommes dans leur volonté de reconquête.

Les événements dramatiques que la Russie a connus pendant toutes ces années n'auraient rien de vraiment inquiétant s'ils s'étaient déroulés dans une quelconque république bananière d'Amérique centrale. Mais tout cela a eu lieu dans le plus grand pays du monde, doté d'un potentiel de matières premières exceptionnel, et qui se trouve être, de plus, notre voisin. On ne peut rester indifférent à ce qui s'y est passé, encore moins à ce qu'il est en train de devenir. La Russie a été emportée dans un tourbillon d'intrigues, inondée sous une tornade de milliards de dollars, victime d'une bourrasque de violences à cause d'enjeux plus financiers que politiques. En cela, les temps ont vraiment changé. Hier, les hommes du KGB combattaient au nom d'une idéologie à laquelle ils ne croyaient peut-être plus mais qu'ils avaient faite leur. Les héritiers se battent pour conserver des privilèges inimaginables pour la plupart d'entre nous. Ils détiennent entre leurs mains davantage de moyens que n'en eut jamais le Comité de sécurité de l'État, même aux heures les plus noires de la terreur stalinienne. Maintenant qu'il est le pouvoir à lui tout seul, le KGB/FSB n'a de comptes à rendre à personne.

C'est pour mettre au jour le pourquoi et le comment de cette extraordinaire montée en puissance que j'ai repris la plume à ce sujet.

KGB, FSB et consorts

Les services secrets de l'Union soviétique ont eu plusieurs noms au fil de leur histoire, Tcheka, Guépéou, NKVD... Le sigle KGB, apparu en 1954, est employé ici au sens générique pour faciliter la lecture. Il recouvre aussi bien les anciennes appellations du service que celles des autres organisations comme le GRU, le renseignement militaire. La remarque vaut pour le FSB, son nouveau nom depuis l'effondrement de l'URSS fin 1991, qui doit être compris dans une acception large, englobant notamment le Service de renseignement extérieur, le SVR. Ces structures de force, comme disent les Russes, peuvent encore être désignées comme les « Organes » ou bien la Loubianka — du nom de la place où se dresse le siège de l'ex-KGB —, termes dont la signification est donnée dès le premier emploi. Les fonctionnaires de ces services sont communément appelés tchékistes ou *siloviki,* ainsi qu'il est expliqué dans le cours du récit. L'ensemble de ces dénominations importe peu au fond. Il suffit de savoir que toutes ces organisations désignent la nébuleuse des services secrets aujourd'hui au pouvoir à Moscou, que leurs membres appartiennent au clan qui dirige désormais la Russie.

Première partie

LE KGB ENTRE EN JEU

Quand l'idée est-elle venue au KGB de prendre le pouvoir ? Difficile de le préciser, ce projet a sans doute pris corps au gré des circonstances plus qu'il n'a résulté d'un plan secret élaboré par quelques cerveaux de la Loubianka[1]. Les déficiences du Parti communiste, la crise économique ou encore les désillusions du peuple sur le bonheur socialiste ont dû jouer autant que l'ambition de la police secrète à vouloir s'emparer des commandes pour sauver le régime soviétique. Il fut bien question d'un « plan Chelepine », du nom du patron du KGB dans les années 1958-1961, mais jamais aucune preuve n'a été apportée sur son existence. C'est Anatoli Golitsyne, un célèbre transfuge, passé à l'Ouest au début des années 1960, qui l'évoqua pour la première fois. Cet ancien « résident » (chef) du KGB à Helsinki fit de nombreuses révélations à la CIA sur la pénétration

1. Nom du siège du KGB à Moscou.

soviétique dans les démocraties, et permit l'arrestation de plusieurs espions de haut niveau aux États-Unis et en Europe. Golitsyne a également sensibilisé les services secrets occidentaux sur le rôle nouveau joué par le KGB après la mort de Staline, en 1953. Selon lui, sa mission consistait désormais à tromper l'Occident sur une possible démocratisation du système communiste dans l'intention d'endormir la méfiance des pays capitalistes et d'obtenir, en retour, l'aide économique nécessaire au sauvetage de l'URSS. En résumé, le « plan Chelepine » aurait été une vaste entreprise de désinformation cherchant à faire apparaître l'Union soviétique comme un pays fréquentable dont la sauvegarde garantissait la paix dans le monde. Pour certains, ces révélations apportaient la preuve que la détente, prônée par Khrouchtchev puis par Brejnev dans les années 1960-1970, était un attrape-nigaud destiné à servir les intérêts de l'URSS. Plus tard, d'autres y ont vu un décryptage de la perestroïka lancée par Gorbatchev, à la fin des années 1980, dont les réformes auraient eu pour but de convaincre les riches démocraties de renflouer les caisses du pays. Tout cela, on le sait, s'est soldé par la chute du communisme.

Alexandre Chelepine puis son successeur, Vladimir Semitchasny, ont, c'est certain, réussi à transformer l'image du KGB, ce qui a eu des conséquences considérables sur la suite des événements. Sous leur direction, une véritable inversion de sens s'est faite, dont les conséquences se font toujours sentir. Grâce à eux, le bourreau tchékiste[1] au service de la terreur stalinienne s'est mué, en apparence tout au moins, en un fonctionnaire ouvert, policé, soucieux de l'avenir de son pays et du bien-être du peuple, le symbole même de l'humanisme à la mode soviétique. Cette conversion répondait aux besoins politiques de l'époque sans pour autant que la mission dévolue au KGB change. À la mort de Staline, une nouvelle ère totalitaire commença, plus civilisée, où le meurtre de masse devait laisser la place au meurtre de l'âme, la gouvernance des esprits se substituant au gouvernement par la peur. À l'heure de la déstalinisation, la persuasion, l'endoctrinement plus exactement, a paru plus performante que la seule terreur pour bâtir l'*Homo sovieticus.* Dans ce but, les organes répressifs[2] furent invités à abandonner leurs manières trop brutales pour offrir un visage plus avenant, sans relâcher l'étau sur la société. Pour que la mutation réussisse, il fallait, dans un premier temps, faire oublier le sang qui tachait les mains de ces hommes, faire passer pour pertes et profits du socialisme les répressions massives, les millions d'exécutions sommaires, les déportations, les famines organisées, les tortures dont

1. Fonctionnaire de la Tcheka, la première police secrète bolchevique créée en décembre 1917 par Felix Dzerjinski. De nos jours, les membres du FSB (nouvelle appellation du KGB depuis 1991) continuent de s'appeler « tchékistes » entre eux.

2. Hier comme aujourd'hui les Russes disent les « Organes » pour désigner la police secrète.

la police secrète avait été l'impitoyable exécutrice. Au fond, le KGB resterait la police politique, le corps d'élite et le service d'espionnage qu'il avait toujours été — un mixte de la Gestapo, des SS et de l'Abwehr nazi, pour prendre des références qui parlent —, mais la forme de son travail devait changer. La première phase de l'opération a réussi. L'amnésie a fait le lit de la bonne conscience au point qu'à ce jour aucun fonctionnaire de la Loubianka n'a encore exprimé le moindre remords d'appartenir à une corporation coupable d'avoir commis d'innombrables crimes contre l'humanité.

Depuis Chelepine, les Organes et le pouvoir en général, quels qu'aient été les bouleversements qu'a connus la Russie entre-temps, ont cultivé cette amnésie en contrôlant le passé pour ne pas devoir rendre de comptes au présent. Sous Gorbatchev, en 1987, le numéro deux du KGB, Filip Bobkov, spécialiste de la « chasse » aux dissidents, proposa de « réaliser une publication spéciale d'une partie des archives pour aider le Parti communiste à former une opinion publique saine et pour permettre à la société de mieux comprendre nos actions, pour convaincre les travailleurs de leur nécessité ». Sous Eltsine, en 1991, une loi sur la réhabilitation des victimes de la terreur stalinienne fut votée mais lorsque, un an plus tard, un épais dossier fut remis à la Cour constitutionnelle pour juger de l'action du PC et du KGB dans ces crimes, le juge considéra ces documents

« antédiluviens ». Il regretta les faits mais évita toute condamnation. Sous Poutine, en 2002, quand furent découverts, non loin de Saint-Pétersbourg, les ossements de trente mille victimes des purges, fusillées par la police secrète, l'armée dynamita l'accès au site, les fouilles furent interdites et la Loubianka prétendit ne détenir aucun document relatif à ce charnier.

Andreï Sakharov, le célèbre dissident disparu en 1989, avait prédit que l'on reconnaîtrait les victimes du communisme mais pas les coupables. Ce n'est même plus le cas aujourd'hui. Dès son entrée en fonctions, Vladimir Poutine déclara que « la disparition de l'Union soviétique avait été la plus grande catastrophe de l'histoire russe ». Depuis, l'hôte du Kremlin a cherché à réhabiliter l'ancien régime, y compris dans ses pires travers, le stalinisme. Une majorité de Russes (53 %) a désormais une opinion favorable du dictateur. Les jeunes, eux, idéalisent celui qu'on appelait le « père des peuples ». Les livres scolaires qui le présentent comme le sauveur de la patrie face à Hitler escamotent ce que fut la réalité de son règne. La dissimulation des crimes communistes, la négation de l'essence totalitaire du régime soviétique, ce refus de regarder en face l'histoire, ont favorisé l'émergence d'un État du KGB. Il s'agit là d'un lointain héritage de Chelepine.

Exempté de son passé criminel, le tchékiste pouvait devenir un fonctionnaire respectable. Ce fut le sens profond des réformes entreprises par

Alexandre Chelepine. Ancien responsable des Jeunesses communistes, les Komsomols, il alla puiser dans ce vivier pour renouveler les cadres du KGB. De jeunes fonctionnaires du Parti reçurent leurs habits de tchékiste *new-look* pour devenir ces « travailleurs de l'idéologie » dont avait besoin le pouvoir sur le front de l'endoctrinement/encadrement de la population. « Les tchékistes peuvent regarder dans les yeux le Parti et le peuple soviétique avec la conscience limpide », affirma Chelepine en quittant son poste en 1961. Son successeur, Vladimir Semitchasny, issu comme lui des Komsomols, poursuivit la même politique. Devenue une institution « honorable », la Loubianka attira de nombreux diplômés de l'enseignement supérieur, ce qui finit par « intellectualiser » le KGB : en 1970, 51 % de ses officiers avaient une formation universitaire ; en 1987 ils étaient 88 %. Les tchékistes se sont mis à incarner l'élite du régime, ce qui fit dire à des soviétologues occidentaux, en un parallèle douteux, que le KGB représentait en URSS ce que l'ENA est à la République française.

À l'origine, le KGB était considéré comme le bras armé du Parti, mais sa mutation dans la période poststalinienne cessa d'en faire un simple supplétif du pouvoir politique. La symbiose voulue entre le PC et la police secrète, dans les années 1960-1970, aboutit à une confusion des rôles au point qu'on ne sut plus qui commandait quoi, même si, dans la culture (communiste) du pouvoir, le Parti devait continuer à avoir le dernier mot. La politique de brassage des cadres fut à l'origine de nombreux liens et passerelles entre les appareils du Parti, de l'État et du KGB, laissant peu à peu la direction du pays à une oligarchie « partito-tchékiste ». L'arrivée de Iouri Andropov à la Loubianka, en 1967, a consacré la confusion entre ces deux autorités, le PC et le KGB, et marqua une étape décisive dans la prise de conscience des tchékistes sur la nécessité de réformer le système. Secrétaire du Comité central chargé des « pays frères », Andropov reçut pour mission de garder la sécurité de l'État sous le contrôle de l'appareil du Parti. Son règne fut plutôt une longue marche du KGB vers le sommet, en vue d'une prise totale du pouvoir politique. En 1973, Andropov devint membre de plein droit du Bureau politique, l'instance suprême du pouvoir. En 1977, la participation des citoyens à la sécurité de l'État fut inscrite dans la constitution au même titre que le service militaire. Un an plus tard, un décret libéra le KGB de sa subordination au Conseil des ministres pour dépendre désormais du seul Bureau politique. Le Parti et la police secrète allaient opérer comme deux départements d'un même organisme ; les hommes de la Loubianka cessaient d'être des flics au service du PC pour devenir l'exécutif de la direction du Parti. Les événements allaient ensuite se charger de convaincre les tchékistes, désormais aux portes du Kremlin, de franchir la dernière étape pour prendre les rênes du pays.

Les fils spirituels

Service de renseignement autant que police politique, le KGB se devait de savoir ce qui se passait hors d'URSS, pour contenir les visées de l'impérialisme, et à l'intérieur du pays pour surveiller « l'ennemi de classe », avec pour tâche d'en informer les dirigeants. Le Kremlin connaissait le monde extérieur, au-delà des frontières comme par-dessus les hauts murs de la citadelle, à travers le prisme de ce que lui rapportait le KGB. Les Organes pouvaient de la sorte manipuler les membres du Comité central et du Bureau politique, ce qui, dans l'univers clos soviétique, représentait un sacré pouvoir. Grâce à ses réseaux, externes et internes, la Loubianka était la seule structure capable de se faire une idée du rang de l'URSS dans le monde et de l'indifférence des peuples de l'Union quant aux félicités du communisme. Ces connaissances ont été déterminantes pour inciter les tchékistes à passer à l'action. Au plan mondial, le KGB savait que le pays était distancé par les puissances capitalistes dont la propagande officielle du Parti annonçait pourtant le déclin inéluctable. À l'intérieur, il connaissait la démoralisation des populations autant que la faillite de l'économie. Derrière quelques mises en scène du régime — succès de la conquête spatiale, parades militaires… —, l'URSS était un pays du tiers-monde comme la chute du communisme allait crûment le laisser voir. Dans cette deuxième puissance mondiale autoproclamée, un tiers des villes manquaient d'eau, 30 % des hôpitaux n'avaient ni canalisation ni eau chaude ; la moitié des écoles ignoraient le chauffage central et l'eau courante ; 53 % des élèves souffraient de problèmes de santé, dont un tiers de maladies chroniques ; 15 millions de Russes étaient atteints de troubles psychiques, etc. Avec une agriculture en faillite (la moitié des bovins stériles, un tiers de la production de céréales perdue), des industries obsolètes, des finances publiques au bord de la banqueroute, une corruption généralisée, l'Union soviétique était un pays en ruine. Le KGB le savait, le peuple le subissait, la nomenklatura continuait de prospérer. Cette situation ne pouvait plus durer. Pour les centaines de milliers de tchékistes qui profitaient du système, son effondrement aurait signifié la fin de leurs privilèges[1]. La Loubianka savait qu'elle était la dernière ligne de défense du régime, or son alliance stratégique avec le Parti n'avait de sens et de valeur que si leurs objectifs coïncidaient. Ce n'était plus le cas à la fin des années 1970, avec un Leonid Brejnev devenu impotent.

Il est difficile de comprendre la prise de conscience du KGB en cette époque dite de « stagnation », sans connaître le rôle joué par le complexe militaro-industriel dans le système soviétique. La mi-

1. Les effectifs du KGB ont toujours été un secret d'État. Sept cent mille officiers, deux cent mille gardes-frontière (service rattaché à la Loubianka) et 6 millions d'informateurs plus ou moins volontaires, sont les chiffres admis pour l'URSS des années 1980.

litarisation de l'économie et de la société a toujours été une caractéristique essentielle des régimes totalitaires du XXe siècle qui se considéraient en guerre perpétuelle contre le reste du monde. Ainsi, tout ce qui touchait à l'armée fut toujours déterminant dans les pays communistes. Après soixante ans de socialisme réalisé, l'URSS n'était plus un pays avec une armée, mais une armée avec un pays doté d'un complexe militaro-industriel hypertrophié : 65 % de la production était absorbée par l'industrie d'armement, un tiers des ouvriers y travaillaient, un habitant sur huit en vivait. Ce secteur écrémait ce que le régime pouvait offrir de meilleur, en hommes, en matières premières, en équipements. Tous les ministères étaient tenus d'exécuter en priorité les commandes émanant du complexe, les villes secrètes et les bases occupaient 42 millions d'hectares, 2 % de tout le territoire. Le KGB se trouvait au cœur de ce dispositif, à la fois pour le protéger et pour lui fournir la technologie nécessaire à son expansion, grâce à ses réseaux d'espionnage. Chaque année, la Commission pour l'industrie militaire, la VPK, émettait une liste d'équipements, de matériaux, de brevets dont avait besoin le complexe, à charge pour les organismes collecteurs, comme on les appelait, du KGB à l'Académie des sciences, du ministère du Commerce extérieur aux services de renseignement des pays frères, de remplir les objectifs assignés[1].

1. J'ai raconté ce pillage en détail dans *Le KGB en France* (Paris, Grasset, 1986).

Les élites du KGB et du complexe militaro-industriel ont été les premières à s'alarmer de la crise dans laquelle le pays s'abîmait. L'industrie militaire avait beau bénéficier du meilleur de l'économie soviétique, à tous les niveaux, celle-ci était si mal en point que ce secteur en souffrait aussi. Si la puissance de l'Armée rouge faisait encore illusion à l'étranger, tchékistes et militaires connaissaient, eux, ses faiblesses. Le pillage technologique ne suffisait plus à maintenir le complexe à flot, il fallait réformer le système, essayer de le rendre plus performant pour sauver l'empire. Dans la mentalité tchékiste, c'était un drame. Si l'URSS ne faisait plus militairement le poids face à l'impérialisme, si, qui plus est, elle n'était plus capable de gagner la compétition (voire la guerre) qui opposait le camp socialiste au camp capitaliste, alors c'est le KGB qui n'avait plus de raison d'être. En cela, les intérêts des Organes et du complexe militaro-industriel étaient liés.

La brise des réformes est venue de l'étranger proche, de ces pays de l'Est qu'avait longtemps chapeautés Andropov pour le compte du Parti soviétique avant de diriger le KGB. La Pologne d'Edward Gierek, la Hongrie de János Kádár, même la Tchécoslovaquie d'Alexander Dubcek qui fut, pourtant, remise au pas en 1968, avaient montré la voie. Prague justement, où siégeait la revue *Problèmes de la paix et du socialisme,* constituait un excellent poste d'observation. C'est au sein de la rédaction de ce périodique qu'allaient se recruter quelques-unes des « têtes pensantes » de la perestroïka lancée plus tard par Gorbatchev, les Iouri Arbatov, Gueorgui Chakhnazarov, Alexandre Bovine et autres Egor Iakovlev. Le département international du PC, dirigé par Boris Ponomarev, constitua l'autre vivier des « réformateurs » autour d'Anatoli Tchernaïev et de Vadim Zagladine. S'ajoutèrent à ce groupe un soupçon d'académiciens plus quelques directeurs d'institut directement en cheville avec les Organes. Ce petit monde se mit à réfléchir à des modèles alternatifs et aux moyens nécessaires pour rendre le système plus rationnel, allant jusqu'à s'exprimer dans des publications intellectuelles rédigées dans un langage sociologique sophistiqué pour un public restreint. Les « intellectuels » du KGB, qui formaient désormais le gros des troupes, surveillaient cette effervescence sous l'œil bienveillant d'Andropov. Tous étaient d'accord sur le constat : le Parti constituait l'obstacle principal à une amélioration du système. L'omnipotence de ses membres, la corruption qui y régnait, la crispation de la nomenklatura sur ses privilèges, empêchaient l'ouverture, paralysaient les initiatives, bloquaient jusqu'aux velléités de réformes. Le secrétaire à l'Idéologie, le vieux Mikhaïl Souslov, verrouillait le système et veillait à ce que rien ne change, en parfait gardien du temple.

Le début de l'offensive du KGB en direction du pouvoir a commencé en janvier 1982, après la mort de Souslov précisément. Jusqu'alors, un accord entre le PC et la Loubianka voulait que les communistes n'aient pas à craindre les foudres de la police secrète. Entre nomenklaturistes, ces pratiques ne devaient pas avoir lieu. Mikhaïl Souslov à peine enterré, Andropov lâcha ses sbires contre les dirigeants du Parti les plus corrompus. Le KGB était coupable de bien des péchés, mais il figurait parmi les rares institutions soviétiques encore relativement honnêtes. La corruption, par exemple, était moins présente dans les régions à forte implantation militaire, là où la vigilance des Organes était renforcée. Le tchékiste devait donner l'exemple, ce qui explique sans doute son mépris pour les dépravés du Parti. Dès que la chasse aux abus fut ouverte par Andropov, le KGB s'en donna à cœur joie, comme en témoigna le climat délétère qui marqua la fin du règne de Leonid Brejnev. Les « affaires » se succédèrent : mise au jour d'une filière de fausses ventes de coton ouzbek avec arrestation du premier secrétaire du parti de la région ; mise en accusation du ministre de l'Intérieur pour corruption ; mise en cause de la fille du secrétaire général dans un trafic de diamants ; suicide du gendre de Brejnev ; ouverture d'une instruction contre l'un de ses amis. L'étau se resserra autour du Kremlin. L'offensive fragilisait l'appareil du Parti et renforçait le pouvoir de la Loubianka. À la mort de Brejnev, fin 1982, il était logique qu'Andropov hérite de sa charge.

L'arrivée du patron du KGB au Kremlin a permis d'entrevoir le savoir-faire de la Loubianka en matière de manipulation de l'opinion publique. Ce qui s'est dit à ce moment-là dans les médias a donné corps aux révélations faites par Golitsyne vingt ans plus tôt sur la désinformation. L'avalanche d'articles, de reportages, de commentaires qui saluèrent aux quatre coins du monde le nouveau secrétaire général, décrit unanimement comme un homme ouvert, plein d'humanisme même, parce qu'il aurait été amateur de whisky et de jazz, a montré que le KGB savait sur quelles cordes jouer pour plaire à l'étranger. Le « bon » Andropov n'avait pourtant aucune intention de démocratiser le système. Il voulait plutôt remettre l'Union soviétique sur le droit chemin du socialisme, rétablir l'ordre et la discipline communiste, promouvoir le travail honnête, mettre fin à l'alcoolisme (fléau national), faire la chasse aux pots-de-vin. Avec une foi toute bolchevique, il pensait amener le Parti à se purifier aux côtés du KGB chargé, quant à lui, de veiller à l'orthodoxie idéologique. Sa santé fragile eut raison de ses ambitions, mais son court passage au Kremlin (quinze mois) lui permit de promouvoir à la tête du Parti et de l'État des hommes qui se chargeraient de poursuivre son œuvre : Mikhaïl Gorbatchev, Egor Ligatchev, Alexandre Iakovlev, Nikolaï Ryjkov, tous futurs hérauts de la glasnost et de la perestroïka, vieux concepts léninistes qui allaient faire florès en URSS et dans le reste du monde.

La filiation entre Andropov et Gorbatchev est certaine. Dans ses *Mémoires*, ce dernier se présente comme son disciple : « Dans la classe politique de notre pays, il n'y avait aucun autre responsable avec lequel j'étais depuis si longtemps et si étroitement lié et auquel je devais être tellement reconnaissant qu'Andropov[1]. » Vladimir Krioutchkov, qui fut le plus fidèle collaborateur du maître du KGB dans les années 1970, précisa : « Je crois qu'Andropov et Gorbatchev ont eu la même position, la même idéologie et peut-être aussi la même méthodologie pour résoudre les problèmes[2]. » Originaires l'un et l'autre de Stavropol, dans le Caucase, leur complicité était née au début des années 1970 et l'on sait qu'Andropov joua de son influence auprès de ses pairs du Bureau politique pour y faire entrer son poulain, dans l'intention d'en faire son successeur. Sa disparition prématurée a juste retardé l'exécution du plan. Après le court interrègne de Konstantin Tchernenko, un vieillard plus rassurant pour les gérontes du Kremlin, Gorbatchev fut nommé secrétaire général du Parti communiste, en mars 1985. Avec lui au Kremlin, les tchékistes allaient avoir les coudées franches pour sauver le régime. « Dès 1985, le KGB comprit clairement que l'URSS ne pouvait plus se développer sans la perestroïka », raconta plus tard le numéro deux de la Loubianka, Filip Bobkov[3].

1. Paris, Éd. du Rocher, 1997.
2. *L'Unita*, 19 août 1989. À l'époque de cette interview, Krioutchkov était le nouveau patron du KGB, choisi par Gorbatchev un an auparavant.
3. *Nezavissimaïa Gazeta*, 28 décembre 1990.

La prise du pouvoir

Dans le système soviétique, tous les fonctionnaires du KGB étaient membres du Parti. Ils prouvaient par là leur fidélité et leur obéissance au régime. Il n'y avait pas d'opposition entre la Loubianka et la Vieille Place, le siège des instances dirigeantes du PC, mais une complémentarité. Au Parti la conception de la politique, au KGB son exécution. Avec Andropov, et plus encore sous Gorbatchev, le Parti s'est inspiré des idées développées par les cercles de réflexion du KGB dans le but de sauver le système. Les rôles se sont inversés, les Organes ont pris l'initiative alors qu'ils étaient restés, jusqu'à présent, les exécutants de la ligne officielle. En cela on peut parler d'une prise du pouvoir, même si le monopole du PC ne fut pas tout de suite remis en cause.

Conscient de l'attrait qu'exerçait de plus en plus l'Occident capitaliste sur des populations paupérisées par soixante années de socialisme, Andropov aurait souhaité améliorer le niveau de vie avant de permettre que la société s'entrouvre. Gorbatchev voulait suivre le même objectif, installer une « économie socialiste de marché » pour édifier une société communiste prospère et efficace. En ce sens, il se situait dans la tradition des dirigeants léninistes qui croyaient en la force de l'idéologie pour transformer la réalité. Dans un livre expliquant sa politique, il précisa que ses réformes se comprenaient comme une continuation de la révolution de 1917[1]. « La perestroïka était la seule voie qui permettait d'aller du bolchevisme vers l'avenir », dit par la suite Alexandre Iakovlev, l'un de ses principaux idéologues[2]. Il ne faut pas se méprendre sur le sens des événements qui ont marqué la fin de l'Union soviétique : l'équipe arrivée au pouvoir en 1985 avec Gorbatchev à sa tête était composée de communistes convaincus qu'ils réussiraient à redresser le pays. Leur échec fut l'ultime avatar du léninisme.

La perestroïka a suivi deux voies, l'une politique, l'autre économique, desquelles le KGB est sorti renforcé, preuve si besoin était de l'intérêt qu'avaient les tchékistes à initier le nouveau cours. Dès lors que le Parti communiste a commencé à faire les frais du changement, les Organes qui constituaient l'ossature du système soviétique se sont fortifiés pour que le régime puisse se maintenir. Tout a fini par s'effondrer quand la Loubianka, une fois en première ligne, n'a plus fait illusion, et que le cours des événements échappa à ses dirigeants. Le KGB s'est condamné lui-même à perdre en voulant trop gagner. Gorbatchev et ses hommes pouvaient-ils pour autant réussir leur pari ? C'est peu probable. Ils ont multiplié les tentatives de sauvetage du régime, s'engageant dans

1. *Perestroïka, vues neuves sur notre pays et le monde*, Paris, Flammarion, 1987.

2. David Pryce Jones, *La guerre qui n'a pas eu lieu*, Paris, Grasset, 1996.

une fuite en avant, un peu comme des aérostiers qui lâchent du lest dans l'espoir que leur ballon décolle. Seulement, l'URSS, elle, est restée clouée au sol faute d'être réformable.

La glasnost a été la première tentative de délestage du passé soviétique[1]. En rendant publique une (petite) partie de la réalité du pays, le nouveau pouvoir a cherché à mieux manipuler l'opinion. Gorbatchev voulait reprendre l'initiative sur le front de l'information qui avait été désertée depuis longtemps pour laisser la place à la propagande, si grossière, que personne n'y croyait plus. Si les Soviétiques souhaitaient savoir ce qui se passait réellement dans leur pays, ils devaient écouter les radios occidentales ou lire les rares samizdats de dissidents, au risque d'encourir les foudres du KGB. La glasnost a été un moyen pour le pouvoir de rétablir son monopole de l'information et de neutraliser l'influence occidentale. Elle fit même mieux en mettant les médias capitalistes au service du Kremlin, en les bombardant de rumeurs et d'événements qu'ils s'empressaient de répercuter, tant la fascination fut grande à l'Ouest pour ce « vent de liberté » qui semblait souffler à l'Est. Grâce à la glasnost, les idéologues du régime sont parvenus à dicter au reste du monde le cadre conceptuel dans lequel ils souhaitaient que l'on

1. *Glasnost* signifie « l'action de rendre public » et non « transparence » comme les médias occidentaux l'ont généralement traduit.

pense les réformes entreprises en faisant croire, par exemple, à des « résistances bureaucratiques », en mettant en avant des « conservateurs antiperestroïkistes », ou en vantant les vertus de la « nouvelle pensée ». « La glasnost est un moyen essentiel d'influencer l'opinion publique, chez nous et en Occident », avoua Evgueni Primakov, en vieux renard du KGB[1]. À l'intérieur du pays, la glasnost instaurait une nouvelle forme de contrôle social en dénonçant ceux qui n'étaient pas d'accord avec la politique suivie. Cette glasnost, qui cherchait à stimuler une population devenue apathique, reflétait au fond la vision léniniste de Gorbatchev sur les rapports de soumission entre le pouvoir et la société.

Puisque les choses devaient changer, Gorbatchev se mit à réformer le Parti comme le souhaitaient les forces qui le soutenaient. Le plan de sauvetage du régime nécessitait un appareil communiste plus performant, ce qui passait par l'éviction de la vieille garde brejnévienne corrompue. Comme l'avaient fait avant lui ses prédécesseurs à ce poste, le nouveau secrétaire général assit son autorité, consolida sa position et cumula des pouvoirs de plus en plus étendus. Deux ans après sa nomination, la moitié des secrétaires du PC avaient

1. *Pravda*, 8 janvier 1988. À l'époque de ces propos, Primakov dirigeait l'Institut de l'économie mondiale et des relations internationales, un *think tank* du KGB. Par la suite, sous Eltsine, il devint le responsable du Service du renseignement extérieur, le SVR.

déjà été remplacés ; un an plus tard, on ne comptait plus, au niveau régional, que 20 % de responsables rescapés de l'ancienne équipe. La purge toucha l'appareil d'État. Dès janvier 1986, 40 % des ministres étaient des nouveaux venus ; en 1988, 80 % d'entre eux devaient leur nomination à Gorbatchev.

Le terme de perestroïka, de « reconstruction », apparut pour la première fois en février 1987. Jusque-là, la politique du nouveau secrétaire général n'avait pas soulevé l'enthousiasme des foules. Il lui fallait une nouvelle impulsion. La « révolution gorbatchévienne » trouvait grâce auprès des journalistes et des dirigeants occidentaux, mais guère chez les Soviétiques qui ne croyaient plus depuis belle lurette aux possibilités de réformer le communisme. Pour obtenir l'adhésion du peuple, Gorbatchev et son équipe ont alors choisi de faire passer le Parti au second plan dans l'espoir de séduire les intellectuels qui, à leur tour, devraient se charger de convaincre la population du bien-fondé du changement. La perestroïka mit en scène un retrait ostensible du PC sans pour autant qu'il perde l'essentiel de son pouvoir en coulisses. Le gouvernement et le Conseil des ministres ont vu leur rôle accru, la parole fut même donnée au peuple avec, en 1989 et 1990, les élections du Congrès des députés, chargé d'élire, dans un second temps, le Soviet suprême, le « Parlement » de l'URSS. Comme prévu, ces changements ont plu aux intellectuels démocrates, mais ils devaient également renforcer leur pire ennemi, le KGB. La place laissée libre par les communistes sur le devant de la scène fut vite prise par les tchékistes sans que les partisans de l'ouverture politique ne se rendent compte que le loup entrait dans la bergerie.

Le premier Congrès du peuple, issu des élections de mars 1989, comptait seulement 292 députés sans parti, sur 2 500. Le reste des élus était peu ou prou des membres du PC. Parmi eux figuraient douze fonctionnaires du KGB. Un an plus tard, au scrutin de mars 1990, changement de profil. Les communistes déclarés avaient laissé la place aux hommes de la Loubianka qui s'étaient lancés en nombre dans la campagne électorale : 86 % des 2 756 officiers du KGB qui s'étaient présentés aux niveaux local, régional et fédéral, furent élus[1]. En moins d'un an, la Loubianka avait compris le profit à tirer de « l'ouverture démocratique ». En décembre 1989, le Congrès issu des premières élections avait rejeté une motion d'Andreï Sakharov, qui proposait la suppression de l'article 6 de la Constitution soviétique sur le rôle dirigeant du PC dans la vie politique. Trois mois plus tard, le Congrès issu des élections de mars 1990, en partie noyauté par les tchékistes, vota sans problème la suppression de ce même article et mit ainsi un terme à des décennies d'hégémonie du PC. Ce

1. « Changement de tous ou changement de style », *Moskovskie Novosti*, 21 avril 1991. L'auteur de l'article, Olga Krychtanovskaïa, est une sociologue spécialisée dans l'étude des élites de la Russie postsoviétique.

coup d'État légal ne visait pas l'idéologie communiste en tant que telle, mais l'appareil du Parti devenu plus que jamais un obstacle à la survie du système, comme le souhaitait le KGB.

La dégradation de la situation au sein de l'empire exigeait aussi que la Loubianka prenne le pas sur la Vieille Place. À partir de 1988, les pays frères avaient commencé à s'émanciper, les nationalités à relever la tête, les républiques à chercher à quitter l'Union. Partout grondait le mécontentement populaire. Le régime soviétique se replia alors sur son corps d'élite, ce qui est un réflexe classique des régimes dictatoriaux ou totalitaires à bout de souffle. L'ascension du KGB qui accompagna le déclin de l'URSS correspondait également à la volonté politique de Gorbatchev, un homme qui fut toujours proche des Organes, voire sous leur influence. Lorsqu'en 1985, Andreï Gromyko, bonze du Parti, l'avait proposé au Bureau politique pour qu'il devienne secrétaire général, il avait eu ces mots : « Mikhaïl Sergueïevitch est un homme ferme dans ses principes et ses convictions. Il a toujours été pour ce qui nous est le plus sacré à tous : le maintien de la sécurité[1]. » Or la sécurité, c'était le domaine du KGB. Alexandre Iakovlev, qui fut l'un de ses plus proches collaborateurs, a raconté la confiance illimitée qu'avait Gorbatchev en Vladimir Krioutchkov qui dirigea

1. Cité par Andréï Gratchev, *La Chute du Kremlin*, Paris, Hachette, 1994.

la première direction principale du KGB (espionnage) avant de prendre la direction de la Loubianka en 1988. Krioutchkov a même accompagné Gorbatchev lors de sa première visite aux États-Unis, en décembre 1987, ce qui ne s'était jamais vu de mémoire de diplomate. D'après Iakovlev, toujours, le nouveau secrétaire général avait une passion pour les dossiers que lui transmettait le KGB[1]. Et comme toutes les informations transitaient par la Loubianka avant d'être redistribuées aux responsables du Parti et de l'État, il y avait là matière à manipuler les dirigeants.

La montée en puissance du KGB a correspondu avec l'arrivée de Krioutchkov à sa tête. Ainsi s'achevait une décennie de luttes d'influence au plus haut sommet du régime soviétique. Avec Krioutchkov, les idées de refondation émises par Andropov et son équipe de « réformateurs », dans les années 1970, allaient être appliquées, en partie tout au moins. Mieux qu'un disciple, ce nouveau patron du KGB avait été le plus proche compagnon d'armes d'Andropov. Les deux hommes s'étaient connus, au milieu des années 1950, à l'ambassade soviétique en Hongrie. L'ambassadeur Andropov, qui dirigea l'écrasement de l'insurrection de Budapest en octobre 1956, avait alors comme troisième secrétaire Vladimir Krioutchkov. Par la suite, ils ont continué à travailler en-

1. Evguenia Albats, *La Bombe à retardement, enquête sur la survie du KGB*, Paris, Plon, 1995.

semble, d'abord au département du Comité central chargé des relations avec les pays satellites, puis au KGB où Krioutchkov dirigea le secrétariat d'Andropov de 1967 à 1974, avant d'être promu par lui responsable de la première direction principale, celle de l'espionnage, le poste le plus prestigieux chez les tchékistes. Il y resta jusqu'en 1988, date de sa nomination à la tête des Organes par Gorbatchev. À partir de ce moment-là, l'ascendance du KGB sur la politique suivie au Kremlin s'est confirmée par la place de plus en plus importante qu'a prise Krioutchkov. Il entra au Bureau politique en 1989, puis il devint membre de droit du Conseil présidentiel, une nouvelle institution voulue par Gorbatchev, bien que le poste n'ait pas été prévu par la constitution.

Le poids croissant du KGB a été conforté par différents décrets. En 1989, un processus de fusion des Organes avec l'armée et le MVD (ministère de l'Intérieur) fut amorcé sous prétexte de lutter plus efficacement contre la criminalité organisée. Début 1991, Gorbatchev confia à Krioutchkov la lutte contre le sabotage économique. En avril de la même année, un décret présidentiel instaura une direction des troupes spéciales du KGB, puis en mai, une loi fut votée, accordant quasiment les pleins pouvoirs aux tchékistes : droit de regard sur le commerce extérieur, sur la politique étrangère, sur les informations se rapportant au « progrès scientifique et technique » ; contrôle et aide « organisationnelle et technique » aux ministères ; contrôle de tous les déplacements de Soviétiques à l'étranger ; « maintien de la sécurité de l'État » lors des manifestations et des conflits interethniques ; droit de promulguer des décrets ayant force de loi au niveau de la Fédération et des républiques ; droit de faire irruption dans les domiciles, les entreprises et les administrations sans mandat ; surveillance sans mandat de toutes les communications (courrier, téléphone, radio) ; mise en place de lieux de détention spéciaux. Dans la dernière année de l'Union soviétique, le KGB était au pouvoir.

L'influence de la Loubianka sur la politique intérieure et extérieure de l'URSS a été considérable dès 1989. L'entourage de Krioutchkov dramatisa les enjeux pendant que la situation se dégradait dans l'empire. On apprit, après la chute du régime, le rôle joué par les tchékistes derrière les conflits interethniques de Géorgie, d'Azerbaïdjan, d'Ouzbékistan, qui éclatèrent en 1989-1990. La main du KGB se trouvait également derrière les affrontements qui secouèrent les pays Baltes à la même époque. Sur le plan intérieur russe, le KGB soutint en coulisses des organisations ultranationalistes comme Pamiat, pour agiter le spectre de la guerre civile. Toutes ces opérations avaient un double objectif. En premier lieu, provoquer chez les Soviétiques un sentiment de peur pour les amener à souhaiter un régime fort capable de sauver le pays. La percée des fonctionnaires du KGB aux élections de mars 1990 pour le Congrès du peuple a prouvé le succès de cette stratégie. Le second objectif visait à faire pression sur les pays occidentaux pour qu'ils viennent en aide à l'Union soviétique au bord du gouffre. Le discours de Moscou dans ces années de tourmente se résumait à « Gorbatchev ou le chaos ». Les chefs d'État et de gouvernement des pays riches eurent droit à une démonstration exemplaire de ce chantage à l'occasion du sommet du G7 à Londres, en juillet 1991, dont le Kremlin attendait une aide financière. « Nous sommes confrontés à un risque de soulèvement social, avertit Evgueni Primakov qui jouait pour cette rencontre le rôle de sherpa auprès de Gorbatchev. Un échec (du sommet) affaiblirait dramatiquement la position du président soviétique. » Vladimir Chtcherbakov, premier vice-Premier ministre, y agita le spectre d'une « réaction violente des forces armées et des éléments de droite » qui conduirait « à une tension dans le monde entier[1] ».

La fuite en avant

Mikhaïl Gorbatchev n'a jamais eu l'intention d'en finir avec le système soviétique, il voulait le rendre plus performant. Faute de le comprendre,

1. Cité par Éric Laurent, *L'Effondrement*, Paris, Olivier Orban, 1992. C'était la première fois qu'un dirigeant soviétique était invité à un tel sommet. Par la suite, la Russie rejoignit ce club des pays riches qui est devenu le G8.

les pays occidentaux et leurs opinions publiques se sont souvent mépris sur le sens de cette « révolution ». L'effondrement de l'URSS qui s'en est suivi ne doit rien aux vertus « démocratiques » de la perestroïka, mais plutôt aux remèdes proposés par le Kremlin, mauvais et/ou trop tardifs. La conjoncture internationale a aussi joué un rôle dans ce fiasco. Autant que de réformes intérieures, Moscou avait besoin d'une aide extérieure pour réussir son sauvetage. Dans ce but, la propagande soviétique s'est employée de multiples manières à séduire les démocraties. Mais Gorbatchev dut faire face au scepticisme des Américains, les principaux bailleurs de fonds espérés. Son chantage, « lui ou le chaos », s'est heurté à l'anticommunisme de Ronald Reagan qui voulait davantage de gages d'ouverture en échange de son aide. Pour satisfaire à ces exigences, Moscou s'est lancé dans une escalade de concessions sans toujours en mesurer les conséquences. Enfermés dans un messianisme de type communiste, où le bonheur du peuple doit être fait malgré lui, les dirigeants soviétiques de l'époque ont fini par négliger l'essentiel, le facteur humain. La formidable machine à surveiller, à contrôler, à épier qu'était le KGB fut incapable de mesurer le mécontentement populaire. Il est vrai qu'après des décennies de répression, les peuples de l'empire avaient appris à dissimuler leur colère ; aussi, dès que les conditions l'ont permis, ils n'ont plus suivi les dirigeants là où ils voulaient les emmener de nouveau, et ils se sont révoltés. À chaque étape de la perestroïka, le pouvoir fut surpris par les réactions populaires. Elles l'obligeaient à surenchérir dans les réformes, dans l'espoir d'obtenir enfin l'adhésion de ses sujets. Ce sont les peuples d'URSS et des pays de l'Est, ceux qui subissaient le joug moscovite depuis trop d'années, qui ont fait échouer la « révolution » gorbatchévienne.

Comme son mentor Andropov, Gorbatchev a d'abord cru qu'il pourrait redonner aux Soviétiques le goût du travail. Une période de discipline et de remise en ordre a marqué les premières années de la perestroïka, sans succès. Quoi qu'il entreprît, le pouvoir précipitait la dégradation du pays. Une campagne antialcoolique se révéla catastrophique. La baisse des ventes de vodka entraîna celle des taxes perçues par l'État et l'augmentation de la consommation d'alcools frelatés. Il en résulta une nette dégradation de la santé publique. La loi contre les revenus illégaux adoptée peu après fut également calamiteuse. L'idée d'en finir avec l'économie parallèle, pour injecter dans le secteur d'État les énergies qui s'y déployaient, eut pour conséquence de vider les magasins sans que le secteur d'État en question soit capable d'améliorer l'approvisionnement. La création de la *Gospriomka* accéléra la déroute du Kremlin. Ces commissions indépendantes, théoriquement chargées du contrôle de la qualité dans le secteur industriel, comme cela se pratiquait déjà dans l'industrie militaire, engendrèrent une nouvelle bureaucratie, corrompue, achetée par les entreprises soucieuses d'écouler leurs produits de médiocre qualité. Le contraire du résultat escompté.

D'une manière générale, la « politique d'accélération », comme l'a seriné la propagande de l'époque, s'inspirait de ce qui se faisait dans le complexe militaro-industriel. Le Premier ministre, Nikolaï Ryjkov[1], avait auparavant dirigé le secteur de la construction mécanique dont 80 % de la production allaient à l'industrie militaire. Il tenta d'appliquer à tout le pays ses vieilles recettes, en portant l'effort sur l'industrie lourde et le progrès « scientifique et technique ». L'ordinaire des Soviétiques ne s'en trouva pas amélioré pour autant. La désillusion fut bientôt aussi grande que les rayons des magasins restaient vides. Devant l'échec de cette politique, la perestroïka passa à la phase suivante, la privatisation partielle de l'économie.

Sous le communisme comme ailleurs, l'argent a été le nerf de la guerre. Les réformes de Gorbatchev dans le domaine industriel allaient avoir des conséquences capitales sur le cours de l'histoire, plus importantes en tout cas que les volte-face politiques qu'a connues l'URSS jusqu'à la chute finale de 1991. Il est difficile de comprendre l'évolution de l'Union soviétique, puis celle

1. Le successeur de Ryjkov, en 1991, Valentin Pavlov, allait, quant à lui, venir du Gosplan (planification) où il avait été en charge du budget de la Défense. Ce détail confirme l'implication du complexe militaro-industriel dans la perestroïka.

de la Russie libérée du communisme, y compris jusqu'à aujourd'hui, si l'on méconnaît ou sous-estime le rôle joué par la perestroïka économique. Ce qui s'est passé à la fin des années 1980 au niveau du marché, des entreprises et du commerce extérieur devait déterminer les deux décennies suivantes. Les réformes qui furent alors entreprises permettent de comprendre les liens existants entre l'époque de Mikhaïl Gorbatchev et la Russie de Vladimir Poutine. Tout s'est joué dans cette période, le reste n'allait être ensuite que le corollaire des décisions prises à cette époque. Autrement dit, ce sont les forces libérées pendant ces années-là qui devaient entraîner le pays dans un tourbillon de feu, de sang et d'argent époustouflant, qui continue encore à ce jour.

Tout a commencé par la loi de novembre 1986 qui autorisa la création d'entreprises privées dans certains secteurs de l'artisanat et des services. Cette timide libéralisation s'accompagnait, pour les commerces concernés, d'un taux d'imposition prohibitif de 65 %. Une erreur fatale, qui ouvrit grande la porte à la fraude fiscale. Les petites sociétés commerciales ou de service, qui ont éclos dans ces années-là, sont vite devenues des officines pour blanchiment d'argent, investies par le crime organisé. La mafia prospéra si rapidement qu'elle s'imposa comme un acteur incontournable de l'économie. Il ne serait plus possible par la suite de l'en chasser. À l'été 1987, le gouvernement franchit une nouvelle étape, avec la loi sur l'autonomie progressive des sociétés. Une nouvelle erreur. Libérés des impératifs du plan, les chefs d'entreprise se sont mis à augmenter leurs prix, mais faute de savoir comment évaluer correctement le marché, ils ont dans le même temps réduit leur production, aggravant la pénurie. Le consommateur assimila la libéralisation économique avec les privations, et fut, de ce fait, conforté dans l'idée que le capitalisme n'était pas la panacée à ses problèmes. Un autre pas décisif fut franchi en mai 1988 avec la création des « coopératives » — un euphémisme à la soviétique pour désigner l'entreprise privée dont le pouvoir politique, encore imprégné de sa mentalité communiste, ne voulait pas annoncer clairement l'émergence. La boîte de Pandore était ouverte. La nomenklatura du Parti et les tchékistes allaient s'y engouffrer dans un même élan intéressé, pour entraîner le pays dans une guerre industrielle sans foi ni loi qui n'a toujours pas cessé.

La privatisation de l'économie a commencé dès avant 1988, selon des règles encore imprégnées des pratiques communistes. La concurrence introduite par le nouveau statut des entreprises allait se révéler meurtrière, au vrai sens du terme, dès lors que le pays passerait d'une propriété collective de la nomenklatura à une propriété privée de certains de ses membres. Sous Brejnev, à l'époque dite de stagnation, la stabilité des cadres avait conduit à une sorte de privatisation de fait des biens de l'État, où la nomenklatura économique (directeurs d'entreprises, fonctionnaires des ministères...) s'appropriait les biens qu'elle était chargée d'administrer. Cette nomenklatura développait des circuits économiques indépendants et profitait de son statut pour monnayer au plus offrant les postes intéressants. Avec la privatisation des entreprises, on sortait de cet ancien cadre collectif pour laisser la place au chacun-pour-soi. Dès 1988, les communistes se lancèrent dans le business. Banques commerciales, bourses, entreprises mixtes (à participation étrangère) sont sorties du néant comme des champignons après la pluie, et plus rapidement encore quand, en décembre, le gouvernement abolit le monopole d'État sur le commerce extérieur. Pour garder un semblant d'habillage idéologique, le Premier ministre, Nikolaï Ryjkov, affirma que « les sociétés par actions peuvent être socialistes », mais c'est bien la foire d'empoigne liée à une sorte de capitalisme sauvage qui commençait à poindre son nez.

Deux catégories de fonctionnaires, au sein de la nomenklatura, allaient tirer leur épingle du jeu dans ce bouleversement des règles : les jeunes communistes du komsomol et les tchékistes de la Loubianka. Les uns et les autres ont fourni le gros des « nouveaux entrepreneurs », pour des raisons évidentes. Comprendre le fonctionnement de l'économie de marché ne s'apprenait pas vraiment dans les écoles du Parti, et nombre de vieux communistes étaient dépassés par ce nouveau cours. En revanche, la jeune génération était prête à s'adapter. Il existait même aux Jeunesses communistes des séances de jeux de rôle où l'on apprenait à se comporter en parfait capitaliste. Certains komsomols se lancèrent dans les affaires, avec un tel succès qu'ils allaient devenir par la suite de riches oligarques. Au KGB, les fonctionnaires étaient également armés pour s'adapter aux lois du marché. Il existait à la Loubianka une sixième direction, dite des « économistes », qui en étudiait depuis longtemps les règles dans le but d'infiltrer l'ennemi. À l'étranger, plusieurs entreprises tchékistes servaient de paravent ou de « toit », comme on dit dans l'espionnage, pour des activités de renseignement. L'ouverture économique de 1988 a accéléré ce processus. Le KGB allait surtout investir dans les entreprises mixtes, avec des partenaires étrangers, pour pouvoir se livrer à des transferts de technologie, selon les besoins de l'économie soviétique. Un an avant l'apparition officielle des sociétés de droit privé, le tchékiste numéro un, Krioutchkov, avait appelé à « la création d'entreprises mixtes permettant d'avoir accès à la technologie de pointe[1] ». Selon l'Institut de sociologie de Moscou, les trois quarts des joint-ventures existant à la fin des années 1980 ont été créés à l'initiative du KGB.

Dire pour autant que le capitalisme gagnait l'URSS serait abusif. C'était peut-être le cas en esprit, mais pas en droit. La plupart des entreprises privées ap-

1. Directive de janvier 1987 citée par Françoise Thom, *Les Fins du communisme*, Paris, Criterion, 1994.

parues à ce moment-là appartenaient en réalité à l'État soviétique, leur vrai bailleur de fonds. Car d'où venait l'argent, sinon des caisses du Parti et du KGB qui financèrent 80 % des banques, des sociétés boursières et des autres groupes d'intérêts qui ont vu le jour dans les dernières années de la perestroïka ? Après le 28e congrès du PC, de juillet 1990, le Parti « a diminué de moitié l'appareil et a investi l'argent dans des structures commerciales », avoua ultérieurement Gorbatchev[1]. Plus de 3 milliards de roubles or de l'époque (environ 2 milliards de dollars) ont servi à créer quelque six cents entreprises et banques[2].

Dans l'esprit du Kremlin comme du KGB, il s'agissait de sauvegarder le patrimoine soviétique au moment où l'empire se désagrégeait. Ce plan visait à assurer la pérennité de l'URSS, quoi qu'il advienne, à travers la maîtrise du pouvoir économique, le contrôle des entreprises et des circuits de production. Alors que les pays frères commençaient à réclamer leur indépendance et que les républiques secouaient le joug de l'Union, ces entreprises mixtes pouvaient espérer échapper à leur nationalisation dans les pays de l'Est ou au

1. *Komsomolskaïa Pravda*, 29 février 1992.

2. *La Bombe à retardement*, *op. cit.* L'auteur, Evguenia Albats, a participé à la Commission d'enquête du Parlement de Russie sur les activités du KGB après l'échec du putsch d'août 1991. Elle cite, parmi les structures financières contrôlées, l'Avtobank, la Tokobank, l'Unikombank, la Banque pour le commerce international, l'Association municipale de Moscou, la Maison boursière russe, l'association Azerbaïdjan…

sein de l'Union, et mettre ainsi les unités de production hors de portée de futurs gouvernements libres. Le statut juridique de nombreuses usines, entreprises commerciales et financières, fut modifié en conséquence. Les communistes ont de la sorte découvert les vertus de la propriété privée pour protéger ce qu'ils estimaient être leurs dus.

L'itinéraire d'Arkadi Volski, un homme discret et efficace, qui s'agita beaucoup en coulisses à cette époque-là, permet de comprendre quel dessein poursuivaient le Kremlin, le complexe militaro-industriel et la Loubianka en cette fin de la décennie 1980. Volski appartient à ces personnages qui, sans être sur le devant de la scène de l'histoire, n'en sont pas moins les chevilles ouvrières. Cet apparatchik du Parti, né en 1932, fit une grande partie de sa carrière dans le secteur de l'industrie, plus précisément de la construction mécanique qui travaillait surtout pour le secteur militaire. Il fut le numéro deux de ce département de 1977 à 1983, puis son directeur de 1985 à 1988. Entre ces deux postes, de 1983 à 1985, il fut l'assistant personnel du secrétaire général du PC, d'abord Iouri Andropov puis son successeur, Constantin Tchernenko. Volski fut très proche d'Andropov. Malade, sous dialyse permanente, ce dernier passa la majeure partie de son court règne à l'hôpital d'où il dirigeait le pays. Lorsque Andropov décéda, le 9 février 1984, Volski était à son côté. Il recueillit son testament politique dans lequel il souhaitait que son successeur soit Mikhaïl

Gorbatchev. Les gérontes du Kremlin en décidèrent autrement. Ils rayèrent le nom du dauphin, et élurent Tchernenko que la maladie finit à son tour par emporter, onze mois plus tard, permettant enfin l'accession de Gorbatchev. Sitôt intronisé, le nouveau secrétaire général nomma Volski patron du département des constructions mécaniques. Trois ans plus tard, Gorbatchev le choisit pour une mission à risque, pacifier le Haut-Karabakh au bord de la guerre civile entre Arméniens et Azéris. Lorsqu'il revint à Moscou, en 1990, les privatisations battaient leur plein. En juin, il reçut du Comité central la mission de mettre en place une structure destinée à défendre les intérêts industriels du Parti. Ainsi naquit l'« Union scientifique et industrielle », dirigée par Volski, chargée de réunir les principaux patrons du pays — à l'époque, des communistes et des tchékistes reconvertis dans les affaires. Les bureaux de la nouvelle organisation furent installés dans des locaux appartenant au Comité central, à côté du département des constructions mécaniques. L'Union de Volski, qui s'est présentée d'emblée comme le syndicat du nouveau patronat russe, était en réalité le chargé d'affaires du complexe militaro-industriel et du capitalisme « komsomolo-tchékiste » en pleine structuration. Ce sont ces intérêts que l'Union allait défendre contre vents et marées pendant des années.

Début 1991, Arkadi Volski dirigea la délégation d'experts venus assister au fameux Forum de Davos, pour y présenter le nouveau visage de l'URSS, devenue prétendument capitaliste et démocratique. « Volski se sentait comme un enfant dans un magasin de jouets, excité et pressé d'apprendre, s'est souvenue Macha Levinson, qui fut directrice du bureau russe au Forum. C'est à Davos qu'il a discuté pour la première fois des privatisations. Il recevait des coups de téléphone de Moscou lui demandant si Klaus Schwab (l'organisateur du Forum) approuvait la politique économique russe. Il était important d'avoir l'assurance que les réformes allaient dans la bonne direction[1]. » L'Union scientifique et industrielle était l'une des cartes utilisées par l'équipe de Gorbatchev pour séduire les décideurs occidentaux et les appeler à la soutenir financièrement. L'opération n'a pas si mal réussi, l'aide étrangère à l'URSS de Gorbatchev s'éleva à 45 milliards de dollars. À titre de comparaison, la Russie des années 1990, sous Eltsine, a reçu deux fois moins d'argent (23 milliards de dollars) bien que le pays ait été en ce temps-là plus démocratique qu'à l'époque de la perestroïka.

Après l'effondrement du régime, fin 1991, Volski réussit sa reconversion. Il changea le nom de son syndicat en « Union des industriels et des entrepreneurs de Russie », pour ressembler cette fois davantage à un vrai syndicat de patrons. Les oligarques qui devaient faire fortune dans les an-

1. *The World Economic Forum and Russia, Two Decades of Engagement*, brochure du WEF, Davos, 2007.

nées 1990 y adhérèrent, mais l'ancien apparatchik, qui représentait au fond les « entrepreneurs rouges » de la décennie précédente, dut batailler ferme pour conserver son pouvoir. Il perdit le contrôle de son union seulement en 2005, avec l'arrivée des nouveaux oligarques soutenus par le Kremlin, redevables au nouveau maître, Vladimir Poutine, venu, lui, de la Loubianka. Arkadi Volski, le serviteur fidèle de la vieille nomenklatura, le conservateur des intérêts passés du Parti, du complexe militaro-industriel et du KGB, fut finalement victime de la montée en puissance d'une nouvelle génération de tchékistes qui, elle, ne lui devait rien.

Le scénario manqué

L'ouverture économique devait se doubler d'une ouverture politique pour que l'entreprise de séduction réussisse. Dans ce but, la propagande soviétique s'est donnée à plein avec, une fois de plus, le KGB à la manœuvre. À présent, l'objectif était de vendre la démocratisation du pays, mieux, de faire croire que le sort de l'Europe entière était lié à celui de l'Union soviétique. En aidant Moscou, vous vous aidez vous-mêmes, car nous appartenons au même monde, laissa entendre l'équipe Gorbatchev à ses interlocuteurs occidentaux. La spécificité du régime communiste fut volontairement gommée pour promouvoir une prétendue communauté d'intérêts. Le secrétaire général du PC exposa son plan devant ses pairs du Bureau politique en mars 1987 : « La tâche importante est d'utiliser le potentiel scientifique et technologique ouest-européen. Et cela d'autant plus que nos amis d'Europe de l'Est ont déjà frappé là. Notre rapprochement avec l'Europe occidentale rendrait leur travail plus aisé [...]. Sans l'Europe, nous sommes en réalité incapables de quoi que ce soit[1]. » Ainsi est née l'idée de Maison commune européenne. « Ne pas diviser l'Europe occidentale des États-Unis *(sic)*, mais plutôt évincer les États-Unis de l'Europe », précisa Gorbatchev lors de cette réunion.

Une intégration entre l'Est et l'Ouest du Vieux Continent ? Ce plan peut paraître aujourd'hui fumeux, mais le Kremlin comme la Loubianka y ont cru et ils ont agi en conséquence. La réalisation du projet passait par une émancipation politique des pays frères, sans toutefois que leur appartenance au camp socialiste soit remise en cause. Dans un deuxième temps, cette Europe de l'Est « libérée » devait se rapprocher de la Communauté européenne pour développer avec elle des liens économiques dont l'URSS aurait profité. La première phase exigeait que Moscou donne des gages de démocratisation dans son empire, ce qui

1. Cité par Vladimir Boukovski, *L'Union européenne, une nouvelle URSS*, Paris, Éd. du Rocher, 2005. Les archives se trouvent à la Fondation Gorbatchev.

nécessitait de changer le personnel politique en place, trop marqué par la guerre froide. Gorbatchev et son équipe n'avaient peut-être pas de dessin d'ensemble précis, mais ils voulaient une Europe de l'Est gouvernée autrement, avec l'arrivée au pouvoir d'apparatchiks plus jeunes, moins discrédités, capables d'adhérer (et d'obéir) aux réformes voulues par Moscou. Trop ambitieux ou mal préparé, c'est ce plan, dernier coup de boutoir dans un ensemble qui s'effondrait déjà, qui a achevé l'éclatement de l'empire et précipité la chute du communisme.

Que le KGB ait joué un rôle déterminant dans cette phase de la perestroïka, plus personne ne le conteste aujourd'hui. On retrouve la main des Organes dans l'ensemble des tentatives d'ouverture qu'ont connues les pays de l'Est en 1988-1989. La tactique élaborée à la Loubianka, puis exécutée par les différents services secrets des pays du bloc, a été partout la même. Le deuxième département de la première direction principale (espionnage) du KGB supervisa la manœuvre depuis Moscou. La ressemblance et la simultanéité des événements qu'ont connues l'URSS et ses satellites en cette fin de décennie 1980 ne trompent pas. En différents pays et au même moment sont apparus des comités d'initiative chargés de mettre en place des « fronts populaires » se proposant d'ouvrir le pouvoir à des représentants de la société civile. Derrière ces fronts, les communistes espéraient continuer à diriger le pays en coulisses. Les différentes commissions d'enquête qui se penchèrent sur ces événements, après la chute du communisme, révélèrent que les comités d'initiative « spontanés » étaient en réalité truffés d'agents du KGB ou des services vassaux.

D'avril à août 1988, des fronts ont vu le jour en Estonie, Lettonie, Moldavie, Ukraine, Arménie, Géorgie..., pour soutenir la perestroïka. Dans les pays de l'Est, les changements de direction s'accélérèrent, supervisés par le KGB. « Moscou élabora, dès 1988, un projet destiné à remplacer les groupes dirigeants de Tchécoslovaquie, de Bulgarie et de Roumanie par des réformateurs communistes », précisa ultérieurement le ministre de l'Intérieur de la Tchécoslovaquie libérée, Jan Ruml[1]. Aloïs Lorenz, responsable du STB (Sécurité d'État de la Tchécoslovaquie communiste) a reconnu avoir reçu des ordres de la Loubianka pour stimuler une « révolution », une sorte de retour spontané au printemps de Prague de 1968, avec des masses heureuses de croire à nouveau au socialisme à visage humain[2]. En Allemagne de l'Est, le vieil Erich Honecker, qui n'a jamais digéré d'avoir été évincé par Moscou pour laisser la place à une équipe pro-Gorbatchev, s'estima victime d'un complot : « Ma destitution en tant que

1. *La Bombe à retardement, op. cit.* Jan Ruml, ancien dissident de la Charte 77, devint le Premier ministre de l'Intérieur de la Tchécoslovaquie dirigée par Václav Havel.

2. *Czech Mate,* documentaire télévisé de la BBC réalisé par John Simpson.

chef du Parti et de l'État a résulté d'une manœuvre de grande envergure dont les instigateurs continuent de rester dans l'ombre, accusa-t-il. Nous nous trouvons en présence de changements de première importance qui ne sont pas survenus du jour au lendemain, mais qui ont été planifiés depuis longtemps à l'échelle européenne et même mondiale[1]. » Seuls les événements roumains de l'automne 1989 avec le faux massacre de Timisoara, les manifestations dans Bucarest, le départ précipité de Ceausescu, son procès truqué, son exécution sommaire avec sa femme, l'arrivée au pouvoir d'Ion Iliescu — un communiste bon teint, ancien camarade d'université de Gorbatchev —, ont, semble-t-il, suivi le scénario qu'avait initialement élaboré Moscou.

La mécanique a commencé à s'enrayer en Pologne à la suite des élections de juin 1989 qui sanctionnèrent un net recul du POUP, le PC local. Avec la nomination, pour la première fois dans un pays de l'Est, d'un chef de gouvernement non communiste, Tadeusz Mazowiecki, le cours des événements commença à échapper à la Loubianka. Le deuxième avertissement vint de Budapest quand le gouvernement Németh (un communiste réformateur) prit le risque, début septembre 1989, de laisser franchir la frontière autrichienne à des dizaines de milliers d'Allemands de l'Est venus en Hongrie pendant l'été. Puis tout est allé très vite.

1. Interview au *Berliner Wochenpost*, 21 novembre 1990.

Le coup de grâce fut donné par des manifestations populaires, vraiment spontanées cette fois, en Tchécoslovaquie et en RDA, qui devaient aboutir à la chute du mur de Berlin, le 9 novembre 1989.

Trois causes essentielles, en partie liées, permettent d'expliquer l'échec du scénario envisagé : un mauvais calcul politique, un effet miroir qui aveugla Moscou, et le réveil des nationalismes. Mais, au fond, c'est la méconnaissance des aspirations des peuples de l'empire qui a conduit le Kremlin à faire des choix politiques erronés. En favorisant les fronts populaires, l'équipe dirigeante a cru que les communistes parviendraient à noyauter les sans-parti. Moscou ayant surestimé ses capacités de manipulation, c'est le contraire qui s'est produit. Davantage préoccupés par l'image de l'URSS à l'extérieur que par la réalité intérieure, Gorbatchev et son entourage se sont aussi laissé intoxiquer par leur propre propagande. À force de s'entendre répéter par les Occidentaux qu'ils avaient fait d'immenses réformes, ils ont fini par s'en convaincre pour se dispenser d'en faire davantage. Les populations vassales qui souffraient de la crise économique avaient une autre appréhension de la réalité. Moscou a surtout minimisé la puissance des sentiments nationaux, en Europe centrale comme à l'intérieur de l'URSS. Pour beaucoup de peuples, le centre représentait l'ennemi. L'omniprésence du grand frère derrière ces « révolutions » a vite fait de transformer les fronts populaires en des mouvements de masse antisoviétiques et anticommunistes.

Afin de sauver ce qui pouvait l'être, Gorbatchev se livra à un curieux pas de deux qui témoigna de son impuissance à dominer les événements. D'un côté, il tenta de serrer les boulons de l'Union qui se délitait, de l'autre, il lâcha du lest en espérant limiter les dégâts de l'effondrement qui s'annonçait[1]. Devant le Soviet suprême, il menaça d'instaurer un pouvoir plus autoritaire ; il nomma au ministère de l'Intérieur un ancien chef du KGB de Lettonie, Boris Pougo ; il renforça les ministères de coercition, la Défense et le Comité de sécurité de l'État ; il investit un nouveau Premier ministre issu du complexe militaro-industriel, Valentin Pavlov ; il laissa les commandos spéciaux du KGB, les *spetznaz,* intervenir brutalement dans les pays Baltes. Cette politique du bâton n'empêcha pas les grèves de se multiplier ni les manifestations de s'amplifier. Il fallait lâcher du lest. Gorbatchev proposa alors au PC d'abandonner son idéologie marxiste-léniniste et de se transformer en un parti social-démocrate. Aux républiques agitées par les courants nationalistes, il soumit une réforme de l'Union leur accordant davantage de souveraineté. La signature du nouveau traité devait se faire en grande pompe le 20 août 1991 à Moscou. L'URSS,

1. Devenu lauréat du prix Nobel de la paix en octobre 1990, Mikhaïl Gorbatchev était aussi prisonnier de sa bonne image en Occident dont il était fier. Une répression de type soviétique de ces révolutions populaires aurait brisé ce miroir.

le PC, son secrétaire général, allaient perdre dans ces réformes nombre de leurs pouvoirs et de leurs prérogatives. Prisonniers des circonstances, enfermés dans leur logique de séduction vis-à-vis de l'Occident — toujours dans l'espoir d'une aide économique —, les dirigeants soviétiques poursuivaient leur fuite en avant qui ressemblait de plus en plus à un suicide politique. Mais, en même temps, en coulisses, ils s'activaient pour un ultime sauvetage du régime.

Un quitte ou double

L'histoire ne s'est pas terminée comme prévu. Trop d'incohérences, trop de comportements irrationnels, ont marqué les derniers mois de l'existence de l'Union soviétique pour qu'on ne voie pas, dans les divers événements qui secouèrent le pays pendant l'été 1991, une sorte de quitte ou double qui aurait finalement échoué. Le putsch raté d'août, la dissolution du Parti communiste, le démantèlement du KGB, la démission de Gorbatchev, la disparition de l'URSS, tout cela fut le résultat d'un loupé magistral qui reste aujourd'hui encore en partie incompréhensible, si l'on s'en tient à l'interprétation des faits communément admise. Pour résumer, cette version veut que les événements aient opposé un clan conservateur, initiateur du putsch, à un Mikhaïl Gorbatchev dont les réformes menaçaient l'existence du système. La vérité est probablement plus complexe que cette légende. Les camps en présence n'étaient pas si tranchés et les protagonistes moins divisés qu'on a voulu le faire croire *a posteriori*.

Parmi les « conservateurs » qui organisèrent le putsch figuraient la plupart des hommes de confiance de Gorbatchev. Tous lui devaient leur poste : le vice-président Ianaïev, le Premier ministre Pavlov, le ministre de l'Intérieur Pougo, le ministre de la Défense Iazov, le chef du KGB Krioutchkov… Quelques mois auparavant, le secrétaire général leur avait accordé des pouvoirs accrus. Pour quelles raisons se seraient-ils soudain retournés contre lui ? Depuis César, l'histoire ne manque certes pas de comploteurs prêts à liquider celui qui les a faits rois, mais pourquoi ces hommes auraient-ils choisi de lâcher leur bienfaiteur à ce moment précis ? La date du coup d'État, le 19 août, fournit un premier indice. Le lendemain, les représentants des républiques de l'Union devaient signer à Moscou un nouveau traité qui limiterait les pouvoirs du centre. Il était prévu que le Kremlin garde la défense, la politique étrangère et le commerce extérieur, mais que chaque république pourrait désormais mener sa propre politique économique, gérer ses ressources naturelles et administrer les entreprises installées sur son territoire, notamment celles que le PC soviétique n'aurait pas réussi à conserver par des accords de joint-venture. Trois semaines avant le putsch, le 31 juillet, Gorbatchev avait par ailleurs signé à

Moscou un premier traité de réduction des armements nucléaires avec le président américain George Bush père. Pour les tenants de la puissance et de la souveraineté soviétiques, cela faisait beaucoup. Trop sans doute. Peut-on pour autant imaginer que le secrétaire général ait pu prendre des décisions politiques de cette importance pour l'avenir de l'URSS, sans consulter ses pairs du Bureau politique ? C'est peu vraisemblable. Même si, au fil des mois, Gorbatchev avait réussi à renforcer son pouvoir, même s'il est vrai qu'il assumait ses fonctions de manière de plus en plus solitaire, il n'est pas pensable que ces actes n'aient pas reçu l'approbation de son équipe. En complotant, les conservateurs se seraient donc insurgés contre une politique qu'ils auraient auparavant approuvée, sinon cautionnée ? Ce que l'on sait du déroulement du putsch, comme du comportement des divers acteurs de cette crise, ne cadre pas avec cette version.

Au moment du coup d'État, Mikhaïl Gorbatchev séjournait dans sa résidence d'été de Foros, au bord de la mer Noire. Il prétendit, par la suite, avoir été coupé du reste du monde par les putschistes, quasiment séquestré par son service de protection, tous membres de la neuvième direction du KGB, puis libéré quand les comploteurs furent mis en échec à Moscou. Les enquêtes et les témoignages sur ces événements ont contredit sa version. On sait aujourd'hui que Gorbatchev avait été informé du coup d'État, qu'il a laissé faire les putschistes en attendant de voir comment allait tourner l'affaire. Puis il s'est désolidarisé d'eux une fois leur déroute consommée. La veille du putsch, le 18 août, il avait reçu à Foros une délégation des comploteurs, et il ne fut jamais tout à fait isolé durant ces journées cruciales. À Moscou, les putschistes ont agi comme s'ils se croyaient assurés d'une protection, ils sont retombés comme des marionnettes sans fil, comme des exécutants privés de chef, dès qu'il devint clair que ce soutien ne viendrait plus. Plus étrange encore, pour réussir, le coup d'État devait être légalisé par une session du Soviet suprême, celle-ci n'a jamais eu lieu. Le président du Parlement en a différé la convocation. Cet homme clef dans le dispositif constitutionnel, Anatoli Loukianov, était pourtant « l'idéologue » du putsch. Ne pas réunir le Soviet suprême revenait pour lui à se tirer une balle dans le pied. Cette conduite irrationnelle ne peut avoir qu'une seule explication : il fallait que ce coup d'État échoue.

Anatoli Loukianov était un ami de longue date de Mikhaïl Gorbatchev, les deux hommes ayant fait ensemble leurs études à la faculté de droit de Moscou. Leur ascension dans le Parti avait été concomitante. Gorbatchev élu secrétaire général, Loukianov eut droit à une promotion rapide jusqu'à la présidence du Soviet suprême. Lorsqu'il refusa de légaliser le putsch, il savait qu'il condamnait l'entreprise. Les putschistes eux-mêmes ne se sont jamais donné les moyens de leur ambition : une partie des militaires engagés n'avait pas de munitions, les troupes soviétiques encore stationnées dans les ex-pays frères ne furent pas mises en état d'alerte, le trafic aérien et ferroviaire n'a pas été interrompu, le téléphone ne fut jamais coupé, les liaisons radios et télévisées avec l'étranger n'ont pas été suspendues. Tout paraît avoir été fait pour que le reste de l'URSS et le monde entier sachent ce qui se passait à Moscou. À croire qu'il s'agissait d'un coup d'État d'opérette, simplement destiné à épater la galerie, et à faire peur également. Gorbatchev et son équipe ne répétaient-ils pas que l'avenir du pays se jouait entre eux et le chaos ? Ce coup d'État le confirmait. « Tout cela n'a été qu'une farce inouïe, grandiose, planifiée et exécutée de manière brillante. Dans ce cadre, les rôles ont été écrits à la fois par les acteurs intelligents et ceux qui sont stupides, pour tous ceux qui, sciemment ou involontairement, ont joué leur partie », devait accuser, plus tard, le général Lebed qui fut l'un des militaires mobilisés pour exécuter ce pseudo-coup d'État[1]. Même les sanctions prises par la suite contre les auteurs du complot paraissent dérisoires au regard des charges retenues contre eux. À la suite d'un procès bâclé, les principaux responsables furent condamnés à des peines de principe avant d'être rapidement amnistiés. Comme si tout cela avait été arrangé d'avance. Mais dans quel but ?

1. Interview à *Itar Tass,* 19 août 1994.

Le putsch une fois échoué, Gorbatchev aurait pu apparaître comme le sauveur de la Russie, le monde prenant conscience qu'il évitait, grâce à lui, la catastrophe d'un retour de l'URSS à l'ère brejnévienne. L'opération se comprend mieux comme un chantage, une tentative de plus pour sauver ce qui pouvait encore l'être du régime, dans l'intention d'attirer les bailleurs de fonds occidentaux, trop heureux de venir en aide aux « réformateurs » après de si funestes événements. Mais à l'instar de ce qui s'était passé deux ans auparavant, au moment de la libération des pays frères, ce scénario pécha cette fois encore par ignorance du terrain, par incompréhension de l'état d'esprit réel du peuple, et pour avoir mésestimé les motivations profondes des autres acteurs de la mascarade. La mauvaise exécution du coup d'État, par ceux-là mêmes qui étaient chargés de le mettre en œuvre, et la partition inattendue de certains protagonistes, expliquent le fiasco.

De ces journées d'août 1991, tout le monde a retenu l'image d'un Boris Eltsine dressé sur un char, devant la Maison-Blanche, le siège du Parlement, en train d'exhorter les Moscovites à la résistance. Ce jour-là, l'homme gagna la sympathie du peuple et acquit la renommée mondiale qui lui manquait encore. Il incarnait à lui seul le sursaut de la Russie, il fut le grain de sable qui grippa la machine. Apparemment, Eltsine n'avait pas été prévu dans le scénario initial ni dans la distribution des rôles, ce que l'intéressé fit payer aux factieux. En ces heures agitées, il se révéla être un personnage hors du commun, dont les réactions ont bouleversé le cours de l'histoire. En donnant à ce coup d'État fumeux une tournure qui allait changer le sort de la Russie à jamais, il est entré dans la légende. Ni Gorbatchev ni les putschistes ne l'avaient envisagé.

Les circonstances font-elles les héros ou les héros créent-ils les circonstances ? Eltsine s'est forgé une stature dans l'adversité, ce qui en fait plutôt un héros de circonstance, car rien ne prédisposait cet apparatchik communiste à devenir le leader charismatique de la démocratie russe. Jusqu'à la cinquantaine bien avancée, il fut un serviteur zélé du régime soviétique, peut-être un peu plus buveur — sa faiblesse — que la plupart des autres membres de la nomenklatura. C'est à Sverdlovsk, un fief du complexe militaro-industriel, qu'il fit l'essentiel de sa carrière avant d'être appelé à Moscou, en juin 1985, pour seconder Egor Ligatchev, l'idéologue du Parti, le numéro deux derrière Gorbatchev. Un an plus tard, il fut promu à la tête du PC de Moscou avec pour mission d'y faire le ménage, d'en chasser les vieux cadres hostiles à la perestroïka. Eltsine nomma à leur place des hommes de confiance, venus de sa province, se constituant ainsi un fief qui allait lui servir de tremplin pour la conquête du Kremlin. Mais, à l'époque, il était loin de songer à prendre le pouvoir.

Boris Eltsine est né à la démocratie le 29 octobre 1987, une date clef pour comprendre son évolution. Quelques semaines avant ce fameux jour, il s'était heurté à son ancien chef, Ligatchev, en pleine réunion du Bureau politique. Il voulait que le Parti autorise des rassemblements publics à Izmaïlovo (un grand parc de Moscou) comme cela se fait à Londres dans Hyde Park. Ligatchev, qui présidait cette séance en l'absence de Gorbatchev parti en vacances, s'opposa fermement au projet. Eltsine ravala sa proposition, bien décidé à prendre une revanche. Le 29 octobre 1987 se réunit à Moscou le plénum du Comité central, le parlement du Parti. C'est devant cette assemblée à huis clos qu'il choisit de mener son offensive. Bousculant l'ordre du jour, il se lança dans une virulente diatribe contre « le culte de la personnalité » de la direction et le « style Ligatchev ». Cet acte de bravoure signait son arrêt de mort en tant que dirigeant communiste. « L'un après l'autre, une vingtaine d'orateurs sont venus couvrir l'insolent de reproches, raconta ultérieurement Valentin Tchikine, témoin de la séance. Ce fut d'autant plus terrible que tout était improvisé, chacun s'efforçant pour être original d'être plus sévère que l'orateur précédent. Au bout du compte, Eltsine, recroquevillé sur son fauteuil, ressemblait à une bête traquée[1]. »

L'incident tourna au drame quand, rentré chez

1. Propos recueillis par Eric Hoesli, « Boris Eltsine, le roman d'un tsar », *L'Hebdo* (Lausanne), 13 juin 1996.

lui, il fut victime d'une crise cardiaque. Certains ont prétendu qu'il avait tenté de se suicider, d'autres qu'il était tombé dans un coma éthylique. Quoi qu'il en soit, sa carrière d'apparatchik était terminée pour lui. Peu après, il fut exclu des instances dirigeantes et il perdit ses privilèges. On songea même à le nommer ambassadeur, humiliation pour qui a appartenu au sérail. Dans l'esprit d'un communiste, l'exclusion a toujours été un drame. Eltsine n'a pas fait exception. Plusieurs fois, il a demandé sa réhabilitation dans les hautes sphères, en vain. Gorbatchev s'y est toujours opposé. Eltsine était condamné à rester un simple militant du Parti. Ainsi est née, dans le cœur de cet homme meurtri, une solide haine contre ce secrétaire général qui l'avait abaissé, contre ses anciens camarades trop passifs et, *in fine*, contre le communisme tout court, cause de ses maux. L'apparatchik allait se muer en un démocrate, tenaillé par le désir de vengeance. Les événements allaient bientôt lui donner l'occasion d'assouvir son ressentiment.

Durant sa traversée du désert, Boris Eltsine fréquenta les meetings du stade Loujniki, le rendez-vous hebdomadaire des démocrates où étaient applaudis Andreï Sakharov, Iouri Afanassiev et d'autres figures du mouvement contestataire. L'ancien communiste n'était pas le moins populaire des orateurs. Il allait user de cette notoriété nouvelle pour repartir à l'ascension du pouvoir, par l'autre face cette fois : la voie démocratique. Élu au Congrès du peuple de 1989, il devint président du Parlement de Russie en mai 1990, pour y proclamer la souveraineté du pays un mois plus tard. Il démissionna haut et fort du PC en juillet et n'eut de cesse ensuite de réclamer la démission de Gorbatchev. Sa vraie revanche avant l'épisode du char, il la tint le 12 juin 1991, lorsqu'il fut élu au suffrage universel président de la Fédération de Russie. Il était désormais plus légitime que son ennemi, dont le pouvoir ne devait rien à la souveraineté populaire. L'émergence d'un pôle russe sous sa bannière remettait en cause les projets de restauration du régime soviétique voulus par l'équipe Gorbatchev. L'ambiguïté de la notion de « centre », que recouvrait la lutte pour le pouvoir entre Eltsine et Gorbatchev, neutralisait les tentatives de la direction soviétique pour sauver l'État fédéral. Seul un coup de force pouvait aider à rétablir la suprématie du Kremlin.

Un mois avant le putsch, en juillet, le président Eltsine promulgua un décret supprimant les cellules du PC dans les usines, les exploitations agricoles, les administrations russes. « Je veux détruire le Parti », proclama-t-il. Gorbatchev annula le décret, mais l'épreuve de force était engagée. Derrière cet affrontement entre deux hommes, deux destins, deux conceptions de la politique, se jouait également le contrôle de l'appareil du PC et de ses richesses. C'est dans ces circonstances que survint le coup d'État.

Dans l'esprit des putschistes, Boris Eltsine aurait dû être leur ennemi numéro un. Sa notoriété, sa légitimité, pouvaient faire obstacle à leur noir dessein. Rien pourtant ne fut fait pour le neutraliser, pour le mettre hors d'état de nuire pendant ces journées des dupes. On lui facilita même la tâche, comme si une main invisible guidait ses pas pour qu'il devienne le symbole de la résistance. Au matin du 19 août, le président russe se trouvait dans sa datcha, à une trentaine de kilomètres de la capitale, en compagnie de plusieurs membres de son cabinet. Le commando d'élite Alpha, posté à proximité de la villa, ne reçut aucun ordre le concernant. Le cortège présidentiel, qui partit pour Moscou sitôt les événements connus, n'a été ni stoppé ni neutralisé. Eltsine arriva sans encombre au cœur de la bataille, à la Maison-Blanche. Sur place, plusieurs membres d'Alpha, qui avaient pénétré à l'intérieur du Parlement russe auraient pu, à tout instant, arrêter le président et son entourage. Rien ne fut entrepris pour empêcher Eltsine de haranguer les manifestants, juché sur un blindé, au vu et au su du monde entier. « Le 19 août, je compris que Gorbatchev avait décidé d'utiliser notre patriotisme pour se débarrasser d'Eltsine en se servant de nous comme instrument de ses desseins, et en nous poussant à verser le sang, a expliqué le Premier ministre Pavlov, l'un des chefs du complot. Ensuite, le président de l'URSS aurait châtié les coupables de ce sang versé [...]. Eltsine connaissait ce scénario et il avait préparé son irruption sur la scène. Il avait lui aussi décidé de nous utiliser, modifiant à son profit le plan de Gorbatchev. Il résolut de se servir de nous pour l'éliminer[1]. »

L'interprétation n'est pas fausse. Il semble que les supporters d'Eltsine, le camp des démocrates, aient eu vent du putsch grâce à un informateur parmi les factieux[2]. Le président russe aurait donc agi en conséquence, jouant les trouble-fête de la partie annoncée. Faute de spontanéité, sa résistance peut paraître moins noble, mais elle y a probablement gagné en efficacité. À la mise en scène prévue, Eltsine a pu opposer la sienne, avec l'avantage de l'effet de surprise, et il fit des putschistes les dindons de leur farce. Cela n'explique pas pour autant qu'il ait pu se rendre depuis sa datcha à Moscou sans encombre ni qu'on le laissa s'installer à la Maison-Blanche. Le rapport de la Commission d'enquête qui tenta par la suite de démêler l'imbroglio de ces événements, révéla que c'est au niveau de l'exécution que le putsch échoua lamentablement. Les échelons inférieurs du KGB n'ont pas voulu suivre les ordres de leurs chefs, préférant rester neutres ou même se rallier à Eltsine. Plus des deux tiers des sections régionales du KGB ont été jusqu'à faire acte d'allégeance au président russe dès le 19 août. Privés de l'essentiel de leurs troupes, les factieux allaient rapidement voir leur sort scellé. En réalité, c'est l'en-

1. Valentin Pavlov, *Août vu de l'intérieur* (non traduit en français), Moscou, Delovy Mir, 1993.

2. Ulysse Gosset et Vladimir Fedorovski, *Histoire secrète d'un coup d'État*, Paris, Lattès, 1991.

semble des deuxièmes échelons du pouvoir soviétique, du KGB au complexe militaro-industriel en passant par les nomenklaturas locales du PC, qui refusèrent d'entrer dans le jeu du coup d'État. La courroie de transmission qui reliait la tête et les bras de l'État totalitaire ne fonctionnait plus. Faute d'exécutants dociles, les hiérarques comploteurs étaient isolés, ce qui facilita leur arrestation deux jours plus tard.

Quant à savoir pour quelles raisons l'essentiel des troupes n'a pas suivi leurs chefs dans l'aventure, nous en sommes aujourd'hui encore réduits aux conjectures. Les intérêts des uns ne correspondaient sans doute pas, ou plus, à ceux des autres. Comme on l'a déjà dit, l'opération visait, du côté des comploteurs, à reprendre en main une situation intérieure devenue instable, avec l'espoir, dans un deuxième temps, de convaincre l'Occident de soutenir le régime au nom de la stabilité. Pour le deuxième échelon qui mettait en musique la perestroïka économique, laquelle en profitait grâce à la privatisation d'une partie de l'appareil de production soviétique, une remise en ordre risquait de bouleverser leurs petits arrangements. Entre un retour vers le futur soviétique qu'auraient signifié la victoire des putschistes et l'ouverture politique qui accompagnerait leur défaite, le choix était simple pour des tchékistes et des apparatchiks communistes qui avaient commencé à prendre goût à l'argent et au pouvoir qu'il procure. En se tenant à l'écart du coup d'État, les hommes du deuxième échelon pouvaient espérer voir éliminer de la scène les premiers rôles d'hier pour prendre leur place et faire prospérer leurs acquis. Le calcul était judicieux, mais il a sous-estimé les dégâts qu'allait engendrer l'échec du putsch.

La montée en puissance de la Russie après la victoire de Boris Eltsine s'accompagna d'une perte d'influence de l'Union soviétique et, conjointement, des instruments de pouvoir qui firent sa puissance : le Parti communiste et le KGB. Les quatre mois qui suivirent ce coup d'État furent ceux d'une lente mais inexorable chute de l'URSS. Gorbatchev, qui réussit à faire croire à sa totale innocence dans les événements passés, n'en vit pas moins son pouvoir se réduire comme une peau de chagrin sous les coups d'un Eltsine déchaîné, trop content de prendre enfin sa revanche. Dès le 22 août, la Fédération de Russie s'appropria par décret l'ensemble des entreprises et des établissements appartenant jusqu'ici à l'Union soviétique. Le lendemain, Boris Eltsine suspendit l'activité du PC sur tout le territoire russe. Entre la fin d'août et la fin d'octobre, l'empire se disloqua avec l'indépendance de l'Ukraine (24 août), de la Biélorussie (25 août), de la Moldavie (27 août), de l'Azerbaïdjan (30 août), de la Kirghizie (31 août), de l'Ouzbékistan (1er septembre), du Tadjikistan (9 septembre), de l'Arménie (21 septembre), du Turkménistan (27 octobre). La Communauté des États indépendants (CEI), qui vit le jour le 8 décembre 1991 sous l'égide de la Russie d'Eltsine, n'avait plus rien à voir avec ce que fut l'URSS. Ce que les dirigeants soviétiques avaient mis des décennies à construire, les putschistes dans leur inconséquence l'avaient détruit en quelques heures. L'État central fut lui-même mis en faillite. Le 28 octobre, la Russie cessa de financer les structures de l'Union soviétique ; le 30 novembre, la Gosbank de l'URSS ferma ses portes, ses attributions étant transférées à la Banque centrale de Russie. Le 25 décembre, à dix-neuf heures, Mikhaïl Gorbatchev annonça sa démission de président de l'URSS dans une allocution télévisée. Une demi-heure plus tard, le drapeau rouge, frappé de la faucille, du marteau et de l'étoile, fut remplacé par le pavillon russe, blanc, bleu et rouge, sur le dôme du bâtiment du gouvernement, au Kremlin. L'URSS cessait officiellement d'exister presque soixante-neuf ans, jour pour jour, après sa création le 30 décembre 1922.

Et le KGB ? S'il avait raté son entrée en scène, il réussit à sauver l'essentiel dans le désastre provoqué. Peu de temps avant le putsch, en mai 1991, une loi avait spécifié que les Organes ne dépendaient d'aucun parti, qu'ils servaient l'État, ce qui, théoriquement, distinguait leur sort du devenir du pouvoir soviétique. Mais l'implication de leur chef, Vladimir Krioutchkov, dans les événements d'août, l'engagement des troupes du KGB dans le complot — même si nombre d'entre elles désobéirent à leur hiérarchie — accusaient trop l'institution pour qu'il n'y ait pas de sanction. Le 11 octobre 1991, un décret signé Gorbatchev abolit purement et simplement le Comité de sécurité de l'État. La fière maison qui fut la colonne vertébrale du régime soviétique, son fidèle serviteur et son zélé exécuteur (au sens propre), elle qui avait tenté jusqu'au bout de sauver l'essentiel de l'empire, disparaissait pour laisser la place à plusieurs institutions : le Service de renseignement de Russie (SVR), le Service fédéral de la sécurité (FSB), le Comité de protection des frontières d'État et l'Agence fédérale aux communications gouvernementales et à l'information. En revanche, les purges n'ont guère touché les tchékistes de rang moyen, ce deuxième échelon qui avait traîné les pieds en août. Le couperet épargna également trente-deux officiers supérieurs pourtant cités par la Commission d'enquête comme ayant apporté leur soutien aux putschistes. Comme l'a déploré plus tard Vadim Bakatine, qui tenta au début de l'ère Eltsine une démocratisation des Organes, le KGB était « devenu une force politique indépendante, défendant ses propres intérêts, une institution placée au-dessus des pouvoirs et des organes décisionnaires les plus élevés de l'Union et des Républiques[1] ». Son démantèlement ne pouvait ni détruire ni anéantir cet État dans l'État.

L'empire soviétique n'a pas survécu au règne

1. *Le KGB libéré* (non traduit en français), Moscou, Novosti, 1992.

de Gorbatchev quand, précisément, tous ses efforts avaient cherché à en préserver l'essentiel. Les apprentis sorciers putschistes lui donnèrent le coup de grâce. Du champ de ruines qui solda leur aventure, seuls le PC et le KGB allaient en fin de compte renaître, tels des phénix. Ces deux piliers du régime devaient résister à l'effondrement du système qu'ils avaient servi, mais la nouvelle donne politique les contraignait à s'adapter. Pour cette mutation obligée, les tchékistes disposaient de bien meilleurs atouts que leurs camarades communistes : un appareil répressif intact, une image flatteuse grâce au lifting réussi par Chelepine trente ans auparavant, une bonne connaissance du monde extérieur, un solide pragmatisme idéologique, une certaine pratique du capitalisme et un intérêt pour l'enrichissement personnel. Alors que le PC allait peiner pour revenir sur le devant de la scène, le KGB, lui, s'activait déjà avec succès pour récupérer ce qu'il pensait lui être dû des miettes de l'empire. La bataille s'annonçait longue, mais les Organes qui avaient en main de puissants leviers et d'importants moyens financiers n'ont jamais douté de son issue. Ce qui fut défait ou perdu avec l'URSS devait revenir dans leur giron, même s'il fallait du temps pour y parvenir. Ce temps nécessaire, le KGB n'a jamais imaginé en manquer, lui qui avait pour usage d'inscrire, sur ses dossiers d'archives, « à conserver pour l'éternité ».

Deuxième partie

LE KGB PERD LA MAIN

Le putsch d'août 1991 n'a fait officiellement que trois morts, des manifestants écrasés par un blindé dans un tunnel près de la Maison-Blanche, le Parlement russe. À ce bilan, il convient d'ajouter quelques victimes collatérales, également imputables au coup d'État manqué. Boris Pougo, le ministre de l'Intérieur, s'est tiré une balle dans la tête le jour même de la reddition des factieux, pour ne pas vivre l'humiliation du vaincu. Trois jours plus tard, le 25 août, le maréchal Sergueï Akhromeïev, conseiller militaire de Gorbatchev, choisit, lui, de se pendre. Le lendemain, ce fut Nikolaï Kroutchina, soixante-deux ans, administrateur du Comité central du Parti (CC), qui se jetait par la fenêtre. L'épidémie de suicides se calma pour reprendre de plus belle, en octobre, avec coup sur coup deux autres défenestrations : Gueorgui Pavlov, quatre-vingt-un ans, le prédécesseur de Kroutchina au CC, et Dimitri Lissovolik, cinquante-quatre ans, adjoint au directeur du département international du même Comité central. La personnalité de ces trois dernières victimes et le *modus operandi* de leur suicide intrigua, à juste titre. Kroutchina, comme Pavlov avant lui, et Lissovolik étaient au cœur de la machine communiste qui venait de s'effondrer, ils en connaissaient le fonctionnement, surtout du côté des coulisses. L'administrateur du Comité central gérait l'ensemble des biens et des finances du Parti, il contrôlait les milliards de roubles des cotisations, les cent quarante maisons d'édition, les quatre-vingt-une imprimeries, les usines propriétés du PC, les hôtels, appartements, maisons de vacances dont jouissait la nomenklatura, mais aussi les parcs automobiles et les magasins spéciaux en devises, réservés à l'élite du régime. Le département international qui employait Lissovolik supervisait, quant à lui, l'ensemble des filières financières de l'URSS, dans les pays frères et avec les Partis communistes du monde entier. Personne ne connaissait l'état de la fortune du PC soviétique, l'identité de ceux qui la géraient, où et comment, sinon ces hommes-là.

« Je ne suis pas un traître, je suis un lâche », a écrit Nikolaï Kroutchina avant de se suicider. Personne ne saura jamais ce qu'il entendait par là. Il emporta avec lui ce qu'il savait des numéros et des codes des comptes bancaires secrets où l'argent du Parti avait été placé sous des prête-noms, mais aussi l'identité de tous les détenteurs des liquidités conservées à l'étranger. Dire que sa mort arrangeait beaucoup de monde dans le chaos du postsoviétisme est un euphémisme. Sans lui, sans ses connaissances intimes des rouages, les cartes allaient pouvoir être redistribuées, des fortunes se faire et se défaire. Sa disparition, comme celle de Pavlov et de Lissovolik, témoins gênants d'un passé désormais révolu, était nécessaire avant la reconquête du pouvoir.

En août 1990, un an avant le putsch, Nikolaï Kroutchina avait rédigé une note, à l'attention du Comité central du Parti, « à propos des mesures urgentes sur l'organisation de l'activité commerciale du Parti, en URSS et à l'étranger ». « Il sera indispensable d'observer une confidentialité raisonnable et d'utiliser dans certains cas des sociétés anonymes qui empêcheraient l'identification directe du PCUS, y écrivait-il. Le but final serait de créer de façon planifiée les structures d'une économie "invisible" du Parti, connue d'un cercle très étroit de personnes, en parallèle avec une commercialisation de la propriété déclarée du Parti[1]. » L'adjoint de Gorbatchev au secrétariat du Parti, Vladimir Ivachko, a inscrit en marge de cette note : « Question importante pour nous tous, à l'avenir. » À la suite de sa lecture, Ivachko rédigea une directive ordonnant à « tous les cadres du Parti auxquels ont été confiées ces activités

1. Ce document, mis au jour par la Commission d'enquête du Parlement de Russie sur les activités du KGB et du PC après l'échec du putsch, a été publié par Evgueni Albats, membre de la commission, dans *La Bombe à retardement*, *op. cit.*

commerciales d'étudier les règles du commerce. Ils doivent employer des méthodes discrètes et des moyens anonymes afin d'empêcher toute connexion entre ces activités et le Comité central[1] ». Deux officiers du KGB, Leonid Vessiolovski et Alexandre Davidenko, furent détachés auprès des services de Kroutchina pour organiser le montage, avec filières d'évasion pour les capitaux, sociétés-écrans et comptes secrets. Le Parti s'en remettait au savoir-faire de la Loubianka qui avait de l'expérience en matière d'économie clandestine. Depuis 1978, la première direction principale s'était dotée d'un service d'espionnage économique, le huitième département, pour des opérations bancaires à l'étranger. « Nous introduisions nos hommes, des spécialistes des finances formés au KGB, dans les banques soviétiques aussi bien que dans des banques mixtes à Londres et ailleurs, a témoigné Oleg Kalouguine, un général du KGB passé à l'Ouest dans les années 1990. À partir de là, nous avons développé, par exemple, la capacité de manipuler le cours de l'or[2]. » Dans le courant de la décennie 1980, les tchékistes fondèrent de nombreuses fausses banques et entreprises commerciales dans des pays connus pour

1. Evgueni Novikov, ancien membre du Département international du Comité central, a publié cette note dans son livre, écrit en collaboration avec Patrick Bascio, *Gorbatchev and the Collapse of the Soviet Communist Party*, New York, Peter Lang Publishing, 1994.

2. Propos recueillis par Paul Klebnikov in *Parrain du Kremlin*, Paris, Robert Laffont, 2001.

leur législation permissive, Grèce, Chypre, Italie, Portugal, notamment. Des milliards de dollars y furent transférés par la Banque soviétique du commerce extérieur selon un schéma d'évasion éprouvé : une entreprise écran achetait à l'URSS des matières premières facturées en dessous du prix mondial. La différence avec les prix du marché lors de la revente allait alimenter des comptes secrets dans quelques paradis fiscaux. Le scandale de la société ANT, qui éclata à la fin 1989, illustre la méthode utilisée. Créée à l'initiative du complexe militaro-industriel, sous le patronage du Premier ministre Ryjkov, dirigé par un général du KGB, l'ANT s'était spécialisée dans la vente de ferrailles et de vieux métaux. Derrière ce commerce légal, l'entreprise exportait surtout des armes, dont des blindés, ce qui, on s'en doute, ne s'échangeait pas sur le marché au même prix que des rebuts métalliques.

Les pompes à finances, que communistes et tchékistes avaient mises en place de longue date pour leur propre usage, allaient tourner à plein au moment du sauve-qui-peut général qui s'empara de l'élite dans les derniers mois de l'Union soviétique. En prenant ses fonctions auprès de Kroutchina, Leonid Vessiolovski suggéra que « les rentrées qui se sont accumulées dans la trésorerie du Parti et qui n'apparaissent pas dans les rapports financiers [soient] employées pour acheter des actions de diverses sociétés, entreprises et banques. Cela créera une source stable de revenus, indépendamment de ce qui peut advenir du Parti[1] ». L'or de Moscou n'est pas une légende. Au-delà des fantasmes que l'expression a pu susciter, ce trésor de guerre accumulé de longue date, et qui fructifia considérablement dans les années 1990-1991, allait jouer un rôle certain dans la Russie postsoviétique, en particulier dans l'ascension d'acteurs de premier plan.

À la fin de l'ère Gorbatchev, les caisses de l'État soviétique furent vidées au profit des comptes contrôlés par Kroutchina. Les professionnels qui ont œuvré dans ce trafic ont pris soin d'effacer les traces de leur forfait, si bien que Kroll Associates, la célèbre société américaine de renseignement économique, appelée à la rescousse après le putsch par Boris Eltsine, pour tenter de retrouver les milliards de roubles envolés, a dû renoncer à l'enquête faute de résultats probants. Même le montant exact des détournements est resté inconnu : soixante tonnes d'or, huit tonnes de platine, cent cinquante tonnes d'argent, de 15 à 20 milliards de dollars d'argent liquide, furent comptabilisés par une Commission d'enquête parlementaire, mais *quid* des autres matières premières sous-facturées, notamment le pétrole et les diamants dont la Russie est le deuxième producteur mondial ? Toutes ces fuites de capitaux et de matières premières furent organisées au plus haut sommet de l'État-

1. Mémorandum de Vessiolovski reproduit par Paul Klebnikov dans *Parrain du Kremlin, op. cit.*

parti. En décembre 1990, le ministre des Finances de Gorbatchev, Valentin Pavlov — le futur Premier ministre putschiste — s'était rendu dans le plus grand secret en Suisse pour y rencontrer quelques banquiers locaux qui accepteraient de racheter des roubles (dévalués) contre des dollars sonnants et trébuchants. Cent milliards de la monnaie soviétique furent vendus pour 5 milliards de la devise américaine. Un mois plus tard, fin janvier 1991, le nouveau ministre des Finances, Vladimir Orlov, entreprit le même voyage, pour un change moins avantageux : 145 milliards de roubles contre 4 milliards et demi de dollars. Au total, plus de 12 milliards de dollars ont été réunis de la sorte. Dans le même temps, des fonctionnaires du département international du PC s'envolaient vers Panamá ou les îles Caïmans, protégés par leur immunité diplomatique mais les valises bourrées de devises étrangères.

Dans l'affrontement Eltsine/Gorbatchev qui marqua les derniers mois de l'URSS, la dimension financière n'a pas été la moindre. Le premier essaya d'empêcher les caisses de se vider, le second laissa s'exécuter les ordres qui avaient été donnés. Davantage qu'une question de principe, c'était l'avenir de la Russie qui se jouait là, débarrassée de ses oripeaux communistes. Le PC, bien qu'interdit depuis l'échec du putsch, gardait une force économique certaine et, avec lui, les tchékistes qui avaient assuré la logistique des transferts et qui en connaissaient les détails. Alors que le pays sortait exsangue de soixante ans de totalitarisme, il allait devoir compter à l'avenir sur ces acteurs de l'ombre. Le KGB, qui avait perdu le pouvoir à la suite du quitte ou double d'août 1991, comptait bien profiter de sa puissance financière pour partir à sa reconquête. Avant même d'avoir fait ses premiers pas, la jeune démocratie russe se trouvait ainsi flanquée de parrains peu recommandables.

La criminalisation de l'économie

Fort de sa popularité, Boris Eltsine parut un moment désemparé sur le sens à donner à sa victoire. « Tout le monde savait contre quoi se battre, mais pas pour quoi il fallait s'engager », témoigna l'un de ses conseillers, Pavel Vochtchanov. Pour son porte-parole, Viatcheslav Kostikov, le président russe n'avait ni idéologie ni convictions démocratiques propres, mais c'était un homme de pouvoir : « Le pouvoir, c'est son idéologie, son ami, sa maîtresse », expliqua-t-il[1]. Dès le mois d'octobre 1991, avant même la disparition de l'URSS, Eltsine obtint du Parlement les coudées franches pour appliquer un programme radical avec libéralisation des prix et du commerce extérieur, arrêt des subventions aux entreprises déficitaires, privatisation de l'appareil industriel, des commerces et des services. Il mit en place au pas de charge un

1. *L'Hebdo*, 13 juin 1996, *op. cit.*

gouvernement libéral, formé de jeunes théoriciens que les Russes ont vite surnommés les *maltchichki*, les « petits garçons ». Au ministère clef de l'Économie il plaça Egor Gaïdar, un jeune homme d'à peine trente ans qui l'avait séduit. Fils d'un journaliste de la *Pravda*, l'organe du PC, Gaïdar avait été élevé dans le sérail communiste. Des études à l'école numéro 152, réservée à la progéniture de la nomenklatura, la faculté d'économie de Moscou, un doctorat en économie de l'industrie — sa carrière de jeune universitaire était toute tracée. Parallèlement, on lui confia la rubrique économique de *Kommunist*, la revue du Parti. En octobre 1990, il avait pris la direction d'un institut « de politique économique ». C'est le putsch d'août 1991 qui le fit entrer en politique. Ce jour-là, comme des milliers de Moscovites, il est venu soutenir Eltsine devant la Maison-Blanche. Il y rencontra Guennadi Bourboulis, proche conseiller du président russe. Les deux hommes sympathisèrent, Bourboulis présenta le jeune Gaïdar au vieil Eltsine qui fut séduit par son aplomb intellectuel. C'était l'homme qu'il attendait pour le mettre au « gouvernail de l'économie », comme il l'a écrit dans ses mémoires[1].

Il n'y a pas eu de génération spontanée de démocrates après le putsch. Tous ceux qui entourèrent Eltsine à ce moment-là étaient de purs produits de l'éducation soviétique mais, par une sorte

1. Boris Eltsine, *Sur le fil du rasoir*, Paris, Albin Michel, 1994.

de réaction antimarxiste, ils se convertirent avec fougue au libéralisme, chevillés par la foi des néophytes. Selon eux, ce que les communistes avaient fait en soixante-dix ans devait être défait au plus vite : libérer les moyens de production de la tutelle étatique, rétablir la propriété individuelle à tous les niveaux, encourager les entrepreneurs privés par tous les moyens. Pour l'aider dans cette tâche, Gaïdar choisit l'un de ses pairs, jeune économiste comme lui, venu de Leningrad, Anatoli Tchoubaïs, qui devait se charger des privatisations. Ce tandem allait faire basculer en quelques semaines leur pays d'un socialisme sclérosé à un capitalisme échevelé. Dans leur esprit, il fallait provoquer des changements si profonds que tout retour en arrière deviendrait impossible.

Ce radicalisme leur était soufflé par quelques experts étrangers accourus derrière Jeffrey Sachs, un économiste américain doctrinaire du libéralisme le plus sauvage, tous partisans d'un remède de cheval pour réveiller la vieille industrie soviétique. Plus la transition se ferait vite, mieux la Russie se porterait, disaient ses conseilleurs qui, comme le dit l'adage, n'étaient pas les payeurs. Ce pays offrait pour eux un formidable terrain d'expérimentation de leurs thèses, peu leur importaient les spécificités locales telles que l'immensité géographique, le gigantisme du complexe militaro-industriel, la vétusté de l'appareil industriel, l'absence de culture de marché. Gaïdar et Tchoubaïs étaient eux aussi pressés d'imposer leurs thèses libérales pour prendre de court leurs nombreux adversaires dans ce pays où l'étatisme avait toujours été un dogme, qui plus est sous le communisme. « J'ai extrapolé à tort sur la Russie ce qu'on voyait alors en Pologne, reconnut plus tard Gaïdar. Je n'ai pas tenu compte de l'histoire, beaucoup plus longue, du socialisme en Russie, des disproportions plus fortes aussi. Il nous aurait fallu deux fois plus de temps par rapport aux Polonais pour nous en sortir[1]. »

Le 3 juillet 1992, la Douma (Parlement) vota la loi sur « la privatisation des entreprises publiques et municipales ». Le 1er octobre, Tchoubaïs lançait l'opération « bons de privatisation », une belle idée sur le papier, mais dont la réalisation se révéla catastrophique. Le raisonnement était simple : pour que la Russie devienne un pays capitaliste, il fallait qu'apparaisse une classe moyenne garante de la mutation. Pour que cette classe moyenne prospère, il fallait qu'elle s'approprie les biens jusqu'ici propriétés d'État. Pour s'approprier ces biens, il fallait que chaque Russe en devienne propriétaire. D'où l'émission de 151 millions de « bons de privatisation », un par citoyen adulte, d'une valeur nominale de dix mille roubles, environ cent dollars à l'époque. Il était prévu que ces bons deviendraient, deux ans plus tard, de vraies actions à l'occasion de ventes aux enchères. Le scénario envisageait que 51 % de ces futures actions soient

1. Propos publiés par *Moskovski Novosti*, 17 juillet 2001.

attribuées à la direction et au personnel des entreprises concernées, 29 % au public, l'État se réservant le reste qui serait vendu par la suite contre des liquidités ou des promesses d'investissement des futurs acquéreurs. L'idée était généreuse, mais le contexte ne s'y prêtait pas. Les mesures économiques prises par le gouvernement, après la chute du communisme, avaient davantage appauvri la population qu'elles ne l'avaient enrichie. Depuis le début de l'année 1992, les revenus avaient même augmenté trois fois moins vite que les prix. La libéralisation avait entraîné une hausse de 350 % des produits de première nécessité. Dans ces conditions de survie, peu importait à la majorité des Russes de devenir propriétaires de leur entreprise. Pour faire face à l'inflation, les bas de laine s'étaient vidés si vite qu'en recevant leurs bons, beaucoup y ont vu un moyen de se faire de l'argent tout de suite, pour améliorer leur ordinaire, au lieu de les thésauriser. Cette situation a totalement faussé le jeu. Le capitalisme populaire dont avaient rêvé les jeunes réformateurs allait dériver vers une version mafieuse et oligarchique, dont les maîtres n'ont pas fini, aujourd'hui encore, de s'enrichir sur le dos de la Russie.

En quelques mois, des millions de bons se sont retrouvés sur le marché dans l'espoir, pour leurs propriétaires, de les échanger contre un peu de liquidités. Leur valeur vénale ne représenta bientôt plus qu'un quart de leur montant initial, une aubaine pour ceux qui pouvaient les acheter. Les bons n'étant pas nominaux, rien n'empêchait de les vendre ni de les accumuler. Sachant que chacun d'entre eux représentait une part du capital des entreprises privatisées, il y avait là un moyen formidable de s'approprier quelques fleurons de l'ex-industrie soviétique. Et c'est ce qui se passa. Trois catégories d'individus avaient à l'époque les moyens d'acheter ces bons que les Russes les plus pauvres bradaient : les patrons des entreprises concernées, autrement dit la nomenklatura économique de l'ancien régime qui avait mis de l'argent de côté grâce à ses passe-droits ; les riches de l'économie parallèle, tous ceux qui avaient fait fortune avec leurs trafics, les receleurs d'argent noir qu'il fallait blanchir, en un mot, une mafia soviétique aussi présente et puissante en URSS que celle qui existe dans les pays capitalistes ; et enfin les détenteurs des comptes secrets du Parti et du KGB, ceux-là mêmes qu'avait ouverts Nikolaï Kroutchina, qui n'était plus là pour dire à qui ils appartenaient. C'est au début de cette décennie 1990 que sont nées les fortunes qui domineraient par la suite la vie économique et politique du pays.

Une part non négligeable des meilleures entreprises russes fut achetée par leurs directeurs, nommés à l'époque soviétique. Certains ont utilisé les fonds de leurs sociétés, détournés secrètement, pour en prendre le contrôle ; d'autres se procurèrent des bons de privatisation pour intervenir dès les premières enchères ; beaucoup achetèrent les parts de leurs ouvriers sur le marché secondaire. À la porte des usines, des bandes organisées proposaient aux salariés de leur acheter leurs bons, pour le compte du directeur. Au fil des mois, l'inflation et la dévaluation du rouble réduisirent la valeur de ces bons, à tel point qu'en 1993, lorsque leurs détenteurs furent autorisés à les revendre, leur prix s'était effondré de moitié. L'État, qui vendit de la sorte ses actifs pour des sommes dérisoires, fut le grand perdant de ces ventes aux enchères. Des investisseurs bien introduits en profitèrent, eux, pour se bâtir des fortunes considérables. C'est là qu'est entré en scène le crime organisé dont les hommes, les réseaux et surtout les fonds permettaient de jouer un rôle de premier plan dans cette grande braderie. Pour démarcher les détenteurs de bons, les leur acheter, centraliser le tout, il fallait une main-d'œuvre obéissante, une hiérarchisation parfaite pour éviter les détournements, et beaucoup d'argent, même si les prix chutaient. La mafia, qui possédait tout cela, entra de plain-pied dans le monde des entreprises, par la grande porte.

Le crime organisé n'a pas attendu l'effondrement de l'URSS pour exister et se développer en Russie, au contraire. Le compagnonnage du communisme et de la pègre est une vieille histoire qui date d'avant la révolution d'octobre 1917, du temps où le parti bolchevique utilisait des gangsters et leurs méthodes pour se financer (pillage de banques, extorsion de fonds...). L'organisation du Parti copia d'ailleurs celle des groupes criminels ; Lénine estimait que c'était là le meilleur moyen d'éviter une infiltration de la police. Plus tard, Felix Dzerjinski, le créateur de la Tcheka, la première police secrète du régime communiste, recruta ses cadres parmi les criminels qu'il avait côtoyés dans les prisons tsaristes. L'expression « voleurs dans la loi » dont usent de nos jours encore les malfrats russes pour se définir entre eux, date de cette époque. Les organes répressifs n'ont jamais cessé, par la suite, d'utiliser des méthodes de gangster pour faire régner la terreur dans l'empire. Le PC, quant à lui, s'est toujours bien entendu avec la mafia, ou plutôt les mafias, le phénomène ayant proliféré dans les républiques de l'Union comme dans les pays frères. Les responsables communistes, à tous les niveaux, ont toujours protégé les activités économiques clandestines dont ils profitaient largement, soit en y prélevant leur dîme, soit en fermant les yeux contre des pots-de-vin. L'économie parallèle, aux mains des mafiosi, était au fond la seule qui fonctionnait dans l'Empire soviétique, générant des profits qui alimentaient la corruption au sein de l'État-parti.

Andropov, en son temps, avait pris conscience du danger que représentait cette criminalisation de la société soviétique avec sa nomenklatura gangrenée. Le limogeage en 1983 du ministre de l'Intérieur Chtchelokov fut un coup de semonce. L'homme avait monté un trafic lucratif en revendant dans des magasins spéciaux, réservés aux officiers de son ministère, les biens confisqués par la milice. Gorbatchev perçut également le processus de criminalisation du PC comme un péril majeur. Il pensait qu'en démocratisant le Parti, il parviendrait à le libérer des griffes de la mafia, mais il commit plusieurs erreurs qui allaient permettre à la pègre d'étendre son pouvoir. Sa campagne de moralisation antialcoolique favorisa le marché noir, les taxes récoltées jusqu'à présent par l'État tombèrent dans l'escarcelle des criminels. La prohibition permit à de belles fortunes de se constituer, celles-ci investirent par la suite dans l'industrie au moment des privatisations. L'ouverture des camps et des prisons libéra de nombreux caïds, de redoutables chefs de bande qui devaient vite mettre l'économie du pays en coupe réglée. À la faveur des premières mesures de libéralisation, dans les années 1987-1990, l'argent du marché noir commença à s'investir dans le commerce. Au même moment, les entreprises légalisées soucieuses de leur protection faisaient appel à la mafia pour frauder le fisc ou pour accroître leur capital. Le crime organisé comprit vite et bien les rouages de l'économie de marché et cultiva l'art d'en profiter.

Le KGB joua, là encore, un rôle certain. Les Organes étaient en partie responsables de cette montée en puissance de la pègre. Andropov avait eu l'idée d'entraîner des unités spéciales pour pénétrer la mafia. Cette décision favorisa une première symbiose entre les tchékistes et le crime organisé. Sous Gorbatchev, l'infiltration et le parrainage des principales bandes criminelles se poursuivit, ce qui fit dire à James Moody, à l'époque chef du département du crime organisé au FBI américain, que le KGB se trouvait derrière de nombreux gangsters russes. Dans ces années 1980, le milieu criminel accueillit des athlètes et des vétérans de la guerre d'Afghanistan, désœuvrés. La progression de l'économie souterraine entraîna un développement des pratiques d'extorsion menées sous l'égide de ces professionnels. Au tournant des années 1990, le développement des sociétés de sécurité privées offrit une couverture légale à ce type de services. Les entrepreneurs désireux de se protéger fondèrent des départements *ad hoc,* ce qui favorisa la collusion de ce monde interlope fait de truands, d'ex-militaires, d'ex-officiers du KGB. Dans les années 1990-1991, au moment où le Parti communiste convertit à la hâte ses biens en devises pour les placer sur des comptes à l'étranger, le KGB, chargé de la logistique de l'opération, utilisa des structures de l'économie parallèle, aux mains de la mafia, pour monter certaines opérations financières[1]. La confusion des genres devint totale dans les premières années de la présidence Eltsine : « Nous avons acquis la certitude que des

1. « Le Crime organisé dans la Russie postcommuniste », *Renseignement et Sécurité* n° 48, 1995, édité par le gouvernement canadien.

membres du KGB jouent aujourd'hui un rôle important dans le secteur du crime organisé, accusa Bernd Schmidbauer, secrétaire d'État à la chancellerie allemande, chargé de la coordination du renseignement. Les structures du KGB participent activement au trafic de drogue, d'armes, de matières nucléaires, de traites des blanches et elles fabriquent de la fausse monnaie[1]. »

Le gouvernement Eltsine commit l'erreur de vouloir privatiser tout en même temps, la flotte marchande, les ports, la construction automobile, les constructions mécaniques, les mines, les compagnies pétrolières... Sa précipitation fit le lit de la mafia, faute d'autres investisseurs capables d'acheter toutes ces entreprises. Les épargnants étaient ruinés par l'inflation et les dévaluations, les *nouvorichi*, comme on dit en russe, cherchaient des placements plus lucratifs dans l'immédiat, et les étrangers attendaient de voir la tournure que prendraient ces privatisations. Anatoli Tchoubaïs, qui dirigea le Comité fédéral pour la gestion de la propriété d'État, le GKI, a admis avoir livré le pays au crime organisé. « Nous n'avions pas le choix entre une transition idéale vers l'économie de marché et une transition criminelle, confessa-t-il dix ans plus tard. Le choix était entre une transition criminelle ou la guerre civile[2]. » Transition criminelle ? Les deux mots ne sont guère compa-

1. *Capital* (édition allemande), 3 mars 1994.
2. *Parrain du Kremlin, op. cit.*

tibles. Quand la mafia s'installe quelque part, c'est pour y prospérer durablement en général. L'économie russe n'a pas fait exception à cette règle. Les données connues sont impressionnantes, la pègre dans ces années 1990 n'a pas cessé de progresser : en 1994, le ministère de l'Intérieur (MVD) estimait que 40 % des affaires privées, 60 % des entreprises publiques et 85 % des banques avaient des liens avec le crime organisé ; un an plus tard, l'Académie des sciences russe publia une étude révélant que la mafia contrôlait 40 % de l'économie, la moitié du parc immobilier, les deux tiers des institutions commerciales, soit au total 350 000 entreprises, 400 banques et 150 sociétés d'État ; en 1998, Alexandre Kolesnikov, responsable de la lutte anticriminalité au MVD précisait : « Les mafias russes contrôlent au moins 40 000 sociétés, dont 1 500 d'État, 550 banques, parmi lesquelles les dix plus importantes, et 4 000 sociétés anonymes[1]. »

Aujourd'hui, la « transition criminelle » n'est pas achevée. Alexandre Eline, le nouveau patron de la lutte contre la criminalité au MVD, estime que « plus de 2000 sites industriels sont contrôlés par de grands groupes criminels. Parmi ces sites, 20 % sont des entreprises très importantes, autour desquelles ont été construites des villes entières[2] ». Les effectifs de cette mafia n'ont cessé de grossir eux aussi. En 1994, on estimait à 150 le

1. Cité par Hélène Blanc, *KGB Connexion*, Hors Texte, 2004.
2. *Izvestia*, 31 janvier 2007.

nombre de syndicats du crime en activité, de nos jours ils seraient 450, toujours selon Alexandre Eline. Contrairement à d'autres bandes organisées dans le monde, celles qui sévissent en Russie ne se contentent pas de collaborer avec le pouvoir, elles sont dans une certaine mesure le pouvoir. Elles dictent leurs règles à l'État. C'est à cette mafia toute-puissante, influente et extrêmement riche que Vladimir Poutine pensait lorsqu'il a affirmé, en s'installant au Kremlin en 2000, que toute redistribution de la propriété privée était impossible, qu'il n'y avait pas à y revenir. Le pouvoir est d'autant plus paralysé que les caïds usent de leurs moyens (colossaux) pour corrompre et investir tous les rouages. Sous Eltsine, le MVD estimait à 83 le nombre de députés liés à la mafia ; sous Poutine, ils étaient 107 selon les mêmes sources[1].

Extorsions de fonds, fuites de capitaux, assassinats et même de vraies petites guerres pour prendre le contrôle de secteurs industriels tout entiers, ont ponctué l'inexorable criminalisation de l'économie russe. Là encore, les chiffres connus sont impressionnants : 70 à 80 % des entreprises et des banques se faisaient racketter dans les années 1990 ; à la même époque, le Centre américain d'études stratégiques et internationales avait estimé à un milliard de dollars le montant des transferts mensuels de fonds douteux de la Russie vers Chypre ; plus de trois cent cinquante mille

1. *Ibid.*

personnes ont été tuées ou estropiées dans les quatre premières années de cette même décennie 1990[1]. Les banquiers ont longtemps été les cibles privilégiées du milieu, soit parce qu'ils refusaient de coopérer, soit parce que la mafia voulait s'emparer de leur établissement, soit parce qu'ils en savaient trop sur les trafics illégaux. L'hécatombe fut telle qu'on estimait le risque de mort violente d'un banquier sous Eltsine égal à celui qu'avait un haut fonctionnaire de l'époque de Staline d'être exécuté d'une balle dans la nuque.

La guerre de l'aluminium, avec ses cent quarante morts qui ensanglantèrent ce secteur industriel dans les années 1990, illustre mieux que toute autre les dessous meurtriers des privatisations, où grand banditisme, haute finance et pouvoir central se sont affrontés violemment avant de se soutenir mutuellement dans un grand élan d'intérêts communs, pour accaparer les milliards de dollars qui étaient (et qui sont toujours) en jeu. Cette histoire exemplaire eut pour théâtre la Sibérie, immense région en partie désertique, loin de Moscou, où les mœurs sont aussi rudes que le climat est hostile. C'est à Krasnoïarsk, une sinistre cité enveloppée d'épaisses fumées crachées jour et nuit par des hauts-fourneaux, un haut lieu de la fierté sidérurgique de l'URSS, que l'affrontement fut le plus sanglant. Krasnoïarsk, où se

1. « Le crime organisé dans la Russie postcommuniste », art. cité.

dresse aussi la plus grande usine d'aluminium du pays, construite à l'époque du socialisme triomphant pour alimenter la machine de guerre soviétique. Ce *kombinat* allait être l'objet de toutes les convoitises. Anatoli Bykov fut le premier à s'intéresser à ce joyau, au moment où Tchoubaïs distribua les bons de privatisation. Âgé d'une trentaine d'années, Bykov était un ancien boxeur et ex-professeur d'éducation physique, reconverti depuis quelques années dans les affaires. À la tête d'un club sportif spécial, il avait réussi, dans les années 1980, à prendre le contrôle d'hôtels, de casinos et de concessions automobiles. Il était devenu une sorte de parrain local. Il avait l'argent et les hommes nécessaires pour s'emparer de l'usine en vente. L'achat des bons aux employés actionnaires et des morts opportunes firent de Bykov l'heureux propriétaire du *kombinat* géant en 1995. Son intérêt pour l'aluminium était purement mercantile, comme l'ont vite compris les employés du complexe industriel. Pillage de l'entreprise, exportations frauduleuses... Des millions de dollars furent détournés des caisses de Krasnoïarsk. Personne ne disait rien. Élu député au parlement régional en 1997, il vivait entouré d'une petite armée dirigée par d'anciens officiers du KGB. L'homme était intouchable, ou presque.

Les ennuis de Bykov ont commencé lorsque les frères Tchernoï se sont intéressés à ses affaires. Eux aussi étaient versés dans l'aluminium, pour les mêmes raisons lucratives que le parrain de

Krasnoïarsk. Lev et Mikhaïl Tchernoï, originaires de Tachkent en Ouzbékistan, avaient monté au début des années 1990 une société de commerce internationale avec un négociant en métaux installé à Londres. Les Tchernoï achetaient l'aluminium au prix russe pour le revendre sur le marché au prix international, via cet intermédiaire londonien, ce qui leur procurait de très substantiels bénéfices. Avec cet argent et de bonnes méthodes de persuasion, ils rachetèrent nombre d'usines de production pour se constituer un bel empire. En 1995, ils contrôlaient les deux tiers de la production russe d'aluminium. Leur ascension fut entourée de cadavres, mais jamais aucun meurtre ne leur fut officiellement attribué. Ils bénéficiaient de solides protections au Kremlin, l'un de leurs associés ayant été adjoint du vice-Premier ministre.

Il leur manquait Krasnoïarsk pour parfaire leur réussite. Ils proposèrent à Bykov de s'associer. Leurs arguments furent sans doute décisifs pour que ce dernier accepte le marché. Mal lui en prit. Peu après, la police commença à s'intéresser aux affaires de Bykov. L'ordre venait du Premier ministre en personne, Viktor Tchernomyrdine. Les protecteurs du petit parrain de Krasnoïarsk ne pouvaient rien faire contre cela. Accusé d'une vingtaine de meurtres, il tenta de se réfugier en Autriche, mais Moscou exigea son extradition. Débarrassés du mafieux, les frères Tchemoï pouvaient être sacrés les rois de l'aluminium. Leur règne fut de courte durée.

En 1996, Mikhaïl Tchernoï s'associa à un jeune businessman qui avait déjà accumulé une jolie fortune dans la branche. Oleg Deripaska était son cadet d'une bonne quinzaine d'années, mais il incarnait l'avenir de l'aluminium russe. Né en 1968 dans un milieu modeste, le jeune Oleg fut élevé par ses grands-parents dans une ferme de Krasnodar, dans le sud de la Russie. À l'âge de dix-huit ans, il monta à Moscou pour y suivre des études de chimie à l'université Lomonossov. C'est là, à la fin des années 1980, qu'il commença son irrésistible ascension. Deripaska n'a jamais dit comment ni où il a gagné les premiers roubles qui lui permirent de spéculer sur les matières premières. Il faut croire qu'il fut chanceux, ou financièrement bien soutenu, pour se retrouver millionnaire quelques années plus tard. En 1995, il acheta sa première usine d'aluminium à Saïansk, en Sibérie. La légende raconte qu'il venait chaque matin, frissonnant dans le froid, à la porte de l'usine, pour racheter aux ouvriers leurs bons de privatisation. Un an plus tard, en 1996, il fondait le groupe Sibal regroupant plusieurs usines. Cette année-là, il s'associa avec Mikhaïl Tchernoï. Pour ce dernier, c'était le début de la fin.

Tout dans cette guerre de l'aluminium a été une question d'influence. Celui qui disposait des meilleurs appuis devait gagner la partie. Tchernoï avait le Premier ministre dans sa poche ; Deripaska, lui, était proche du président Boris Eltsine. L'issue du combat ne faisait guère de doute. Pour s'emparer des usines qui l'intéressaient, le jeune Oleg comptait généralement sur le soutien des autorités locales. Souvent, il passait par la compagnie d'électricité du coin qui augmentait d'un seul coup ses tarifs à l'usine convoitée (la production d'aluminium demande beaucoup d'énergie), poussant sa direction à la faillite. Le tribunal de commerce s'empressait alors d'en confier la gestion à Deripaska. Plus sa réussite s'affirmait, plus le déclin de son associé, Mikhaïl Tchernoï, se confirmait. Bientôt inquiété par la police pour son passé sulfureux, ce dernier fut contraint de se réfugier en Israël, loin du bras de la justice moscovite[1]. Deripaska devint le nouveau roi de l'aluminium russe. Il l'est toujours : il dirige aujourd'hui Rusal, le deuxième producteur mondial, et sa fortune personnelle est estimée à près de 20 milliards de dollars. Il est devenu le plus riche des milliardaires russes.

L'oligarque Deripaska ne traîne pas de cadavre derrière lui, pour autant qu'on le sache. Pendant un certain temps, il fut toutefois déclaré *persona non grata* au sommet de Davos, et même interdit de séjour aux États-Unis en raison de son association passée avec Mikhaïl Tchernoï, mal vu par les polices occidentales. Le nouveau roi de l'aluminium a alors cherché à se refaire une virginité.

1. Mikhaïl Tchernoï, qui se fait appeler Michael Cherney depuis qu'il s'est réfugié en Israël, accuse toujours Deripaska de l'avoir dépouillé d'une partie de ses biens. Les deux hommes sont en procès.

Outre-Atlantique, il s'est assuré les services d'un grand cabinet de lobbying pour plaider sa cause. En 2005, l'Amérique du Nord lui ouvrait enfin ses portes et il devint même une star de la City de Londres. Sa véritable puissance, Oleg Deripaska la tient de sa proximité avec le Kremlin. Marié depuis 2001 à la fille du gendre d'Eltsine, il appartient à la « famille » comme on dit. Il a surtout pris soin d'être dans les bonnes grâces de Vladimir Poutine, sourcilleux sur les questions d'allégeance. Le richissime Deripaska n'a pas lésiné sur les dollars pour soutenir la candidature de Sotchi, la ville villégiature préférée de Poutine, qui accueillera les jeux Olympiques d'hiver de 2014, et c'est lui qui financera l'essentiel des travaux.

Le cancer tchétchène

La Russie postsoviétique n'a pas eu à choisir entre la « transition criminelle » et la guerre civile, comme l'a prétendu Anatoli Tchoubaïs, elle a subi les deux, l'une procédant de l'autre. Non seulement la mainmise de la mafia sur l'économie fut jonchée de cadavres, mais la guerre des gangs déboucha sur un conflit autrement plus meurtrier, aux confins des restes de l'empire, en Tchétchénie. Une vraie guerre, cette fois, avec ses dizaines de milliers de morts, conséquence de la criminalisation du pays lorsque les intérêts mafieux ont fini par se confondre avec les intérêts de l'État, et vice versa. La guerre en Tchétchénie, qui a pourri la présidence d'Eltsine, radicalisé le régime de Poutine et décimé tout un peuple, est une forme de guerre civile qui trouve son origine dans la cupidité des hommes, qu'ils aient été chefs de gang ou responsables politiques.

Le contentieux russo-tchétchène est ancestral. Sous le communisme, la déportation massive de ce petit peuple du Caucase par Staline, pour cause de collaboration supposée avec l'envahisseur nazi lors de la Seconde Guerre mondiale, a radicalisé les rancœurs accumulées. Au début des années 1980, Andropov les a encore exacerbées en lançant sa campagne anticorruption qui prit pour cible les républiques musulmanes d'Asie centrale. Faire le ménage dans ces lointaines marches évitait au patron du KGB de s'en prendre aux mœurs corrompues des Russes, de compromettre des amis trop proches du Kremlin. Deux poids, deux mesures typiques des relations coloniales qu'entretenait le régime soviétique avec les peuples de sa périphérie, et que les républiques concernées ont vécus comme autant de discriminations. La politique d'Andropov contribua malgré elle au démembrement de l'URSS tant elle souligna les différences entre les Russes privilégiés et les autres communautés nationales de l'URSS. Gorbatchev poursuivit cette lutte anticorruption en accentuant la pression de Moscou sur les républiques musulmanes où l'économie parallèle était florissante, avec un marché noir aux mains des mafias locales.

Entre la fin 1985 et le début 1986, par exemple, Gorbatchev remplaça jusqu'à 80 % des membres des directions communistes dans les « dominions » d'Asie centrale. L'ingérence de Moscou favorisa le rapprochement des élites locales avec les mouvements d'indépendance, les uns et les autres étant soucieux de protéger leur territoire, leur style de vie et leurs intérêts. Le crime organisé, qui n'avait aucun intérêt au changement, vit cela d'un bon œil. Bientôt, mafia et indépendantistes firent cause commune. Le phénomène fut surtout observé en Tchétchénie où il existait une tradition mafieuse qui dépassait les limites du territoire. Ce fut la genèse du conflit.

Des bandes venues de Tchétchénie sont apparues à Moscou à la fin de la décennie 1980. Restaurants, hôtels, banques et nouvelles entreprises privées devinrent les cibles privilégiées de ces racketteurs dont les méthodes radicales et sanglantes ne tardèrent pas à entretenir, chez les Russes, une psychose du « bandit tchétchène » que le pouvoir allait instrumentaliser en temps voulu. Quand les casinos firent leur apparition, les Tchétchènes s'adjugèrent les meilleurs, déclenchant une guerre des gangs meurtrière avec la mafia locale russe, la Fraternité de Solntsevo. Le ressentiment anti-tchétchène s'aviva chez les caïds russes comme dans la population, dès que Grozny, la capitale de la Tchétchénie, réclama son indépendance après l'éclatement de l'URSS. La lutte entre les clans mafieux devait vite dégénérer en une guerre russo-tchétchène, les enjeux dépassant désormais le cadre des simples rackets.

Le Congrès national tchétchène vit le jour à Grozny à la fin de novembre 1990, et choisit pour président Djokhar Doudaev, un général d'aviation formé à l'école soviétique, ancien combattant en Afghanistan, marié à une Russe. Malgré cet état civil, l'homme, qui avait connu dans son enfance la déportation de son peuple au Kazakhstan, qui subit par la suite toutes sortes de discriminations, le lot commun pour les Tchétchènes en URSS, cet homme-là était fermement décidé à se battre pour l'indépendance de son pays. Son nationalisme était imprégné de sentiments religieux musulmans, ce qui allait jouer son rôle dans la guerre qui s'annonçait. Le 27 octobre 1991, Doudaev fut élu au suffrage universel président de la Tchétchénie ; cinq jours plus tard, il déclarait la souveraineté du territoire. Moscou décréta illégales son élection et cette autoproclamation d'indépendance. Pour le Kremlin, la Tchétchénie devenait une zone de « non-loi », ce qui correspondait à la réalité. La mafia locale, proche des nationalistes, disposait maintenant d'un territoire. Cela allait accélérer la criminalisation du pays. « La fraude de la banque tchétchène », qui défraya la chronique en 1992-1993, illustre de quelle manière les bandes criminelles tchétchènes ont réussi à servir les intérêts de Grozny. Le schéma de l'escroquerie était simple mais efficace : grâce à des codes dérobés à la Banque centrale de Russie, une société-écran (généralement une banque dûment enregistrée), envoyait un faux mandat télégraphique à un second établissement bancaire. Celui-ci se faisait créditer la somme dans l'une des mille quatre cents succursales de la Banque centrale. Puis les deux banques disparaissaient avec l'argent prélevé. Plus de 500 millions de dollars furent escroqués de cette manière à Moscou, dont une bonne partie vint alimenter le Trésor public de la République tchétchène.

Grozny défiait l'autorité de Moscou, mais ce n'est pas ce qui décida le Kremlin à intervenir militairement en décembre 1994. Que la Tchétchénie ait servi de base arrière à une mafia qui écumait les quatre coins du pays, qu'elle ait été au cœur du marché noir, qu'elle soit devenue la plaque tournante du trafic de drogue entre l'Afghanistan producteur et l'Europe consommatrice, tout cela importait peu à la jeune démocratie russe. En revanche, il était insupportable que Doudaev et sa bande ne respectent pas les accords qui avaient si bien profité, jusqu'à présent, aux deux parties, le gouvernement russe comme les indépendantistes. L'intervention militaire décidée par Boris Eltsine et ses proches, le « parti de la guerre » comme on les appela, est une conséquence de la criminalisation de la Russie qui a accompagné la conversion du pays au capitalisme, lorsque l'afflux de dollars fit tourner la tête à plus d'un. En toile de fond de ce conflit, qui n'allait pas tarder à coûter la vie à des dizaines de milliers d'hommes, de femmes et d'enfants, qui devait saigner une armée russe désorientée et qui allait réduire Grozny à un champ de ruines, se dessinait un vaste marchandage étatico-mafieux autour de l'argent du pétrole. Ce contentieux n'a toujours pas fini de secouer la Russie.

Dans ces années 1990, les prix du baril d'or noir pratiqués à l'intérieur du pays étaient très inférieurs à ceux du marché mondial. Pour des raisons économiques (soutien à l'industrie, maîtrise de l'inflation...), Moscou tenait à garder l'énergie bon marché. Dans le même temps, le gouvernement devait s'assurer de la maîtrise de la production pour éviter des ventes sauvages à l'étranger, à de meilleurs prix. Les autorités russes avaient donc mis en place des quotas d'exportation drastiques. Pour les compagnies pétrolières en voie de privatisation, pour les traders de tout poil, comme pour ceux qui commençaient à s'enrichir à l'ombre du capitalisme naissant, frauder ce dispositif de contrôle devint vite un sport national qui rapportait gros. Au cœur de ce trafic d'or noir se trouvait la Tchétchénie par où transitait une partie de la production de la mer Caspienne et de la Sibérie occidentale, à travers un réseau dense d'oléoducs d'où il était loisible de prélever une partie du flux pétrolier pour l'exporter, sans que Moscou le sache. La Tchétchénie indépendante n'étant pas soumise aux quotas russes, les détournements s'en trouvaient facilités. Pour qu'un tel trafic existe, il fallait des complicités du côté des autorités tchétchènes comme du gouvernement russe, ou de certains de ses membres, chacun devant y trouver un avantage financier. Des centaines de millions de dollars étaient ainsi volés à l'État russe.

Cette belle affaire capota à la fin de 1993 lorsque Doudaev avec son entourage décida de faire cavalier seul. Puisque le pétrole transitait sur le territoire tchétchène, pourquoi partager ? Les associés moscovites furent mis devant le fait accompli. En représailles, le Kremlin tenta d'abord de déstabiliser la petite république en y infiltrant des commandos à sa solde pendant l'été 1994. Puis en décembre, la décision fut prise de châtier ces partenaires indélicats. Moscou était persuadé que la vaillante armée russe ne ferait qu'une bouchée des bandits tchétchènes. Il fallut plus d'un mois à ses troupes pour pénétrer dans la capitale, Grozny, dévastée par l'intervention de dizaines de blindés et par d'intenses bombardements aériens. La résistance se réfugia dans la montagne, enfermant l'armée russe dans le piège d'un mini-Afghanistan. Pis, des commandos tchétchènes portèrent la guerre sur le territoire ennemi, notamment avec la prise d'otages de Boudiennovsk, en juin 1995, dirigée par un homme qui allait devenir la bête noire de Moscou, Chamil Bassaïev[1]. Humiliée, militairement défaite même, la

1. Bassaïev et ses hommes prirent en otages mille cinq cents personnes dans l'hôpital de Boudiennovsk, une petite ville russe située à une centaine de kilomètres de la Tchétchénie. Les forces spéciales dépêchées par Moscou échouèrent dans leurs tentatives de déloger le commando. Le Premier ministre, Viktor Tchernomyrdine, fut contraint d'accepter les revendications de Bassaïev. Son commando retourna en Tchétchénie en héros.

Russie fut bientôt contrainte de négocier un accord de paix, à la fin d'août 1996. Les hostilités cessèrent, mais le cancer tchétchène n'était pas éradiqué. Il ne demandait qu'à repartir de plus belle sous l'impulsion conjuguée de la mafia locale, de chefs de guerre tout-puissants, d'islamistes, et du pétrole toujours convoité.

La Tchétchénie n'en avait pas fini avec « le parti des affaires », comme le dit le général Lebed, l'homme qui négocia l'accord de paix de 1996. Selon lui, l'aventure militaire dans laquelle Moscou s'était lancé s'expliquait également par un vaste trafic d'armes au détriment de l'armée russe. « Matveï Bourlakov, ancien commandant des forces soviétiques en Allemagne de l'Est a volé et vendu illégalement mille six cents chars, avec le soutien de l'ancien ministre de la Défense, Pavel Gratchev[1], accusa Lebed. Ce qui aurait été découvert tôt ou tard. Il fallait donc organiser quelque part un conflit dans lequel de nombreux blindés pouvaient être détruits et où tout décompte serait impossible. Voilà pourquoi des colonnes de chars ont été lancées sur Grozny. Un tel engin, dans une ville, c'est comme un éléphant dans un fossé. La plupart des blindés engagés ont été incendiés, ceux qui en ont réchappé ont été détruits pendant leur retraite. Allez-y, comptez les restes[2] ! »

1. Pavel Gratchev, qui fut l'un des putschistes d'août 1991, était connu dans l'armée pour ses goûts de luxe et son amour de l'argent, ce qui lui avait valu le surnom de « Pacha Mercedes ».

2. *Les Mémoires d'un soldat*, Paris, Éd. du Rocher, 1998.

La première guerre de Tchétchénie fut une affaire juteuse pour de nombreux Russes et Tchétchènes, mais nul mieux que Boris Berezovski ne sut en tirer profit aussi bien que lui. Cet homme, qui a été considéré comme l'oligarque le plus puissant de l'ère Eltsine, qui se vanta de faire et défaire les gouvernements tout au long de la décennie 1990, doit une grande partie de sa (bonne) fortune à ce conflit. Intrigant à l'intelligence exceptionnelle, à l'entregent sans pareil, Berezovski réussit à occuper l'interface entre Moscou et Grozny, en jouant de ses relations dans les deux camps pour s'imposer et s'enrichir. Sa saga symbolise mieux que toute autre l'évolution de la Russie à cette époque, des espoirs qu'avait suscités la démocratisation, au chaos qui accompagna la fin de règne du vieux tsar Eltsine, malade et fatigué. L'ascension de Boris Berezovski montre surtout que tout était possible dans ce pays qui, au sortir de la longue nuit totalitaire, découvrait émerveillé les lumières chatoyantes, mais parfois trompeuses, du capitalisme.

Au temps de l'URSS, Boris Berezovski dirigeait un institut spécialisé dans l'étude des théories de l'aide à la décision, dépendant de l'Académie des sciences. Il menait une carrière exemplaire de fonctionnaire, lorsqu'il fut saisi du virus capitaliste au moment où Gorbatchev amorça la perestroïka économique. Ce brillant mathématicien comprit immédiatement la chance qu'offriraient les premières privatisations ; il s'y lança à corps perdu.

Son choix se porta sur le secteur de l'automobile, forcément appelé à un bel avenir dans ce pays encore communiste où la voiture restait un rêve pour le plus grand nombre. Ce faisant, Berezovski ne se rendit peut-être pas compte (ou au contraire en était-il conscient ?) qu'il allait mettre le doigt dans un engrenage qui donnerait un côté à jamais sulfureux à sa carrière d'homme d'affaires. Il jeta son dévolu sur AvtoVaz, la plus grande usine de construction automobile du pays, d'où sortait la Lada, objet de tous les désirs chez les Soviétiques. Mais AvtoVaz était également un fief de la mafia qui y détournait, à son profit, des tonnes de pièces détachées et une partie des véhicules fabriqués. Berezovski devait compter avec elle. Dès lors, sa carrière allait être entourée de cadavres et lui-même échappa par miracle à deux attentats mortels. Il commença par créer, en 1989, LogoVaz, une société chargée de commercialiser les Lada. Le circuit qu'il mit au point fit sa fortune : le client versait sept mille cinq cents dollars à LogoVaz pour s'offrir une voiture qu'il ne recevrait que des mois plus tard. Berezovski reversait quatre mille cinq cents dollars à AvtoVaz et gardait la différence pour lui. L'usine fabriquait les véhicules à perte pendant qu'il empochait les bénéfices. En moins de quatre années, il accumula ainsi plus de 250 millions de dollars. En 1993, grâce aux bons de privatisation, il finit par acquérir une participation majoritaire dans AvtoVaz. Mais ses ambitions ne s'arrêtaient pas là.

Berezovski mit son habileté au service de son désir de conquête. Très vite, il avait joué le clan des « démocrates » contre celui des « conservateurs », s'assurant ses entrées auprès du pouvoir, après l'échec du putsch. Dès septembre 1991, LogoVaz avait reçu une licence spéciale du ministère du Commerce extérieur l'autorisant à exporter du pétrole, de l'aluminium et divers minerais stratégiques. Un contrat en or, puisque ces matières premières et ces productions valaient davantage sur le marché mondial qu'en Russie. Les exporter garantissait des bénéfices considérables. Que Berezovski ait obtenu un tel passe-droit indique jusqu'à quel point il avait réussi à pénétrer les rouages de l'État, dès le début de l'ère Eltsine. Avec l'argent gagné, il investit dans le pétrole (Sibneft), le transport (la compagnie d'aviation Aeroflot) et les médias (des télévisions avec la première chaîne ORT et TV6 ; des journaux comme *Nezavissimaïa Gazeta* et *Ogoniok).* Il pesa bientôt 3 milliards de dollars, au bas mot. Excellent trader, il s'est montré en revanche un piètre gestionnaire. Ces sociétés ont vite connu des problèmes de croissance : les bénéfices disparaissaient. Dans le cas de l'Aeroflot, par exemple, il encaissa les 200 millions de dollars versés par les compagnies aériennes étrangères pour prix de leur survol de l'espace aérien russe. Ces taxes revenaient de droit à l'État, mais elles ne lui parvenaient pas. L'oligarque finit par devenir intouchable, au fil des années. Le pouvoir — plus précisément le

Kremlin, où il avait ses entrées, et singulièrement Boris Eltsine qui l'appréciait — le protégeait. En ce sens, Berezovski symbolise bien tous les excès de cette époque.

Il entra dans le cercle présidentiel, la « famille », à la fin de 1993. Cette année-là, Eltsine cherchait à faire éditer un livre, écrit avec le journaliste Valentin Ioumachev (qui devint par la suite son gendre). L'oligarque proposa de servir d'intermédiaire. Ce fut son sésame. L'ouvrage, qui parut notamment en français sous le titre *Sur le fil du rasoir*[1], ne fut pas un succès de librairie. Eltsine n'en reçut pas moins chaque mois seize mille dollars au titre de ses droits d'auteur, des royalties digne d'un best-seller. En réalité, cet argent était le prix que payait Berezovski pour complaire au vieux président. L'homme d'affaires avait placé quelques millions de dollars dans une banque londonienne, dont les intérêts revenaient à Eltsine[2].

À la fin d'octobre 1996, Boris Berezovski fut nommé secrétaire adjoint du Conseil de sécurité, une instance regroupant les structures dites « de force » — Intérieur, Défense, Sécurité —, chargée de superviser les problèmes relevant de la sûreté du territoire. Par le fait du prince, il était désormais au cœur du pouvoir russe. Son intérêt pour ce poste se résumait au seul dossier tché-

1. En 1994, *op. cit.*
2. L'histoire est racontée dans *Forbes*, 22 mars 1999.

tchène. Pour des raisons financières, comme le comprit le général Lebed : « Les organisations tchétchènes de Moscou sont des filiales de celles qui agissent en Tchétchénie, expliqua-t-il. Lorsque l'on entre en contact avec la filiale, on entre aussi en contact avec la Tchétchénie. Or Berezovski a maintenu ces liens avant la guerre, pendant et après la guerre. » Dans l'affrontement qui opposait à Moscou la mafia tchétchène à la mafia russe (musulmans contre Slaves disaient certains) de la Fraternité de Solntsevo, pour le partage des trafics en tout genre, l'oligarque avait choisi son camp. Bien avant le début des hostilités entre Moscou et Grozny, les caïds tchétchènes protégeaient son business, et par leur intermédiaire il était devenu *persona grata* dans leur pays. Il profita du conflit sanglant avec la Russie pour faire quelques bonnes affaires. Lebed, toujours lui, raconta que Berezovski vint le voir au lendemain des accords de paix de 1996, pour déplorer la fin des hostilités : « Vous avez ruiné une belle affaire, lui dit-il. Tout allait si bien. Ils s'entre-tuaient ? Et alors ? Ils se sont toujours entre-tués et s'entre-tueront toujours[1]. »

Au Conseil de sécurité, Berezovski fut chargé de la reconstruction de la Tchétchénie. Il s'acquitta de la tâche à sa manière, en distribuant des fonds aux principaux acteurs de la vie politique

1. Les propos de Lebed ont été recueillis par Paul Klebnikov, *Parrain du Kremlin*, *op. cit.*

tchétchène, sans être trop regardant sur ce qu'ils en faisaient. Deux ans plus tard, la Chambre fédérale de contrôle, qui fait office de Cour des comptes à Moscou, s'en inquiéta. Elle s'aperçut que sur les 3 milliards de dollars qui avaient été alloués à la reconstruction du pays, seuls 2 milliards pouvaient être répertoriés. Pis, elle estima que seulement 150 millions de dollars avaient servi à financer des projets concrets. Le reste avait disparu en pots-de-vin, trésors de guerre, achats d'armes et trafics divers, dans les circuits de l'économie parallèle et mafieuse[1]. Berezovski n'a jamais eu à rendre de comptes de ses années tchétchènes. Il était bien trop utile au Kremlin.

La naissance des oligarques

La collusion entre le monde criminel de la mafia, l'univers trouble des affaires et le pouvoir, où chacun cherchait à accaparer le plus de richesses possible sur le dos de cette immense Russie, a été ce qui a le mieux caractérisé cette époque. Il n'y avait pas de place, ou si peu, pour les honnêtes hommes, pour ceux qui pensaient naïvement qu'il était possible de s'enrichir de manière probe dans ce pays. La mort du banquier Ivan Kivelidi, en plein mois d'août 1995, le rappela brutale-

1. Donald Jensen, « How Russia is ruled », *Bulletin d'analyses et de recherches de Radio Free Europe/Radio Liberty* (Prague), novembre 1998.

ment. Membre du Conseil des entrepreneurs auprès du président, fondateur d'une table ronde, Business Russia, chargée de favoriser le dialogue entre grands industriels, fondateur de la Rosbusinessbank, propriétaire du journal *Vek,* leader du parti russe du travail libre, mécène à ses heures, Kivelidi n'avait pas d'ennemi *a priori.* Il mourut en quelques heures, dans des conditions atroces, empoisonné au cadmium radioactif, inhalé en téléphonant avec son appareil de bureau enduit préalablement du métal empoisonné. L'enquête, menée par ses amis après que la police eut rapidement classé l'affaire, révéla que le cadmium radioactif était la spécialité d'une usine chimique militaire, sise dans la région de Saratov, sur les rives de la Volga, placée sous le contrôle du FSB, le successeur du KGB. La même enquête permit d'établir que quelques semaines avant sa mort, Kivelidi s'était intéressé de près aux trésors du PC volatilisés dans les mois qui ont précédé le putsch d'août 1991.

Le secteur bancaire était particulièrement concerné par ces mystérieuses disparitions d'argent qui ont marqué la fin de l'époque soviétique. Dans les premiers mois de la présidence d'Eltsine, des centaines de nouveaux établissements financiers apparurent comme par enchantement, sans que l'on sache vraiment d'où venaient leurs fonds. L'adage dit qu'en affaires, le plus dur est de gagner son premier million, qu'il faut le voler. Bien des jeunes banquiers russes n'ont pas eu besoin de le faire, et parmi eux la plupart des futurs oligarques qui n'allaient pas tarder à occuper le devant de la scène et à défrayer la chronique avec leurs frasques de nouveaux riches. Aujourd'hui encore, l'origine de toutes les grandes fortunes de Russie reste opaque. Il est probable que pour réussir, une partie de ces heureux milliardaires ait eu la bosse du commerce, voire un sens aigu de la finance, et de l'entregent. Il n'en reste pas moins que les premiers pas de ces oligarques demeurent, sans exception, aussi mystérieux que leur ascension vertigineuse intrigue. Si on y regarde de plus près, il semble qu'il y ait eu quatre manières possibles de devenir riche, immensément riche, dans cette Russie des années 1990. Mais aucune ne fut bien orthodoxe.

La première filière bénéficiait du soutien financier des tchékistes qui cherchaient à se refaire une santé après l'échec de leur plan de sauvetage de l'URSS. La deuxième s'appuyait sur le trésor de guerre du PC. La troisième a consisté à se payer sur l'État en usant de ses moyens. La dernière était de s'associer avec la mafia. Aucune de ces méthodes d'enrichissement n'a été exclusive, utiliser l'une n'empêchait pas d'emprunter les autres. Les plus malins ont même réussi à tirer sur toutes ces ficelles à la fois pour parvenir à leurs fins.

Le KGB a choisi d'investir le secteur bancaire, au sens physique du terme. Après la chute de l'URSS, nombre d'anciens fonctionnaires de la Loubianka s'y sont recasés pour y assurer la sécurité. Une loi sur les activités de protection a même incité les ex-officiers de la Sécurité de l'État à faire profiter de leurs compétences les services de surveillance privée. L'ancien responsable du renseignement, Leonid Chebarchine, créa une société *ad hoc* pour aider ses anciens camarades à se placer sur ce marché en pleine expansion. Vitali Sidorov, ancien général du KGB, devint, lui, directeur de la sécurité de l'association des banques russes. Bientôt, le pays compta plus de huit cent mille gardes privés, dont un tiers était des tchékistes reconvertis. D'anciens sportifs de haut niveau et des militaires prématurément mis à la retraite de l'ex-Armée rouge formèrent le reste des troupes. Ces hommes de main n'ont pas tardé à louer leur savoir-faire au plus offrant, pour se retrouver finalement à la jonction du monde des affaires et du crime organisé, ce qui favorisa l'interpénétration de ces deux univers.

Le cas de Filip Bobkov montre l'intérêt porté par les ex-tchékistes au secteur bancaire. Longtemps numéro deux du KGB, chargé entre autres de promouvoir, dans les années 1980, les bienfaits de la perestroïka gorbatchévienne auprès de l'intelligentsia (qu'il surveillait par la même occasion), Bobkov fut l'un des penseurs de la Loubianka, de ceux qui ont cru possible la modernisation du système soviétique. Après l'échec du putsch, on le retrouve au conseil d'administration de la Mostbank, un jeune établissement qui allait connaître un spectaculaire développement sous la direction de son P-DG, Vladimir Goussinski. À l'époque, les mauvaises langues ont prétendu que la réussite de cette banque devait beaucoup aux capacités financières du KGB ; il paraissait donc logique que Bobkov en surveille les fonds.

Personne n'a jamais su précisément d'où venait le capital initial de la Mostbank, créée par Goussinski en 1989, à l'âge de vingt-sept ans. Diplômé de l'Institut du théâtre de Moscou, il n'avait pas été formé pour ce métier. L'organisation de festivals et de manifestations culturelles de masse pour la jeunesse était davantage dans ses cordes. Lorsque Gorbatchev autorisa les coopératives, en 1986, Goussinski fonda la sienne, mais son vrai décollage se fit trois ans plus tard avec Most, sa banque surgie du néant. Sa rencontre avec Iouri Loujkov, à l'époque édile de la municipalité de Moscou, a sans doute favorisé les choses car l'homme avait un joli carnet d'adresses. Loujkov, qui devait devenir maire de la capitale en 1992 (et qui le demeure toujours), commençait alors à se constituer un petit empire qui allait faire de lui l'un des hommes les plus riches de Russie[1]. Dans son sillage, Goussinski prospéra. Quand Loujkov de-

1. Dans ces années 1990, la municipalité de Moscou possédait deux grandes usines automobiles, une compagnie pétrolière, les compagnies locales de téléphone et d'électricité, un réseau de télévision, un aéroport, une chaîne de restaurants rapides, une partie des McDonald's de la ville, des dizaines d'hôtels et des centaines de restaurants.

vint maire de Moscou, le groupe Most pesait déjà quelques milliards de dollars avec quarante-deux entreprises sous sa coupe, principalement dans le secteur de la construction. La mairie lui vendit pour une bouchée de pain soixante-dix mille mètres carrés de bureaux au cœur de la capitale, dont la location allait générer des dizaines de millions supplémentaires pour le groupe. Des zakouski avant le plat principal.

Most grossit, grossit, grossit, au point que son service de sécurité, dirigé par Bobkov, compta bientôt plus de mille hommes. Une vraie petite armée qui bénéficiait de la double protection des anciens du KGB et du maire. Goussinski était si bien introduit dans les hautes sphères que la Mostbank obtint, en 1993, le statut privilégié de « banque fondée de pouvoir » auprès du gouvernement et de la municipalité, avec le droit de gérer des fonds publics, mieux encore : de les faire « tourner ». En ces temps d'inflation, cela pouvait rapporter gros. Alors que les prix à la consommation grimpaient de 25 % par mois, il suffisait à la banque d'utiliser ses fonds pour acheter des dollars ou des matières premières qui conservaient leur valeur, de laisser jouer l'inflation, puis de les rééchanger contre des roubles quelques semaines plus tard. D'une manière générale, la spectaculaire progression du secteur bancaire dans ces années-là s'explique par ce type de spéculation. Les établissements qui n'avaient pas la chance de disposer de fonds publics, comme Mostbank, pouvaient emprunter de l'argent à la Banque centrale, à un taux mensuel de 7 %, spéculer avec puis rembourser le mois suivant en ayant fait un bénéfice de plus de 15 %. Le rêve de tous les banquiers du monde.

En 1993, Vladimir Goussinski devint, à trente-deux ans, un oligarque incontournable. Comme le goût du pouvoir vient en le pratiquant, il comprit que les médias pouvaient lui en donner davantage encore, que leur capacité d'influence faciliterait ses affaires. Un quotidien, *Sevodnia*, une chaîne de télévision, NTV, furent les premiers joyaux de son empire médiatique, Media Most[1]. En quelques années, l'entreprise prospéra pour finalement posséder deux chaînes de télévision, NTV et NTV +, la radio Échos de Moscou, le quotidien *Sevodnia*, les hebdomadaires *Itogui* et *Sem Dneï*. Goussinski, qui voulait être le Robert Murdoch russe, avait réalisé son rêve.

La filière tchékiste réussit également fort bien à Vladimir Potanine, aujourd'hui l'un des plus puissants oligarques. Contrairement à Goussinski, qui était une pièce rapportée dans ce milieu, Potanine a, quant à lui, toujours été un proche de la Loubianka. Il a connu les rouages de la maison grâce à son père, haut fonctionnaire au ministère du Commerce extérieur. Cette administration, à

1. La chaîne NTV a été financée au départ par les bénéfices du Fonds national du sport, un organisme opaque, proche du crime organisé, exempté de taxes de douanes sur l'importation du tabac et de l'alcool. « La face cachée de Vladimir Goussinski », *L'Hebdo* (Lausanne), 28 décembre 2000.

l'époque soviétique, ne ressemblait pas à une banale structure bureaucratique. Avec le KGB, le GRU (Service de renseignement militaire), le Comité d'État pour la science et la technique (GKNT), ou encore les services secrets des pays frères, le ministère du Commerce extérieur appartenait aux « organismes collecteurs » chargés de se procurer la technologie occidentale dont l'économie soviétique avait tant besoin. Derrière ses visées commerciales, ce ministère se livrait au pillage technologique, dans le cadre du plan annuel établi pour le compte du complexe militaro-industriel. Être un haut fonctionnaire de ce ministère, c'était, *in fine*, travailler pour le KGB, en être membre parfois. Vladimir Potanine fut programmé pour servir les Organes, comme l'atteste son diplôme de l'Institut d'État pour les relations internationales de Moscou, pépinière des diplomates et des agents, les deux se confondant souvent. Il choisit, comme son père, le ministère du Commerce extérieur. Membre des Jeunesses communistes, puis du PC à l'âge de vingt-six ans (en 1987, en pleine perestroïka), son avenir d'apparatchik modèle était tracé. Avec l'effondrement de l'URSS, il se découvrit une fibre de capitaliste. Il aurait, dit-on, emprunté dix mille dollars pour créer sa propre société, Interros, dans le but de se lancer dans le négoce de matières premières. L'histoire est probablement un peu plus complexe. La Banque du commerce extérieur fut une filière d'évasion pour les fonds du PC, avant la chute de l'URSS.

Le jeune Potanine, qui travaillait pour ce secteur, fut sans doute bien placé pour recevoir quelques reliefs de cet argent, ce qui favorisa son décollage. Un an plus tard, il fondait la Compagnie internationale de la finance et des investissements, MFK, avec un associé et ami, de quatre ans son cadet, Mikhaïl Prokhorov. Une année plus tard, ils créèrent ensemble leur banque, Oneximbank. Âgés respectivement de trente-deux et vingt-huit ans, les deux hommes étaient déjà millionnaires. Un petit coup de pouce supplémentaire et Potanine entra dans le cercle fermé des oligarques. À l'instar de Goussinski avec Most, sa banque eut accès aux fonds de l'État, de quoi faire travailler ses capitaux sur les marchés financiers et gagner des milliards grâce aux rendements astronomiques. L'Oneximbank s'est mise à gérer l'argent du ministère du Commerce extérieur et celui des Finances. On lui adjoignit plus tard le budget des douanes, un petit milliard de dollars supplémentaire par an[1]. Vladimir Potanine n'a pas déçu ceux qui lui avaient, à l'origine, fait confiance.

Avec Mikhaïl Khodorkovski, le champion des oligarques, avant sa chute fin 2003, d'autres records financiers allaient être atteints. Pour lui, c'est la filière du Parti qui a joué le rôle de levier, plus exactement celle de la « Komsomol busi-

1. *Le Hold-up du siècle*, François Roche, Paris, Éd. du Seuil, 1999.

ness[1] », les Jeunesses communistes. Fils d'un couple d'ingénieurs moscovites, Khodorkovski n'est pas aussi bien né que Potanine. Son nom juif constituait un handicap sous le régime soviétique, il lui interdisait d'espérer les meilleures places au sein de la nomenklatura. Pour grimper dans la hiérarchie, il lui fallait mettre les bouchées doubles, faire preuve de persévérance et d'astuce. Le jeune Mikhaïl ne manquait ni de l'une ni de l'autre. À vingt-trois ans, il sortit diplômé de l'Institut Mendeleev de technologie chimique de Moscou. Responsable des komsomols pour l'arrondissement, les portes allaient s'ouvrir pour lui. À cette époque, Gorbatchev mettait en place les coopératives, prémices des privatisations à venir. Ces structures nouvelles servaient de laboratoire pour vérifier la fiabilité du système. Les Komsomols étaient en première ligne dans cette expérience. Il était prévu que des Jeunesses communistes sortiraient les cadres des futures entreprises capitalistes du PC, financées avec son trésor caché. Khodorkovski fut repéré par le Parti dans ce but. Il fit ses premières armes en ouvrant un café étudiant destiné à abriter divers commerces portant sur des ordinateurs, des jeans, du cognac. Il fut bientôt apte à créer « sa » banque, avec l'aide du PC. Quand la Menatep vit le jour, en 1988, il avait vingt-sept ans. Trois ans plus tard, au moment

1. L'expression est de Iouri Afanassiev, *De la Russie*, Paris, Fayard, 2002.

de l'effondrement du régime soviétique, Mikhaïl Khodorkovski était millionnaire. Il voyait plus grand. Trois facteurs ont joué en sa faveur, ce qui explique sa spectaculaire réussite. En premier lieu, la Menatep reçut l'autorisation de gérer les fonds de l'État pour spéculer sur les marchés. Mieux que ses pairs, Goussinski et Potanine, il réussit, de surcroît, à entrer au gouvernement pour y faire fructifier ses propres affaires. Nommé vice-ministre de l'Énergie, il occupa pendant trois ans ce formidable poste d'observation sur un secteur pétrolier qu'il comptait bien investir. Enfin et surtout, il sut se rendre indispensable au pouvoir dans l'épineux dossier tchétchène. La guerre, déclarée en décembre 1994 et achevée en août 1996, n'a jamais figuré au budget de l'État. Ce conflit a pourtant bel et bien existé. Il aurait même coûté 60 millions de dollars par jour selon certaines estimations. La Menatep de Khodorkovski prit ces frais à sa charge. En jouant les mécènes de l'armée russe, le jeune oligarque était en fait intéressé par le pétrole qui transitait sur le territoire tchétchène, et que Doudaev avait eu le mauvais goût de détourner pour son propre compte. Dans une Russie appauvrie par l'inflation, Khodorkovski sauva la mise du gouvernement en soutenant financièrement cette guerre et, avec elle, tous ceux qui y avaient des intérêts. La Menatep n'y perdit pas au change. Une fois la paix signée, la banque se vit confier, par Boris Berezovski, l'argent de la reconstruction.

Pour gagner leur premier million, d'autres futurs oligarques ont bénéficié du soutien inopiné du crime organisé. Le chemin de ces jeunes hommes ambitieux devait forcément croiser, à un moment ou à un autre, quelques chefs de bande qui leur mettraient le pied à l'étrier, puisque tout ce qui touchait au business dans la Russie de l'époque intéressait la mafia. Certains oligarques furent plus impliqués que d'autres dans cette filière, mais tous bénéficiaient en fin de compte de la criminalisation de l'économie. Alexandre Smolenski et Mikhaïl Fridman furent de ceux-là à l'origine, bien que leurs destins, fort différents, montrent qu'il était possible de prendre ses distances avec ces parrains. Smolenski débarqua à Moscou au début des années 1980, après avoir passé deux ans dans un camp de travail. Certaines sources prétendent qu'il y aurait été condamné pour avoir imprimé illégalement des bibles, crime de haute trahison idéologique du temps de l'URSS. D'autres soutiennent qu'il avait été reconnu coupable de vol et de commerce illégal. Peu importe, cette expérience lui fit en tout cas côtoyer le monde du crime organisé, ce qui devait lui être utile pour entamer une carrière de businessman. En 1988, Smolenski fonda sa coopérative, Moskva-3, spécialisée dans la vente de matériel de construction. Un an plus tard, « sa » banque Stolitchnyï voyait le jour. Boris Berezovski prit un quart des parts de ce nouvel établissement financier. Les affaires furent si florissantes que la Stolitchnyï absorba bientôt l'Agroprombank, l'équivalent russe du Crédit Agricole, avec ses mille six cents agences, le plus grand réseau bancaire du pays. Smolenski baptisa le nouvel établissement SBS-Agro et en ouvrit de nouveau le capital (25 %) à Berezovski. Entre-temps, le patron de la Stolitchnyï avait été accusé de détournement dans le fameux scandale de « la fraude de la banque tchétchène », qui défraya la chronique en 1992-1993, mais les charges contre lui furent abandonnées.

Mikhaïl Fridman était un jeune ingénieur, diplômé de l'Institut moscovite de l'acier et des alliages, lorsqu'il songea à se lancer dans les affaires. Originaire de Lvov, en Ukraine, où il est né en 1964, il semble qu'il eut, lui aussi, maille à partir avec les autorités judiciaires pour s'être livré à un petit trafic de billets de théâtre. Rien de bien méchant, l'affaire consistant à revendre au marché noir des tickets d'entrée réservés à la nomenklatura du Parti. En 1988, à l'âge de vingt-deux ans, il entra à la coopérative Alfa-Foto qui, comme son nom l'indique, travaillait dans le secteur de l'image. Un an plus tard, il cofonda Alfa-Eko spécialisée dans l'import-export en tout genre. En 1991, Alfa-Bank voyait le jour, pierre de touche du groupe Alfa qui devait rapidement devenir un discret, mais fort puissant conglomérat.

Mikhaïl Fridman doit sa fortune à sa rencontre avec Piotr Aven. Avec le sens des affaires du premier, et les connaissances du second, le groupe Alfa allait être assuré du succès. Économiste libéral, Piotr Aven était arrivé au gouvernement dans les valises d'Egor Gaïdar, le « père » de la libéralisation. Ministre du Commerce extérieur, il était aux premières loges pour observer ceux qui s'enrichissaient sur le dos du pays en achetant à bas prix produits et matières premières pour les revendre plus cher à l'étranger. À la fin de 1992, soupçonné de laxisme face au pillage des exportations du pays, Piotr Aven démissionna pour prendre, dans la foulée, la direction d'Alfa-Bank, pivot financier du groupe Alfa. Au gouvernement, Aven contrôlait les sociétés de Fridman, ce qui facilita le contact entre eux. En moins d'un an, la fortune des deux hommes allait être faite. L'ancien ministre créa Alfa-Capital pour engranger les bons de privatisation que Tchoubaïs commençait à distribuer. La nouvelle société mit la main sur 2,5 millions de ces bons, ce qui lui permit d'entrer dans le capital de quarante-six sociétés (cimenteries, agroalimentaire, chimie...). Dans le même temps, le groupe Alfa se développa en exportant pétrole et métaux, en important sucre et denrées alimentaires. Mikhaïl Fridman n'avait pas trente ans et il était déjà milliardaire.

D'autres oligarques ont commencé à bâtir leur fortune dans cette première moitié des années 1990 : Vladimir Vinogradov, avec l'Inkombank liée au complexe militaro-industriel ; Vagit Alekperov, dit « le Général », un ancien vice-ministre de l'Énergie sous Gorbatchev, ministre sous Eltsine, devenu opportunément P-DG de Lukoil, la première compagnie pétrolière du pays ; Vitali Malkine, fondateur de la banque Rossiïskiï Kredit, ou encore Viktor Vekselberg, à la tête du holding Renova qui détient des parts dans le pétrole et l'aluminium. Mais nul autre mieux que Boris Berezovski, Vladimir Goussinski, Vladimir Potanine, Mikhaïl Khodorkovski, Alexandre Smolenski et Mikhaïl Fridman n'ont réussi à mêler aussi intimement affaires et politique, pour leurs propres intérêts. Ceux-là allaient carrément mettre la main sur le pouvoir, accaparer les richesses du pays et finir par tuer dans l'œuf tout espoir de démocratisation de la Russie. Le capitalisme débridé auquel ils se sont livrés, dans la seconde moitié des années 1990, a ruiné le plus grand nombre, détourné la population de toute envie de réformes, et enfermé le pays dans ces vieux démons en l'abandonnant aux tchékistes qui n'attendaient que cela pour reprendre la main. « Cette arrivée de “l'argent politique” constituait une menace sérieuse pour le développement de la Russie, reconnut plus tard Boris Eltsine qui n'est pas pour rien dans ce chaos. La menace n'allait venir ni des communistes, ni d'une guerre civile, ni d'un “Temps des troubles[1]” ni des séparatistes locaux, ni de nos propres Napoléon à épaulettes de généraux. Non, le pire danger allait venir des gens qui détenaient le grand capital[2]. »

1. Période d'agitation que connut la Russie entre la mort de Boris Godounov, tsar de 1598 à 1605, et l'avènement des Romanov en 1613.
2. Boris Eltsine, *Mémoires*, Paris, Flammarion, 2000.

La grande braderie

Dans le système soviétique, le commerce extérieur était le seul secteur qui fonctionnait à peu près. Une grande partie des revenus de l'État provenait de la différence des prix entre le marché domestique et le marché international, procurant à Moscou son lot de devises fortes. Le ministère du Commerce extérieur supervisait cette pompe à finances. Lorsque Egor Gaïdar a libéré les prix, l'essentiel des matières premières (pétrole, gaz, aluminium et autres métaux, bois, charbon, engrais) est resté bloqué à une valeur très inférieure aux cours du marché mondial. Dans le même temps, le Fonds monétaire international (FMI) et les conseillers occidentaux du gouvernement l'incitèrent à désengager l'État du secteur du commerce extérieur. Les jeunes réformateurs supprimèrent les barrières douanières qui pouvaient empêcher d'acheter les matières premières intérieures pour les revendre à l'étranger. Au bout de quelques mois, 30 % des exportations de pétrole et 70 % de celles des minerais et métaux se faisaient déjà hors de tout contrôle gouvernemental. En 1994, l'essentiel du commerce extérieur de la Russie était passé entre les mains de sociétés d'import-export privées, les devises fortes afférentes ne remplissaient plus les coffres de l'État mais ceux des oligarques. Sans ressources, minées par l'inflation, les caisses du gouvernement furent bientôt vides. Une situation dont certains allaient abuser sans vergogne.

Une idée germa alors dans l'esprit de Vladimir Potanine : l'État n'ayant plus un sou, les banques privées pouvaient lui en prêter. En échange de 2 milliards de dollars versés, le gouvernement gagerait l'emprunt en offrant aux banquiers des parts dans le capital des meilleures entreprises publiques, les championnes de l'export, à charge pour les établissements financiers de garder ces actions jusqu'à la privatisation de ces compagnies. L'intérêt pour les oligarques était évident. Après avoir fait fortune en gérant les comptes à l'exportation de ces entreprises, leurs banques avaient besoin de s'assurer que ces mêmes entreprises continueraient à leur rapporter gros après la privatisation. Mais il n'était pas question, pour eux, de payer au prix fort ces joyaux industriels. D'où l'idée de Potanine « prêts contre actions ».

Le jeune oligarque alla plaider le deal devant Boris Eltsine, en mars 1995, accompagné de Mikhaïl Khodorkovski, pour la Menatep, et d'Alexandre Smolenski au nom de la Stolitchnyï Bank. Les affaires étant les affaires, il n'était pas question, toutefois, que tous les oligarques y participent. Certains devaient être plus égaux que les autres pour profiter de l'aubaine. L'accord se négocia en coulisses avec la fille du président, Tatiana Diatchenko, dont l'ascendant sur son père s'affirmait chaque jour davantage. Il en résulta un Yalta du business en Russie avec, en tête de ses heureux bénéficiaires, Potanine, Khodorkovski et Berezovski. Le 31 août 1995, un décret officialisa l'accord. Les banques choisies disposaient du droit de gérer les entreprises gagées dont elles fixaient elles-mêmes la liste, soit les vingt-neuf plus importantes sociétés du pays (à l'exception de Gazprom), parmi lesquelles Ioukos, Sidanko, Lukoil, Surgoutneftgaz et Norilsk Nickel. Toutes ces entreprises avaient comme point commun d'exporter leur production, donc d'être d'importantes sources de devises.

La grande braderie pouvait commencer. Un groupe d'hommes d'affaires et de banquiers allait se partager les biens les plus précieux de l'État au moyen d'enchères opaques, tout en étant couverts légalement par les autorités du pays. Les formes seraient respectées avec accord gouvernemental, décrets officiels, lancement d'enchères, rédaction de protocoles… Les oligarques ne prendraient pas ces entreprises par les armes, ils les obtiendraient avec la complicité d'un État financièrement à bout de souffle. Pratiquement, les élus de cette grande braderie allaient réussir le tour de force d'être à la fois juges et parties, de fixer eux-mêmes le prix de l'entreprise à vendre et d'organiser les enchères qu'ils allaient remporter. C'était le meilleur moyen d'éliminer les gêneurs.

Le scénario fut à chaque fois le même. Vladimir Potanine lorgnait sur Norilsk Nickel, un géant qui détenait 35 % des réserves mondiales de nickel, 20 % de celles de platine, 10 % pour le cuivre plus des mines d'argent et de charbon. Dans le cadre de l'accord « prêt contre actions », l'État céda 38 % de ses parts mais 51 % des droits de vote, ce qui assurait à l'acheteur la propriété de l'entreprise. Le prix de vente fut fixé à 170 millions de dollars par l'Oneximbank, l'établissement de Potanine responsable des enchères. La date de la vente fut fixée au 17 novembre 1995. Quelques jours auparavant, le Rossiïskiï Kredit, de l'oligarque Vitali Malkine, déposa une offre d'achat de 355 millions de dollars. L'Oneximbank en refusa l'enregistrement, prétextant des « garanties financières insuffisantes ». Le jour dit, une filiale d'Oneximbank devint propriétaire majoritaire de Norilsk Nickel pour 170,1 millions de dollars, tout juste cent mille dollars de plus que la mise à prix. Potanine répéta l'opération pour s'emparer de la compagnie pétrolière Sidanko, dont l'État vendait 51 % des actions. L'offre de Rossiïskiï Kredit fut une nouvelle fois rejetée. Les représentants de la banque ne purent entrer dans la salle où se tenaient les enchères. MFK, la compagnie sœur d'Oneximbank, s'adjugea Sidanko pour 5 millions de dollars de plus que la mise à prix.

Mikhaïl Khodorkovski utilisa une méthode similaire. Lui convoitait Ioukos, la deuxième compagnie pétrolière du pays. En décembre 1995, le gouvernement chargea sa banque, Menatep, d'organiser la vente de 45 % des actions dont elle fixa elle-même le prix à 150 millions de dollars. Un consortium concurrent, composé de l'Inkombank, d'Alfa et du Rossiïskiï Kredit, proposa 350 millions. Menatep refusa d'enregistrer l'offre sous prétexte qu'une partie des dépôts de garantie était en bons du trésor et non en numéraire. Une mystérieuse société, Laguna, obtint l'agrément de Menatep pour 159 millions de dollars et emporta Ioukos dans sa besace. Il s'agissait d'une société-écran de l'oligarque. Un an plus tard, Khodorkovski raflait 30 % supplémentaires du capital de Ioukos en usant des mêmes ficelles. De son côté, Boris Berezovski s'empara de Sibneft, acronyme de Pétrole de Sibérie, pour 100,3 millions de dollars, trois cent mille dollars de plus que la mise à prix qu'il avait organisée lui-même. Une bouchée de pain, sachant que les réserves d'hydrocarbures possédées par Sibneft étaient alors comparables à celle d'une major pétrolière comme Mobil.

Quelques oligarques tentèrent de protester contre ces méthodes. Ils n'étaient pas plus honnêtes que les autres, mais plutôt furieux de voir ces pactoles leur échapper. Vladimir Vinogradov, patron d'Inkombank, dénonça dans la presse la manière dont les enchères s'étaient passées. À peine avait-il prononcé ces paroles malheureuses que son établissement fit l'objet d'un harcèlement de la part des autorités. La Banque centrale s'enquit de la solvabilité de l'Inkombank et des rumeurs de faillite parcoururent le landerneau de la finance russe. Vinogradov ne contesta plus jamais cette braderie particulièrement juteuse pour ses initiateurs. Deux ans après son rachat par Boris Berezovski, Sibneft représentait sur le marché boursier russe 5 milliards de dollars, soit une plus-value de 2 500 % pour l'oligarque. Khodorkovski, qui avait acheté 80 % de Ioukos pour 300 millions de dollars, vit en quelques mois son capital passer à 3,8 milliards de dollars, 1 200 % de plus value. Qui dit mieux ? Le chiffre d'affaires des entreprises de Vladimir Potanine, le maître de la manœuvre, grimpa jusqu'à 10 milliards de dollars en 1998, leurs actifs frôlant les 40 milliards de dollars, soit à l'époque 10 % du PIB du pays. Au total, entre 1996 et 1997, la capitalisation boursière de l'ensemble des entreprises cotées à Moscou passa de 10 à 100 milliards de dollars, de quoi faire tourner les têtes.

Après avoir fait main basse sur l'économie, il restait aux oligarques à prendre le pouvoir. L'élection présidentielle de 1996 allait leur en donner l'occasion, en jouant de tout leur poids financier pour assurer un nouveau mandat à Boris Eltsine. Les temps avaient bien changé depuis l'époque flamboyante de la Maison-Blanche. L'enthousiasme populaire dont avait bénéficié le vainqueur des putschistes d'août 1991 était retombé. En fait, Eltsine n'a jamais connu d'état de grâce, faute sans doute d'avoir fait des choix politiques clairs. Écartelé entre de jeunes réformateurs qui voulaient faire table rase du régime soviétique pour édifier une Russie capitaliste idéale, et un appareil d'État aux mains d'une nomenklatura soucieuse de sauvegarder ses privilèges, le président n'a cessé d'osciller entre coups de barre libéraux et tournants étatistes. Son aura de fossoyeur du communisme se dissipa très vite, emportée par les désillusions d'une population mise à rude épreuve par le traitement de choc économique d'un gouvernement sous influence étrangère. Pendant que quelques profiteurs bien introduits s'en mettaient plein les poches, le plus grand nombre se paupérisait, ce qui entretint parmi la population la nostalgie de l'URSS dans laquelle, au moins, la gabegie était généralisée. La vision de ces oligarques étalant ostensiblement leurs richesses comme autant de signes de pouvoir dénatura le sens des réformes. Les Russes ne tardèrent pas à assimiler le capitalisme et la démocratie à la pauvreté et aux magouilles. Peu importe que le pays n'ait connu que des succédanés de l'un et de l'autre, la Russie d'Eltsine n'ayant jamais été ni capitaliste ni démocratique : la *vox populi* n'en fut pas moins dégoûtée, pour longtemps, parlant des « dermocrates » avec mépris[1].

Le quiproquo s'est installé dès les premiers mois de sa présidence. Pour sauver le pays du chaos, Eltsine avait réclamé les pleins pouvoirs au Parlement et il fit tout, au fil des mois, pour les conserver, ce qui réduisit bientôt la vie politique à une guerre de tranchées entre des députés, à majorité d'obédience communiste, qui souhaitaient

1. De *dermo*, « merde » en russe.

conserver un droit de regard sur la politique suivie, et un gouvernement plutôt libéral en économie, mais qui ne voulait surtout pas qu'on se mêlât de ses affaires. Les oukases du Kremlin se substituèrent aux lois votées par les représentants du peuple, ce qui fit pencher la Russie vers un régime de moins en moins démocratique. Alors que la situation économique ne cessait de se dégrader, Eltsine tenta même un coup de force, en mars 1993, pour instaurer un régime présidentiel renforcé. Cinquante-huit pour cent des Russes lui accordèrent son soutien lors d'un référendum, en avril, mais ni le Parlement ni la Cour suprême n'acceptèrent le verdict. En septembre, le président décida de dissoudre la chambre. Une majorité de parlementaires se réfugièrent à l'intérieur de la Maison-Blanche en signe de protestation. L'épreuve de force était inévitable. L'assaut du Parlement, qui fut donné le 4 octobre par des troupes d'élite, fit des centaines de morts parmi les assiégés[1]. La jeune démocratie russe était enterrée avant même d'avoir existé. La nouvelle Constitution approuvée par référendum, le 12 décembre 1993, renforça considérablement les pouvoirs du Kremlin : désignation du gouvernement, droit de le renvoyer ; droit de dissoudre le Parlement ; droit de prendre des décrets sans l'avis des députés ; désignation des principaux magistrats ; droit de pro-

1. Le nombre exact de morts n'a jamais été connu, entre cent cinquante et huit cents selon les sources.

mulguer la loi martiale et l'état d'urgence. Eltsine se taillait un habit sur mesure au risque d'offrir à des successeurs, moins scrupuleux que lui, les outils nécessaires pour instaurer une dictature présidentielle. Vladimir Poutine n'allait pas s'en priver, l'heure venue.

Le mécontentement populaire s'exprima lors du scrutin législatif de décembre 1995. Avec 22 % des suffrages exprimés, le vieux Parti communiste s'y taillait la part du lion. Effacés les crimes d'antan, oubliée la misère matérielle et spirituelle du temps de l'URSS, gommée la servitude de l'ère soviétique : le PC dissous en 1991, mais vite reconstitué, incarnait le salut pour une partie de la population. Quelle amnésie et quelle revanche ! La claque fut d'autant plus sévère que le parti du Premier ministre, soutenu par Eltsine, plafonnait lui à 10 %. De bien mauvais augure pour la présidentielle prévue quelques mois plus tard, en juin 1996. Dissoudre la chambre ? Reporter les élections ? Tous les scénarios furent envisagés au Kremlin dans une ambiance de fin de règne. Si le gouvernement paraissait catastrophé, c'était pire encore du côté des oligarques. Eltsine risquait de perdre le pouvoir, mais pour eux c'étaient des milliards de dollars qui étaient en jeu. Les communistes l'avaient dit et répété : s'ils revenaient aux affaires, le balancier repartirait dans l'autre sens, ce qui avait été privatisé serait renationalisé, ceux qui s'étaient enrichis paieraient. Entre Guennadi Zyouganov, le leader communiste, et le versatile

Boris Eltsine, leur raison ne pouvait hésiter. C'est dans ce contexte que les oligarques, forts de leurs fortunes accumulées, allaient lancer leur OPA sur le pouvoir, au vrai sens du terme, en l'achetant.

Cette fois, ce fut Boris Berezovski qui eut la bonne idée. Ses entrées au Kremlin, ses liens avec Tatiana Diatchenko, la fille préférée du président, le désignaient pour être à la manœuvre. Il s'y donna à plein. Tout commença à Davos, en février 1996, quatre mois avant l'échéance électorale. Dans le cadre feutré de ce sommet annuel des riches, où business et politique font bon ménage, s'ourdit le sauvetage du soldat Eltsine. Berezovski savait que, pour réussir, l'argent était certes une condition nécessaire, mais non suffisante. De nos jours, celui qui dispose de la meilleure caisse de résonance a le plus de chance d'être élu. C'est encore plus vrai dans un pays comme la Russie où, héritage de l'époque communiste, la population qui a longtemps été abreuvée par la propagande du pouvoir reste sensible aux sons des sirènes politiques, surtout lorsqu'elles viennent d'en haut. Bref, il fallait mobiliser l'appareil médiatique, le mettre au service de la cause et écraser l'adversaire sous un flot d'informations et de messages publicitaires vantant les mérites du seul candidat qui vaille, Boris Eltsine. C'est l'idée que plaida Berezovski auprès de Vladimir Goussinski, l'oligarque devenu magnat des médias, dans une chambre d'hôtel à Davos. Il fallait que l'enjeu soit d'importance pour qu'une telle rencontre se tienne, car les deux hommes se détestaient cordialement. L'un, Goussinski, propriétaire de NTV, une chaîne privée, et de quelques journaux, l'autre, Berezovski, principal actionnaire de l'ORT, la télévision nationale, n'étaient pas seulement concurrents dans ce domaine. D'une manière générale, il était simplement impossible à ces deux-là de s'entendre en affaires, comme deux crocodiles dans un même marigot. Ils enterrèrent pourtant la hache de guerre pour voler au secours de leurs intérêts. À eux deux, la force de frappe médiatique du candidat Eltsine serait assurée.

Le Q.G. de campagne du président sortant s'installa à la Maison de LogoVaz, une sorte de club privé fondé par Berezovski, du nom de sa première société. Anatoli Tchoubaïs, qui venait d'être renvoyé du gouvernement pour cause d'échec électoral aux législatives de décembre, s'y occuperait de la coordination de l'équipe. La centralisation des finances reviendrait à Alexandre Smolenski, avec sa banque Stolitchnyï (détenue à 25 % par Berezovski), l'argent serait versé par sept principaux donateurs, dont Vladimir Potanine, Mikhaïl Khodorkovski, Piotr Aven et Mikhaïl Fridman qui s'ajoutaient aux oligarques déjà nommés. En mars, tout était verrouillé, l'offensive pouvait commencer. Trois mois durant, ce fut un déluge de spots publicitaires, d'affiches, de meetings, de campagnes médiatiques acharnées contre le communiste Zyouganov, qui se déversa sur la Russie et sa pauvre population, médusée par le spectacle.

Au total, entre 1 et 2 milliards de dollars furent dépensés de multiples manières : il fallait gagner à tout prix l'élection présidentielle[1]. Et comme, selon la loi, les dépenses officielles ne devaient pas dépasser les 3 millions de dollars par candidat, il fallut bien utiliser tout le savoir-faire financier de ces oligarques. Le 16 juin 1996, Boris Eltsine obtenait 35 % des suffrages contre près de 32 % à Zyouganov — l'alerte avait été chaude. Deux semaines plus tard, le 3 juillet, il emportait le deuxième tour haut la main après avoir bénéficié des voix du général Lebed, arrivé troisième deux semaines plus tôt, rallié à sa cause en échange de la direction du Conseil de sécurité. Cette élection entamait le cycle des mascarades démocratiques dans laquelle la Russie se débat toujours.

Les oligarques n'ont pas eu le triomphe modeste. Déjà avant l'élection, Berezovski s'était vanté, dans une interview donnée au *Financial Times*, de contrôler avec ses six autres camarades la moitié de l'économie russe. Après le scrutin, le même fanfaronnait en répétant qu'Eltsine leur devait sa réélection, ce qui était vrai. Les sept banquiers, « *semibankirchtchinia* » comme on les appela, avaient bien l'intention de se faire rembourser leur service. Le second mandat du président se déroula dans un climat de corruption jamais égalé jusqu'à présent, pourrissant davantage encore les rela-

1. La somme de 2 milliards de dollars a été avancée par le Centre d'études stratégiques et internationales de Washington.

tions du pouvoir avec le monde des affaires. Berezovski se retrouva à la tête de la chaîne de télévision nationale, l'ORT, la plus largement diffusée et regardée, avec, en prime, sa régie publicitaire, une véritable pompe à bénéfices. Sa nomination au Conseil de sécurité en charge du dossier tchétchène allait de plus lui permettre de poursuivre en toute légalité son business avec les ressortissants de cette petite république investie par la mafia. Il s'y développa, dans les dernières années de la décennie 1990, une industrie de l'enlèvement fort rentable, dans laquelle l'oligarque joua le rôle d'entremetteur privilégié entre les preneurs d'otages et le gouvernement russe réduit au rôle de bailleur de fonds. Des millions de dollars passèrent de main en main. Vladimir Goussinski reçut, lui, en récompense, un canal de diffusion nationale pour sa chaîne NTV. Pour financer son développement, il bénéficia d'une recapitalisation de son groupe Most par Gazprom, le géant gazier propriété d'État. La banque Stolitchnyï, propriété d'Alexandre Smolenski et de Boris Berezovski, doubla de volume en recevant l'autorisation d'absorber la grande banque publique Agropom, pour fonder SBS-Agro. Anatoli Tchoubaïs prit, de son côté, la tête de l'Administration présidentielle, un poste clef dans ce régime où rien ne peut se faire sans l'accord du Kremlin. Grâce à cette fonction, l'homme qui avait été l'architecte des privatisations du début des années 1990, avec les bons de participation, puis l'ordonnateur de l'opération

« prêts contre actions », continuerait d'être utile pour ses amis oligarques. Nommé par la suite vice-Premier ministre jusqu'en 1998, il partit finalement pantoufler à la tête de la compagnie d'électricité RAOEES, qu'il dirige encore aujourd'hui.

Le plus chanceux fut, une fois de plus, Vladimir Potanine. « Nous nous sommes réunis entre hommes d'affaires pour décider qui entrerait au gouvernement, raconta plus tard Mikhaïl Khodorkovski. Les dés ont désigné Potanine. Mais ça aurait pu être un autre[1]. » Ce dernier devint premier vice-Premier ministre en charge de l'Économie. Oneximbank reçut la gestion de nouveaux comptes gouvernementaux, et les arriérés fiscaux de Norilsk Nickel furent en partie effacés. Il œuvra ensuite pour le bien de ses pairs en laissant passer le délai imparti au gouvernement pour rembourser les emprunts contractés dans le cadre de l'opération « prêts contre actions », ce qui permit aux oligarques d'être propriétaires de fait des actions que l'État avait gagées auprès de leurs banques.

Les oligarques n'ont jamais pensé travailler pour le bien de la collectivité, encore moins servir l'État. Deux chiffres permettent de comprendre où se trouvaient leurs intérêts : entre 1992 et 1998, la privatisation globale de l'économie n'a rapporté au budget de l'État que 1 % du PIB, tout le reste ayant été accaparé par ce petit groupe ; dans la seule année 1997, sur les 620 milliards de

1. Cité par *Le Monde*, 20 octobre 2003.

roubles de l'époque qui auraient dû être perçus par le budget fédéral, seuls 2,73 milliards ont été récupérés par le Trésor, soit 9,5 % des recettes fiscales prévues[1]. La fuite des capitaux dans ces années 1990 fut évaluée entre 140 et 200 milliards de dollars. Pour éviter de payer taxes et impôts, il était facile de recourir au vieux truc de la fausse facture import/export en déclarant des marchandises de moindre qualité que celles vendues, en trichant sur les quantités, en détournant des livraisons. Tous les secteurs industriels, spécialement dans le domaine des matières premières, furent concernés par ces pratiques. Les richesses qui se bâtirent à cette époque finirent par faire perdre le sens des réalités à leurs bénéficiaires et à susciter des jalousies. Ces jeunes oligarques, qui n'avaient pas, pour la plupart, encore atteint la quarantaine, oublièrent à qui ils devaient leur bonne fortune pendant que l'étalage ostentatoire de leur réussite commençait à donner des envies à certains. Ils n'ont pas vu que l'heure de rendre des comptes approchait.

La sainte famille

Dans la seconde moitié de la décennie 1990, après la réélection de Boris Eltsine, la Russie res-

1. Exemples donnés par Evgueni Primakov, *Au cœur du pouvoir*, Paris, Éd. des Syrtes, 2002. L'ancien Premier ministre (1998-1999) cite des chiffres officiels.

semblait à un supertanker à la dérive, bourré de richesses, ballotté par les éléments, en proie aux convoitises de son équipage et sans capitaine pour redresser le cap, pour rétablir l'ordre. L'état de santé du président, terrassé par des crises cardiaques à répétition, sujet à la déprime et accro à l'alcool, y était pour beaucoup. « Il n'est pas simple de diriger un pays habitué à des tsars et à des chefs », reconnut Eltsine. Mais la faiblesse de son leadership n'explique pas tout. La Russie de l'époque souffrait aussi de son héritage communiste, de l'absence d'une alternative démocratique, de la faillite de l'État. Elle était également travaillée par des forces qui aspiraient à prendre leur revanche sur le passé, le tout enveloppé par une corruption généralisée, source du climat délétère qui régnait dans tout l'ex-empire. Cette situation appelait à une reprise en main musclée.

Les diverses institutions mises en place après l'effondrement de l'URSS ont été calquées sur celles des démocraties occidentales, avec un Parlement, un gouvernement, une présidence, un Conseil de sécurité, etc., mais elles ont vite été détournées par une logique de fonctionnement communiste et finirent par se muer en lieux de pouvoirs concurrents. Chacune de ces institutions a eu tendance à se développer en parti/État, sur le modèle de l'ancien PC, avec sa propre armée et son service de renseignement. Le Parlement, par exemple, se dota d'une garde prétorienne de quelque cinq mille hommes. L'Administration présidentielle se mit quant à elle à fonctionner comme l'ex-secrétariat du Comité central, coupée des autres instances et sans avoir à rendre de comptes. La séparation des pouvoirs et la délimitation des compétences n'existaient que sur le papier, dans la Constitution. En pratique, chaque entité cherchait à accaparer le plus de pouvoir possible, entraînant le pays dans un combat des chefs où les vieilles méthodes communistes de délation, de provocation, de manipulation, avaient la part belle.

L'absence de culture démocratique explique ces dérives, tous les acteurs reproduisaient le seul modèle politique qu'ils connaissaient. La défaite de l'État, indissociable de la chute du régime communiste qu'il avait si longtemps incarné, a conduit à un refus de la notion même d'autorité publique avec ses règles de gouvernement. Faute de savoir comment procéder, Eltsine et son entourage n'ont pas assuré la construction d'un pouvoir démocratique, d'un gouvernement efficace et responsable, au-dessus de la mêlée. Pis, l'Administration présidentielle a été partie prenante dans la foire d'empoigne occasionnée par le partage des dépouilles, pour mettre le grappin sur les biens publics. Le régime de cour, avec sa corruption qui caractérisa le second mandat d'Eltsine, en a été la conséquence. Le petit camp des démocrates succomba lui-même aux sirènes de la concussion. Oubliant sa dénonciation des privilèges de la nomenklatura, il s'attribua des faveurs et avantages équivalents en participant aux conseils d'administration des banques, en se livrant aux plus offrants, en se faisant construire de belles datchas, en envoyant ses enfants dans les meilleures écoles étrangères. Bientôt confondus avec le gratin des entrepreneurs « nouveaux russes », les partisans de la démocratie perdirent toute crédibilité auprès d'une population victime de la discrimination sociale engendrée par ce régime oligarchique.

« Le poisson pourrit par la tête », dit le proverbe japonais. Il est vrai que la dégradation politique, économique et sociale de la Russie fut aussi due, à l'époque, au curieux fonctionnement du sommet de l'État, sous l'empreinte d'un Eltsine déclinant, souvent plus soucieux de profiter des plaisirs d'une vie à bout de souffle que de diriger le pays. Son cœur malade et l'alcool finirent par avoir raison de sa fougue d'antan pour laisser la place à des sautes d'humeur, à un tempérament cyclothymique le conduisant de frénésie en déception. Admirateur de Machiavel, dont il suivit longtemps les recommandations énoncées dans *Le Prince*, il avait su, lors de son premier mandat, alimenter les querelles entre les différents centres de pouvoirs, jouer un oligarque contre l'autre, tout en se réservant le rôle d'arbitre, de juge suprême. S'il changeait d'avis ou manquait à ses promesses, il se débrouillait pour que d'autres en subissent les conséquences. Puis ses dons de manœuvrier s'amoindrirent, le prince se concentra de plus en plus sur sa cour, se fia aux échos de la camarilla qui l'entourait pour juger de la réalité, appréciant qu'on le flatte. Deux personnes ont joué un rôle certain dans cette évolution, quand l'animal politique Eltsine a commencé à céder la place au vieux dirigeant désabusé et soupçonneux : son garde du corps, Alexandre Korjakov, et sa fille Tatiana Diatchenko, responsable de ses relations publiques.

Korjakov est entré au service de Boris Eltsine en 1986, quand ce dernier fut nommé à la tête du PC de Moscou. Cette promotion lui donnait le droit à un officier de sécurité. Le Comité central en fit la demande au KGB, l'homme de confiance devant être doté de deux qualités essentielles : savoir jouer au volley-ball, le sport favori d'Eltsine à l'époque, et être un grand buveur. Ce fut Korjakov. Les deux hommes n'allaient quasiment plus se quitter pendant une décennie. Le garde du corps suivit Eltsine dans sa disgrâce de la fin des années 1980, allant jusqu'à se faire radier du KGB en 1989, pour mieux rebondir ensuite lorsque son patron commença son ascension vers le pouvoir suprême. Le président sut récompenser sa fidélité. Le simple major du KGB finit sa carrière au Kremlin sous une pluie d'or et d'étoiles. Nommé général-lieutenant de la garde présidentielle, il dirigea le plus puissant service de sécurité du pays, avec quarante mille officiers sous ses ordres, et il mit la main sur le géant Rosvooroujenie, l'entreprise détenant le monopole des exportations d'armes. Korjakov profita des bonnes dispositions d'Eltsine à son endroit pour faire nommer l'un de ses amis à la tête des Organes, nouvellement rebaptisés FSB[1]. Ce nouveau patron, Mikhaïl Barsoukov, avait débuté sa carrière comme huissier au Kremlin.

« Entre Eltsine et Korjakov, les relations s'inspiraient de l'ancienne tradition de la noblesse russe, a expliqué Viatcheslav Kostikov, l'ancien porte-parole du président. Korjakov est le "diadka", le domestique de son "barine". Celui qui amène les pantoufles, verse la vodka dans la soupe, puis commente l'actualité dans la presse et la politique. Il se considérait comme un garde du corps au sens large, qui protégeait physiquement le président mais veillait aussi sur son âme et sur son apparence médiatique[2]. » Kostikov a encore raconté comment Korjakov et son ami Barsoukov s'enfermaient, une fois la journée terminée, avec Eltsine, dans son appartement, pour quelques beuveries ou pour lui souffler des idées, des suggestions. « Personne ne pouvait savoir ce qui se passait réellement entre eux derrière ces portes », témoigna-t-il. C'est à l'occasion de l'une de ces soirées bien arrosées qu'aurait été décidée l'invasion de la Tchétchénie de décembre 1994.

L'influence de Korjakov a été pernicieuse. Sa formation de tchékiste lui faisait voir la politique en termes de rapports de force, avec ces corollaires que sont l'espionnite et l'obsession du secret. Les deux symptômes sont fort répandus dans les

1. Service fédéral de sécurité.
2. « Boris Eltsine, le roman d'un tsar », *L'Hebdo*, *op. cit.*

services de renseignement qui aiment croire que pour neutraliser l'adversaire, il suffit de bien connaître ses intentions et surtout de masquer les siennes. Eltsine n'a eu de cesse, durant ses mandats, de renforcer l'appareil de sécurité et de chercher à le contrôler. De bout en bout, sa présidence vit une cohorte de généraux, colonels et autres officiers, issus des services secrets, de la police comme de l'armée, évoluer dans un faisceau de relations de proximité et de partenariat d'affaires. Ces hommes en uniforme trouvèrent leur place au sein des administrations, ils appartenaient à la constellation du pouvoir, avec au premier rang les fonctionnaires de la Loubianka. Ceux-là n'ont pas tardé à reprendre leurs prérogatives.

Un temps sonnés par l'effondrement de l'URSS et après une phase d'attentisme sur l'évolution du nouveau pouvoir, les tchékistes ont vite compris qu'ils n'avaient rien à craindre de la tournure prise par les événements. Des trois piliers de l'ancien régime, le Parti communiste, le KGB et le complexe militaro-industriel, seul le PC disparut quelques mois de la scène après l'échec du putsch d'août 1991. Les purges épargnèrent les autres institutions. À la Loubianka, les cadres de rang moyen, colonels et lieutenants-colonels, soit l'essentiel de la direction, restèrent en place. Ils formèrent même un comité public de préservation de la sécurité de l'État, sorte de syndicat destiné à défendre leurs intérêts face à la nouvelle administration. Mais il n'est jamais venu à l'esprit d'Eltsine de se passer du KGB. Dans sa mentalité d'ancien apparatchik communiste, il lui paraissait inconcevable que l'État puisse se priver des Organes qui étaient un élément constitutif du pouvoir. Il pensait que si le système soviétique en avait fait un mauvais usage, la nature du régime en était responsable. En démocratie et sous son contrôle, il en irait autrement. C'est ainsi que les années 1990 virent la résurgence du KGB, rebaptisé FSB, et son épanouissement même. Korjakov encouragea le processus.

Le KGB/FSB a réussi à préserver sa structure verticale de direction — centre, région, district, ville, quartier — lui permettant d'être la seule institution fédérale capable de contrôler la situation dans le pays et d'obtenir l'exécution par la base des ordres venus du sommet. Il conserva également des liens horizontaux avec les anciennes républiques de l'URSS en signant des accords de coopération avec la plupart des ministères de la sécurité des nouveaux États indépendants. Le personnel, de son côté, fit preuve de zèle pour prouver au nouvel État russe son utilité. Dès janvier 1992, les tchékistes persuadèrent Eltsine de signer un décret les consacrant, à nouveau, comme seuls gardiens des secrets d'État. En vertu de quoi le FSB commença à réimplanter ses hommes dans les usines, les ministères, les instituts de recherche, et reconquit le droit de centraliser les renseignements destinés aux structures du pouvoir, rétablissant ainsi son monopole sur l'information des dirigeants. Exactement comme du temps de l'URSS. En avril 1992, la Loubianka récupéra le Comité de protection des frontières, le service de protection des sites sensibles, ses divisions d'élite *(spetznaz)* et ses forces spéciales. L'année suivante, la loi sur les organes fédéraux de sécurité accorda au FSB la possibilité d'effectuer des « actions opérationnelles d'instructions », avec filatures, écoutes, ouverture de la correspondance, sans autorisation du parquet. Deux ans plus tard, en avril 1995, un oukase d'Eltsine permit aux tchékistes de mener leurs propres enquêtes, de procéder à des arrestations sans mandat judiciaire, de gérer leurs prisons, avec le droit d'agir à l'étranger, en concurrence avec le SVR, le service d'espionnage issu de l'ancienne première direction principale du KGB. Le même oukase précisait que les trois principaux services de renseignement, le FSB, le SVR et le GUO (la garde présidentielle) dépendraient désormais du seul chef de l'État. Korjakov, au faîte de son influence à ce moment-là, avait la haute main sur ce dispositif.

Sous l'impulsion de cette éminence grise, Eltsine a cherché à concentrer au Kremlin le pouvoir sur l'ensemble du système de sécurité, appelé pour l'occasion « structures de forces », ce qui fit apparaître dans le vocabulaire politique un mot qui allait faire florès : les *siloviki*[1]. Le terme s'appliquerait désormais à tous ceux qui travaillaient

1. Du russe *sila* qui signifie « force ».

pour un ministère chargé de la force publique, Défense, Intérieur, Douanes, Sécurité. En 1998, le président élargit sa tutelle au ministère de la Justice et à la police fiscale. Il détint alors plus de pouvoir que n'en eut jamais Gorbatchev à la fin de l'URSS. Eltsine a finalement préparé le terrain à son successeur, Vladimir Poutine. Dénué de scrupules et plus encore de fibre démocratique, ce dernier ne se priverait pas, plus tard, d'user et d'abuser de ses pouvoirs pour instaurer sa « verticale du pouvoir ». Quelques semaines à peine avant d'accéder au Kremlin, Poutine, alors patron du FSB, eut ces paroles révélatrices : « Les ministères de forces n'ont aucune raison d'organiser un coup d'État. Pour quoi faire ? Prendre le pouvoir ? Nous l'avons déjà. Renverser Eltsine ? Inutile, puisque c'est lui qui nous a nommés[1]. »

Si Korjakov fut en partie responsable de la dérive sécuritaire de l'ère eltsinienne, qui prépara le terrain à la reprise en main du pouvoir par les *siloviki*, Tatiana Diatchenko, la fille du président peut, quant à elle, être tenue comptable du climat délétère qui fit le lit des tchékistes en mal de revanche. Au moment de la grande braderie initiée par l'opération « prêts contre actions », elle était à la manœuvre, avec Anatoli Tchoubaïs, pour favoriser ses amis oligarques, éliminant du partage ceux qui n'avaient pas l'heur de lui plaire. Lors du second mandat de son père, elle fut au

1. Interview donnée à la *Komsomolskaïa Pravda*, 8 juillet 1999.

centre de ce capitalisme de copinage pour avoir sciemment organisé l'enrichissement d'une poignée d'hommes en échange de leur soutien politique. La Russie atteignit à cette époque-là un degré de corruption et de concussion difficilement imaginable. Le Premier ministre, par exemple, Viktor Tchernomyrdine, réussit le tour de force d'accaparer 5 milliards de dollars d'actions du géant gazier en organisant à sa manière une privatisation partielle. Ministre de l'Industrie du pétrole et du gaz sous Gorbatchev, puis P-DG de Gazprom avant de diriger l'équipe gouvernementale d'Eltsine (1992-1998), Tchernomyrdine était bien placé pour faire main basse sur ces richesses. En février 1999, deux quotidiens russes, *Novye Izvestia* et *Moskovskaïa Pravda*, publièrent une liste de cent soixante-deux personnalités impliquées dans des affaires de détournements de fonds vers l'étranger : presque la totalité de l'élite politique et économique proche du pouvoir y figurait.

La crise financière d'août 1998 — qui ruina des millions d'épargnants russes, qui fit également perdre 48 milliards de dollars, en dettes et actions, aux investisseurs étrangers, mais qui enrichit une partie de la nouvelle nomenklatura politicoéconomique —, mit en valeur le niveau d'immoralité auquel était parvenue l'élite du pays. Cette crise montra à quel point l'État avait fini par devenir l'otage d'une bande de profiteurs. À l'origine du chaos, on trouve la fraude fiscale massive des entreprises et les fuites de capitaux pratiquées par les banques. Faute de ressources, les caisses du gouvernement restaient désespérément vides. L'opération « prêts contre actions » de 1995-1996 avait profité à une poignée d'oligarques, mais sans renflouer pour autant les finances publiques. Ruiné, l'État fut bientôt contraint d'émettre des bons du Trésor (GKO) pour faire face à ses engagements (salaires des fonctionnaires, remboursement des prêts internationaux...). Le remède fut pire que le mal. Le service de la dette, occasionné par ces bons, profita aux établissements financiers qui les détenaient. L'Oneximbank de Vladimir Potanine, la Menatep de Mikhaïl Khodorkovski et Alfa propriété de Mikhaïl Fridman et Piotr Aven en furent les principaux bénéficiaires. La totalité des rentrées financières générées par les GKO servait en fait à rembourser les émissions précédentes de bons, augmentées des intérêts, ce qui obligeait l'État à une folle cavalerie. Début 1998, la situation devint intenable, le gouvernement n'avait même plus assez d'argent pour payer les militaires et ses fonctionnaires. Sentant la faillite venir, les banques commencèrent à se débarrasser de leurs GKO, ce qui précipita la crise. Le 17 août, le système s'effondra. Le gouvernement en totale banqueroute renonça à soutenir le rouble, provoquant une dévaluation de 75 % de la monnaie russe. Une catastrophe pour la majorité de la population, une aubaine pour ceux qui avaient eu à connaître ce plan à l'avance. Une enquête ultérieure révéla que sept cent quatre-vingts hauts fonctionnaires et ministres s'étaient rendus coupables de délits d'initiés sur le marché des GKO, en les vendant massivement avant la crise. Les oligarques les mieux introduits au Kremlin sauvèrent également leur mise. La banque Alfa notamment, de Fridman et Aven, réussit comme par hasard à liquider ses positions sur le marché juste avant le krach. De son côté, Khodorkovski choisit, pour préserver ses fonds, de fermer les portes de la Menatep à ses clients, les poussant à la ruine.

Cette crise financière annonça le commencement de la fin du règne de Boris Eltsine. Sa popularité déjà mal en point s'effondra encore plus vite que le cours du rouble. La faillite économique sanctionnait sa faillite politique, attisant les luttes de clans au Kremlin, avec son lot de coups bas, de révélations opportunes, de règlements de comptes. Pour tenter de surnager dans ce cloaque, le vieux lion abattit alors la seule carte qui lui restait, celle qu'il pensait le mieux maîtriser grâce à l'autorité qu'il exerçait sur les organes de sécurité : confier le gouvernement aux tchékistes. Loin d'atténuer les conflits d'intérêts au sommet de l'État, cette décision les exacerba, donnant à voir en spectacle les magouilles du Kremlin. Cela lui valut finalement d'être emporté, lui, sa « famille », et la cour qui l'entourait.

Le 11 septembre 1998, Evgueni Primakov fut nommé Premier ministre. Ministre des Affaires étrangères dans le précédent gouvernement, il avait surtout été, auparavant, le responsable du nouveau service de renseignement extérieur, le SVR, successeur de la première direction principale du défunt KGB. Orientaliste de formation, ex-patron à l'époque soviétique de l'Institut d'économie mondiale — l'IMEMO, une pépinière pour nomenklaturistes et un *think tank* pour la Loubianka —, Primakov était, dans le milieu du renseignement, un homme du sérail. Regrettant la défunte Union soviétique pour son régime d'ordre et d'autorité, il détestait l'anarchie capitaliste dans laquelle prospérait l'élite, sur le dos de l'État. Dans son esprit, prendre les rênes du gouvernement signifiait remettre dans le droit chemin la maison Russie en proie à la corruption généralisée. Mais le mal avait atteint le cœur du pouvoir. Primakov ne tarderait pas à gêner. Son court passage au pouvoir, huit mois et un jour exactement, permit toutefois de faire éclater deux scandales, révélateurs des mœurs du moment et du comportement de la « famille ».

L'affaire de la Bank of New York, que la presse d'outre-Atlantique appela le « Russiagate », fut révélée à l'été 1999. Les autorités américaines, alertées par l'afflux de 10 milliards de dollars sur certains comptes de cette banque, enquêtaient depuis des mois sur son cas, soupçonnant un blanchiment d'argent et des détournements de fonds. Les investigations révélèrent qu'une partie de l'argent avait transité par une société, la Benex, derrière laquelle se profilait l'ombre d'un certain

Semion Moguilievitch, un Ukrainien considéré par les services de renseignements occidentaux comme l'un des parrains de la mafia de l'ex-Empire soviétique. La Benex servait de société-écran à certaines banques d'oligarques, dont la Menatep de Khodorkovski, pour placer à l'Ouest les bénéfices tirés de leur spéculation sur les bons du Trésor. Tous les ingrédients du capitalisme à la mode russe se trouvaient mêlés à ce scandale : la mafia, des oligarques et des hauts fonctionnaires qui avaient participé à la fuite de capitaux. L'enquête établit qu'une partie des 10 milliards provenait de l'argent que le Fonds monétaire international avait alloué au gouvernement russe pour soutenir le rouble, avant sa dévaluation sauvage. De fait personne n'a jamais su où sont passés les 4,5 milliards de dollars attribués en catastrophe par le FMI à Moscou durant l'été 1998. Ce détournement organisé au sommet de l'État russe fut l'un des éléments qui coûta son poste au directeur du Fonds monétaire, le Français Michel Camdessus. Celui-ci paya la désinvolture de l'institution internationale dans cette affaire.

Le « Russiagate » ruinait le peu de crédibilité dont jouissait encore le Kremlin à l'étranger. Ce scandale apportait la preuve que le régime Eltsine était pourri jusque dans ses plus hautes sphères. Surtout, ce détournement de fonds fut rendu public, alors que la presse russe et internationale multipliait les révélations sur une autre affaire politico-financière qui mettait, cette fois, directement en cause le président, sa fille et la « famille ». Pavel Borodine, le grand intendant du Kremlin, était au cœur de cet autre épisode scabreux. Des investigations en Suisse avaient établi que ce haut fonctionnaire avait reçu plusieurs millions de dollars de pots-de-vin d'une société sise à Lugano, la Mabetex, chargée par lui de la rénovation de plusieurs bâtiments officiels russes. Responsable du département des propriétés du Kremlin, Borodine était à la tête d'une énorme entreprise, la deuxième du pays après Gazprom, aimait-il se vanter, qui employait cent dix mille personnes, possédait des bâtiments, des bureaux, des avions, un hôpital, des restaurants, des hôtels, des exploitations agricoles, des sociétés de construction et d'ameublement, des ateliers de couture[1]... Que la Mabetex lui ait graissé la patte pour obtenir des marchés était dans l'ordre des choses, ce genre de pratique concussionnaire existe, à plus ou moins grande échelle, sous toutes les latitudes, dans tous les régimes. La presse s'indignait plutôt de trouver le président et sa fille mêlés à ce trafic de dessous-de-table, l'enquête ayant révélé que la Mabetex avait fait faire, à ses frais, des cartes de crédit pour Boris Eltsine et Tatiana Diatchenko. « Le coupable est avant tout le système de l'époque Eltsine, expliqua plus tard Iouri Skouratov, le procureur général russe qui fut en charge de l'en-

1. Interview de Pavel Borodine au journal *Vlast*, 2 décembre 1997.

quête. La "famille" voulait vivre sur un grand pied : voyager, acheter de l'immobilier, faire des cadeaux, tant à l'intérieur qu'à l'extérieur du pays. Borodine n'a sans doute été qu'un exécutant des basses œuvres du clan, chargé de trouver des financements qui n'étaient pas prévus au budget. D'où la mise en place du schéma de financement avec la Mabetex. Parmi l'argent versé figurait un versement d'environ deux cent mille dollars à Paris pour la confection de vêtements destinés à Eltsine. Un million a été transféré en Hongrie pour financer les "à-côtés" d'une visite présidentielle, etc.[1] »

Bien décidé à nettoyer les écuries d'Augias de cette Russie corrompue, Evgueni Primakov soutint le procureur Skouratov dans ses investigations, ce qui causa leur perte à tous les deux. Le Premier ministre essaya de profiter de ces scandales pour tenter de couper le clan présidentiel de ses appuis à l'étranger. Dans cette stratégie, ses réseaux du SVR s'activèrent pour révéler les turpitudes des locataires du Kremlin. Par la même occasion, Primakov prétendait incarner l'avenir d'une Russie probe, avec l'ambition affichée de remplacer Eltsine à la tête de l'État, le moment venu. Selon la Constitution, le vieux lion ne pouvait briguer un troisième mandat, mais il vivait dans la crainte de devoir rendre des comptes une fois qu'il aurait quitté le pouvoir. Primakov présentait

1. Interview de Iouri Skouratov, *L'Hebdo* (Lausanne), 23 mai 2001.

une menace, il fallait s'en débarrasser. Quant au procureur Skouratov, il devait cesser de fourrer son nez partout. Le 16 mars 1999, la télévision d'État RTR diffusa une bien curieuse cassette vidéo montrant un homme, lui ressemblant comme deux gouttes d'eau, nu, dans une posture compromettante avec deux prostituées. Skouratov était décrédibilisé. Quelques mois plus tard, il fut même inculpé d'abus de pouvoir pour cause d'investigations intempestives. C'est Vladimir Poutine, à ce moment-là patron du FSB, qui mena la charge contre ce procureur indiscret. Evgueni Primakov fut, quant à lui, démissionné de son poste de Premier ministre le 12 mai 1999.

Dans un livre sur les coulisses du pouvoir, plusieurs anciens conseillers du président ont raconté l'obsession d'Eltsine à vouloir trouver un « jeune Korjakov » pour lui succéder. « Il s'agissait d'un calcul rationnel, expliquent-ils : miser sur des hommes qui prêtent serment et qui ont pour habitude d'y rester fidèles[1]. » En clair, quelqu'un qui s'engage à passer l'éponge, à lui garantir l'immunité à vie, ainsi qu'à sa « famille ». Cette hantise de l'impunité est révélatrice de l'État de putréfaction dans lequel se débattait le Kremlin. L'un des candidats choisis fut Sergueï Stepachine. Il offrait les conditions requises : ancien du MVD (ministère de l'Intérieur), patron du FSB en 1994-

1. *L'Époque d'Eltsine. Essais d'histoire politique* (en russe), Moscou, Izdatelstvo Vagrius, 2001.

1995, ministre de la Justice puis de l'Intérieur, un *silovik* pur jus comme Eltsine aimait à s'en entourer. Mauvaise pioche. L'élu rechigna à entraver les enquêtes sur la « famille ». Pas assez ferme et fiable, ce Stepachine. Quatre-vingts jours plus tard, il cédait sa place de Premier ministre à Vladimir Poutine, patron en titre du FSB et responsable du Conseil de sécurité. Cette fois-ci le choix était le bon : l'homme avait fait ses preuves en éliminant le danger Skouratov. Eltsine allait pouvoir quitter le Kremlin sans crainte. Le 31 décembre 1999, il démissionna pour laisser sa place au Premier ministre, selon la règle constitutionnelle. Le président par intérim, Vladimir Poutine, signa immédiatement un décret offrant une immunité judiciaire à vie à Boris Eltsine et à sa « famille ».

Après quelques années de flottement, les héritiers du KGB reprenaient enfin tout le pouvoir. L'opinion publique a soutenu ce tournant. Fatiguée des méfaits du « capitalisme de rapine », dont les démocrates honnis étaient rendus responsables, elle s'en remettait aux hommes en uniforme. Trois réformes monétaires et la crise financière de l'été 1998 avaient achevé de convaincre le peuple russe. À n'en pas douter, le salut devait venir des tchékistes, considérés comme d'honnêtes serviteurs de l'État. Des hommes aux « mains propres, au cœur tendre et à la tête froide », comme avait eu le cynisme de le proclamer Félix Dzerjinski, le fondateur de la Tcheka, en 1918. La nouvelle page de l'histoire, ô combien déjà tourmentée et terrible de la Russie postsoviétique, qui s'ouvrait avec Poutine et ses hommes, allait montrer que, pas davantage que leurs prédécesseurs, ces *siloviki* n'avaient les mains propres ni le cœur tendre. Quant à la tête, elle leur tournerait bien vite, enivrée par le parfum des richesses dont regorge ce pays continent.

Troisième partie

LE FSB RAMASSE LA MISE

Vladimir Poutine appartient à ce genre de responsables politiques que la fonction a créé. En huit années de pouvoir, il a eu le temps de se forger une image de dirigeant décidé, honnête, compétent, au point sans doute de finir par croire lui-même à ce portrait. Pourtant, ce ne sont pas ces qualités qui lui ont valu d'être choisi pour succéder à Boris Eltsine. La « famille » cherchait un fonctionnaire zélé, obéissant, pas très regardant. La fidélité, la discrétion, qu'il avait manifestées à l'égard du clan qui occupait le Kremlin, expliquent sa promotion. Le sociologue russe Boris Kagarlitsky, contempteur lucide de l'évolution de son pays, a salué son accession au pouvoir en ces termes : « On dépeint Poutine comme un "dirigeant fort", un "responsable politique résolu", mais il était un bureaucrate moyen, un éternel factotum, totalement dépourvu de volonté et d'initiatives personnelles. S'il avait eu une volonté forte et des ambitions politiques, il ne serait jamais devenu président. D'abord, Eltsine ne tolérait pas que des personnes de son entourage nourrissent des ambitions présidentielles. Dès qu'il s'en apercevait, il désignait un rival comme son héritier. Il avait un flair quasi animal pour cela. Mais surtout, toute personnalité politique sérieuse et volontaire à qui Eltsine aurait proposé, en 1999, de devenir le futur président, aurait refusé. La proposition était humiliante à la fois pour le candidat et pour le pays. Eltsine a tout simplement confié ce travail à Poutine comme on confierait une tâche bureaucratique à un fonctionnaire[1]. » L'ex-général du KGB, Oleg Kalouguine, estime pour sa part qu'« Eltsine [s'est persuadé] que Poutine était fiable et loyal. Il faisait preuve d'un esprit d'obéissance prussien. Dès qu'Eltsine ordonnait quelque chose, Poutine exécutait[2] ».

Comment a-t-il été choisi ? « Son nom a d'abord été avancé par Valentin Ioumachev, le conseiller d'Eltsine (et rédacteur de ses *Mémoires*), a raconté Sergueï Dorenko, un célèbre journaliste de la chaîne de télévision ORT. Il a été soutenu par Alexandre Volochine, le chef de l'Administration présidentielle. Poutine a été reçu et ils se sont mis d'accord sur son nom. Il a résisté, exprimant son hésitation à être embarqué dans une entreprise aussi aventureuse. Mais ils l'ont convaincu[3]. »

1. *La Russie aujourd'hui, néolibéralisme, autocratie et restauration*, Lyon, Parangon, 2004.

2. Propos recueillis par Paul Klebnikov, *Parrain du Kremlin*, *op. cit.*

3. Propos recueillis par Lilia Chevtsova, *Putin's Russia*, New York, Carnegie Endowment, 2003.

L'oligarque Boris Berezovski propose une autre version. Il affirme avoir lui-même poussé Poutine à accepter le poste de Premier ministre. Les deux hommes se seraient rencontrés pour en parler à la mi-juillet 1999, en France, à Biarritz, où l'heureux pressenti passait ses vacances en famille[1]. Alexandre Litvinenko, l'ancien agent du KGB réfugié à Londres et assassiné au Polonium 210 en novembre 2006, estimait, quant à lui, que le KGB/FSB avait mis au point une stratégie en deux volets pour s'emparer du pouvoir : ouvertement par l'intermédiaire de Primakov et clandestinement par le biais de Poutine. « Mission accomplie » a d'ailleurs annoncé ce dernier, triomphal, à ses camarades du Service, quand il fut nommé[2].

La vérité se situe sans doute en partie dans chacune de ces versions. Que Poutine ait été choisi pour ses aptitudes « moyennes » est probable, ses mentors ont dû penser que ce fonctionnaire gris, terne même, ne ferait d'ombre à personne. Qu'il ait hésité à accepter le poste de Premier ministre est vraisemblable, la fonction était trop lourde pour ses frêles épaules d'apparatchik ordinaire. Que Berezovski ait joué les intermédiaires est concevable, compte tenu du rôle prépondérant que jouait l'oligarque à la fin de la présidence d'Eltsine. Que le KGB/FSB ait eu deux fers au

1. Lettre de Berezovski au journal *Le Monde*, 25 janvier 2000.
2. Alex Goldfarb et Marina Litvinenko, *Meurtre d'un dissident*, Paris, Robert Laffont, 2007.

feu pour récupérer le pouvoir perdu en 1991 est plausible, à en juger par le conflit d'intérêts au sein des Organes que provoqua la lutte contre la corruption menée par le Premier ministre Primakov, issu du SVR, répétons-le, mais contrée par le FSB dirigé par Poutine. Quant à la fidélité de l'impétrant à l'idéal tchékiste, personne ne la conteste : avec lui, c'est bien la Loubianka qui allait reprendre les rênes ; l'itinéraire de l'intéressé comme la manière dont il devait manœuvrer par la suite, tout cela correspond au style des Organes.

Dans un livre d'entretiens sorti opportunément au début de son mandat pour faire sa propre promotion, Vladimir Poutine révéla sa passion de toujours pour l'espionnage, « bien avant de finir l'école », précise-t-il[1]. Entrer au KGB, c'était servir le régime soviétique dont il pense encore qu'il fut une bonne chose pour la Russie. Mentalité tchékiste et idéaux communistes sont longtemps allés de pair chez lui, presque par atavisme puisque son père, membre du PC, fit partie des commandos du NKVD (l'ancêtre du KGB) pendant la Seconde Guerre mondiale. Son grand-père fut même cuisinier chez Lénine et Staline, preuve d'une bonne conscience bolchevique dans la famille. L'étudiant Poutine a tout fait pour se faire remarquer des services secrets, dans l'espoir d'y entrer

1. Natalia Gevorkian, Natalia Timakova et Andreï Kolesnikov, *À la première personne, conversation avec Vladimir Poutine* (en russe), Moscou, Vagrius, 2000.

— car on ne choisissait pas d'être tchékiste, il fallait être distingué par la Loubianka pour le devenir. Par la suite, la carrière de l'espion Poutine fut celle d'un officier falot, incapable de se distinguer du lot. Il voulait servir dans la première direction principale (espionnage), la plus prestigieuse, il fut versé à la division du contre-espionnage pour végéter à Leningrad, sa ville natale, avec la mission de recruter des étrangers de passage. En 1985, après des années de loyaux services, on lui proposa un poste hors des frontières, le rêve de tout tchékiste. Mais lui fut muté en Allemagne de l'Est, derrière le rideau de fer, à Dresde, une base secondaire. Ce n'était pas vraiment une promotion. Là, il devait encore recruter des étrangers, en collaboration cette fois avec la Stasi, les services secrets de RDA. En 1988, ses collègues est-allemands l'ont décoré de l'ordre du Mérite pour « reconnaissance de ses services considérables au sein du ministère ». La médaille était de bronze, celle réservée aux espions de second ordre. Après la chute du mur de Berlin, en novembre 1989, il rentra au pays sans gloire comme des milliers d'autres officiers du KGB contraints de fuir l'Europe de l'Est qui se libérait du joug soviétique. Tous ces hommes de terrain allaient occuper en URSS des travaux sous-qualifiés, généralement tenus par des membres de la « réserve active », les retraités, les agents grillés ou inaptes au travail opérationnel. Poutine devint vice-recteur de l'université de Leningrad, un poste « sous couverture » comme on dit, d'où il pouvait surveiller le monde intellectuel en pleine effervescence en ces mois de crépuscule communiste. À partir de là, la carrière de la « teigne » (son surnom parmi ses collègues tchékistes) se brouille. En tout cas, elle allait prendre une autre tournure.

Si l'on en croit la légende qu'il s'est lui-même forgée, Vladimir Poutine aurait quitté le poste de vice-recteur au début de 1991, de son plein gré, pour se mettre au service d'Anatoli Sobtchak, l'un de ses ex-professeurs d'université devenu président du conseil municipal de Leningrad. À l'époque, Sobtchak était une figure parmi les libéraux, il faisait partie de ceux qui poussaient Gorbatchev à entreprendre toujours plus de réformes. Dans le même temps, Poutine aurait envoyé une lettre de démission à la Loubianka. Malheureusement, ses supérieurs n'en auraient pas tenu compte. Il lui a fallu attendre le putsch d'août 1991, pour que le grand patron du KGB en personne, Vladimir Krioutchkov, par ailleurs comploteur en chef, accède enfin à sa requête. Tout cela ne tient pas debout. Il est plus probable qu'il fut envoyé auprès de Sobtchak sur ordre, en service commandé, et rien ne permet de croire à sa démission du KGB. La mentalité du Poutine de l'époque, puis son comportement par la suite, contredisent sa version des faits. Tchékiste il rêvait d'être depuis son enfance, tchékiste il a dû rester jusqu'au bout, jusqu'à l'éclatement du KGB en plusieurs services, après l'échec du putsch. Il est bien demeuré fidèle au PC jusqu'à la dissolution du Parti, après le fiasco d'août 1991, comme il l'avoua lui-même[1], alors pourquoi diable aurait-il quitté les Organes avant ? Lorsque des années plus tard, en juillet 1998, il fut nommé à la tête du FSB par Eltsine, Poutine prit en fait la direction d'un service qu'il n'avait jamais abandonné, tout au moins de cœur.

Leningrad, qui retrouva son nom de l'époque impériale, Saint-Pétersbourg, au début de la décennie 1990, a élu Anatoli Sobtchak maire en juin 1991. Il le resta cinq ans. Ces années furent celles de l'ascension de Vladimir Poutine et de sa transformation, où le petit fonctionnaire prit goût aux fanges du capitalisme sauvage qui submergea la Russie postsoviétique. Si l'on veut comprendre la politique qu'allait suivre plus tard le président Poutine, il faut regarder de près ses années pétersbourgeoises, période durant laquelle il a pu mesurer les possibilités d'enrichissement qu'offrait l'économie de marché pour ceux qui en contrôlent les rouages. C'est là qu'il se mit à aimer le pouvoir et les richesses qu'il confère, et qu'il commença à perdre la tête froide du bon tchékiste qu'il croyait être. Dès cette époque, il est en tout cas permis de mettre en doute la légendaire honnêteté de Vladimir Poutine et son prétendu sens de l'État.

Une chape de plomb a recouvert les activités commerciales auxquelles il s'est livré à Saint-

1. *Ibid.*

Pétersbourg entre 1991 et 1996. Il est même prudent de ne pas y regarder de trop près. Iouri Chtchekotchikhine, député à la Douma, paya de sa vie son enquête sur les détournements et blanchiments d'argent dans la grande cité du Nord durant cette période. Chtchekotchikhine est mort le 3 juillet 2003, après d'atroces souffrances, empoisonné par une substance qui n'a jamais pu être identifiée. Et quand un juge d'instruction s'est montré trop curieux sur ces mêmes questions, il a été écarté pour « abus de pouvoir[1] ». En 2005, un hebdomadaire russe, *Novaïa Gazeta*, réussit toutefois à publier quelques documents, provenant des services de douanes allemands, où apparaissaient de bien curieuses transactions commerciales, pour un total de 5 milliards de dollars, dans lesquelles Poutine aurait joué un rôle lorsqu'il était à la tête du Comité des relations extérieures de la mairie de Saint-Pétersbourg[2]. L'affaire a vite été étouffée.

Chargé des relations extérieures de la ville, il put notamment jouer sur le prix des exportations/importations des entreprises qu'il chapeautait, ce qui, on le sait, rapportait gros. Au début des années 1990, le conseil municipal réclama sa démission à la suite d'une sombre affaire de troc sur des matières premières (bois, métaux ferreux, métaux rares), qui coûta une bonne centaine de mil-

1. Arkadi Vaksberg, *Le Laboratoire des poisons*, Paris, Buchet/Chastel, 2007.

2. *Novaïa Gazeta*, n° 47, 2005.

lions de dollars à la ville. Le dossier fut classé. Plus tard, Poutine a été chargé des privatisations avec pour tâche essentielle de faire entrer les taxes et les impôts des nouvelles entreprises dans le budget de la communauté urbaine. Ce poste lui donna encore plus de latitude pour agir à sa guise. On trouve son nom dans l'affaire dite des Trois Baleines, une société chargée d'importer des meubles en Russie. Les taxes liées aux contrats passés par cette entreprise, soit des centaines de millions de dollars, furent en grande partie détournées au profit de la milice et du FSB. La justice allemande s'intéressa également à lui quand elle s'aperçut qu'il figurait au conseil d'administration d'une société immobilière impliquée dans le blanchiment d'argent de la mafia russe[1]. Au moment de la légalisation des jeux, Poutine eut l'idée de créer une régie municipale qui garderait le contrôle des casinos de Saint-Pétersbourg avec 51 % de leur capital. La régie en question fut placée sous l'autorité du FSB et de la police des taxes, ce qui n'empêcha pas la mafia d'en détourner massivement l'argent au profit des parrains locaux[2].

Saint-Pétersbourg est une ville riche, qui dispose d'un port de commerce important, et qui abrite de nombreuses entreprises. Après cinq an-

1. La société, à capitaux allemands, s'appelait la Saint-Pétersbourg Immobilier et Participation (SPAG). *Der Spiegel*, 19 mai 2003.

2. *Le Laboratoire des poisons, op. cit.*

nées de gestion Sobtchak, avec Poutine dans le rôle du ministre des Finances, elle se retrouva pourtant au bord de la faillite, avec près de 600 millions de dollars de dettes. Cette situation coûta au maire sa réélection, et lui valut d'être poursuivi par la justice pour détournements. Anatoli Sobtchak préféra se réfugier en France plutôt que d'avoir à répondre de ces faits. Il y resta en exil trois ans, jusqu'à la fin 1999. Quand son protégé Poutine, nouveau Premier ministre et futur président, put lui garantir un retour sans risque, il rentra au pays. Malheureusement, trois mois plus tard, en février 2000, Sobtchak mourut d'une crise cardiaque lors d'un déplacement à Kaliningrad, l'enclave russe en terre allemande. Des mauvais esprits ont vu, dans sa soudaine disparition, la main (déjà toute-puissante) de Vladimir Poutine. Le candidat-président était en tout cas débarrassé d'un témoin gênant de son passé pétersbourgeois à quelques semaines d'une élection qu'il devait emporter haut la main.

La fuite de Sobtchak en France, en 1996, avait été organisée par Poutine. Ce geste a souvent été présenté, par ses hagiographes, comme une preuve de sa fidélité en amitié. Ce précédent aurait, paraît-il, décidé Eltsine à le choisir comme dauphin, certain que lui au moins ne le trahirait pas une fois qu'il aurait quitté le pouvoir. On peut poser le problème d'une autre manière : si Sobtchak avait eu à répondre de sa désastreuse gestion de Saint-Pétersbourg devant la justice, son adjoint direct, Vladimir Poutine, aurait sans doute été inquiété. En favorisant la fuite de l'ancien maire, il s'est protégé lui-même.

Ce qu'il a fait pour l'ancien maire de Saint-Pétersbourg, il l'a réitéré en d'autres circonstances, pour d'autres personnes qui pouvaient l'entraîner dans leur chute. C'est ainsi qu'il a pu se construire une stature d'honnête homme, de fonctionnaire intègre, désintéressé des richesses et des plaisirs de ce bas monde. Le cas de Pavel Borodine illustre sa manière de procéder. Cet intendant du Kremlin, impliqué dans l'affaire des pots-de-vin de la société suisse Mabetex qui empoisonna la fin de la présidence Eltsine, n'a jamais été inquiété. Tout juste élu président, Poutine nomma Borodine secrétaire exécutif de l'Union Russie-Biélorussie, un poste honorifique qui avait l'avantage de lui conférer l'immunité diplomatique au moment où la justice helvétique aurait aimé lui poser quelques questions. Dans cette affaire Mabetex, Poutine a également poursuivi par tous les moyens le procureur Skouratov qui pensait naïvement faire la lumière sur ce scandale. En agissant de cette manière, Poutine respectait le contrat passé avec Eltsine — son immunité à vie en échange du pouvoir —, mais il serait naïf de croire que ce fut là sa seule motivation. Après avoir quitté la mairie de Saint-Pétersbourg, à la suite de l'échec de Sobtchak aux élections municipales de 1996, Poutine était entré au service de l'administration du Kremlin, précisément comme adjoint de Pavel Borodine. À ce poste, il n'a pas pu ignorer les indélicatesses de l'intendant, peut-être y a-t-il même participé. Bref, il n'aurait pas été bon pour lui que Skouratov poursuive ses investigations ni que Borodine soit interrogé par la justice suisse. C'est pour se sauvegarder lui-même qu'il a neutralisé l'un et protégé l'autre.

L'homme qui accéda au poste de Premier ministre, le 9 août 1999, n'était pas le fonctionnaire au-dessus de tout soupçon, dévoué à ses amis et reconnaissant envers ses protecteurs, habité par le seul sens du devoir et de l'État, qui fut si souvent décrit. Cette image positive, largement reproduite, n'est pas sans rappeler la campagne de désinformation qui salua l'arrivée du « bon » Andropov au Kremlin, en 1983. Même méthode, effet similaire. Il paraît plus proche de la vérité de penser que le tchékiste Poutine, qui avait pris goût aux choses de la vie, était bien décidé à en profiter davantage. S'il est probable qu'il est arrivé au pouvoir sans état d'âme, il comptait bien en revanche s'y accrocher avec tous les moyens que pourrait lui offrir son nouveau statut. Pour lui et pour ses camarades de la Loubianka. La parenthèse Eltsine refermée, la Russie allait rentrer dans l'ordre avec eux.

La stratégie de la tension

Poutine était inconnu du grand public au moment de sa nomination, ce qui est logique s'agissant d'un homme de l'ombre. Les deux postes qu'il avait occupés auparavant, patron du FSB et responsable du Conseil de sécurité, n'ont pas à être exposés. Programmé pour devenir le futur président, il lui fallait maintenant se faire connaître. Le scrutin, prévu pour le printemps 2000, lui donnait huit mois pour faire campagne, ce qui était peu. À cette époque, la vie politique en Russie était dominée par deux hommes dont l'alliance semblait irrésistible : Iouri Loujkov, le richissime maire de Moscou et Evgueni Primakov, l'ancien Premier ministre écarté du pouvoir, parce qu'il n'avait pas eu l'échine assez souple. Ensemble, ils caracolaient en tête des sondages, laissant le terne tchékiste Poutine dans les basfonds de la notoriété. Pour ses mentors, le FSB, la « famille », ainsi que pour des oligarques inquiets du rigorisme affiché par Primakov, il fallait à tout prix réussir à inverser cette tendance. La réélection d'Eltsine en 1996 avait démontré que l'argent — beaucoup d'argent —, et des médias complaisants permettaient d'influencer le résultat des urnes. Cette fois-ci, le contexte était différent. En 1996, la plupart des oligarques avaient fait front derrière Eltsine, lui apportant un soutien financier et une force de frappe médiatique qui firent la différence sur ses concurrents. En 1999, le petit monde des milliardaires était divisé. Certains d'entre eux avaient déjà choisi de soutenir le camp Loujkov-Primakov. Vladimir Goussinski, par exemple, faisait ouvertement campagne pour ce duo par l'intermédiaire de ses télévisions et de ses journaux, parmi les plus prestigieux du pays. Faute d'entente entre les oligarques, il n'était pas possible de rééditer ce qui avait fait le succès d'Eltsine. Il fallait trouver une autre recette magique.

L'idée de faire du petit tchékiste Poutine un homme providentiel a sans doute germé dans quelques esprits diaboliques. Le raisonnement était simple : si, dans le contexte politique du moment, Loujkov et Primakov paraissaient assurés de la victoire, il suffisait de changer de contexte pour redistribuer les cartes et faire en sorte que le nouveau Premier ministre ait ses chances. Compte tenu de l'enjeu, il n'était pas question de lésiner sur les moyens. Pour cette raison, et uniquement pour cela, la Russie allait alors connaître un cycle de violence dont elle peine aujourd'hui encore à sortir. Il est probable que nous ne connaîtrons jamais le fin mot de cette histoire, encore moins les noms de tous ceux qui imaginèrent et participèrent à ce scénario. De même, nous ne saurons jamais dans le détail comment ce plan a été élaboré puis exécuté. Néanmoins, les protagonistes ont laissé derrière eux suffisamment d'indices pour qu'on puisse reconstituer l'intrigue dans ses grandes lignes et pour qu'on comprenne de quelle manière elle s'est nouée.

Voyons d'abord la chronologie des événements. Elle est éloquente.

Le 7 août 1999, un commando tchétchène emmené par Chamil Bassaïev, et par le « commandant » Khattab, deux chefs de guerre, pénètre au

Daghestan pour y proclamer une république islamique.

Le 9 août, Vladimir Poutine est nommé Premier ministre.

Le 24 août, les troupes russes repoussent le commando tchétchène hors du Daghestan.

Le 4 septembre, à Bounaïksk, au Daghestan, une voiture piégée détruit un immeuble habité par des familles de soldats russes. Bilan, soixante-quatre morts.

Le 9 septembre, à Moscou, rue Gourianov, une bombe rase un immeuble de huit étages : quatre-vingt-quatorze morts.

Le 13 septembre, à Moscou, chaussée Kachirski, une explosion provoque l'effondrement d'un immeuble. Soixante-dix personnes sont retirées des décombres.

Le 16 septembre, à Volgodonsk, au sud de la Russie, un camion piégé explose devant un immeuble : dix-neuf morts.

Le 24 septembre, conférence de presse de Poutine : « Nous poursuivrons les terroristes partout. Nous irons les buter jusque dans les chiottes. »

Le 1er octobre, l'armée russe pénètre sur le territoire tchétchène. La deuxième guerre de Tchétchénie commence.

Courant octobre, création du parti Edinstvo (Unité) auquel Vladimir Poutine apporte son soutien.

Octobre-novembre, les sondages, qui donnaient 1 % des intentions de vote au Premier ministre au lendemain de sa nomination, ont grimpé à 14 % après les attentats, à 32 % à la suite de l'intervention en Tchétchénie, pour dépasser ensuite les 50 %.

Le 19 décembre, le Parti communiste arrive en tête des élections législatives (24,3 %), suivi de près par le parti Unité soutenu par Poutine (23,3 %). Le parti de Loujkov et Primakov, OVR, recueille à peine plus de 13 % des voix.

Le 31 décembre, Boris Eltsine annonce sa démission dans une allocution télévisée. Vladimir Poutine est nommé président par intérim.

Le 26 mars 2000, Poutine est élu au premier tour président de la Fédération de Russie avec 52,9 % des voix.

Tous ces événements sont liés ou plutôt se comprennent dans une même logique de stratégie de la tension voulue, entretenue, instrumentalisée dans l'unique but de faire accéder au pouvoir suprême l'homme qui avait été choisi pour remplir cette mission. Autrement dit, la Russie a basculé dans la violence pour permettre à Vladimir Poutine de devenir président. Un procédé similaire avait été utilisé dans les années précédentes, mais pas à une telle échelle[1]. Cette fois, les instigateurs ont vu grand, énorme même, avec un cynisme qui

1. En juin 1996, une semaine avant le premier tour des élections présidentielles, un attentat dans le métro de Moscou avait fait quatre morts. Les médias, aux mains des oligarques qui soutenaient Eltsine, accusèrent les communistes d'en être les auteurs. Ce qui était faux, bien entendu. Les vrais coupables n'ont jamais été identifiés.

allait emporter le peu de démocratie qui subsistait dans ce pays. Ce qui, bien sûr, faisait également partie de leur plan.

Voyons maintenant les détails.

L'incursion du commando Bassaïev-Khattab au Daghestan, au début du mois d'août 1999, a servi de prétexte pour déclencher une nouvelle guerre de Tchétchénie voulue par l'armée et le pouvoir russes. Moscou avait ses raisons, aussi bien politiques qu'économiques, de vouloir reprendre les hostilités. L'accord signé en 1996 n'avait rien résolu, notamment en ce qui concerne les enjeux pétroliers. On retrouve, dans ce nouvel épisode militaire, les mêmes protagonistes que dans le précédent avec, au premier plan, Boris Berezovski, toujours en affaire avec les Tchétchènes. L'oligarque était à ce moment-là en relation avec la principale « industrie » locale, la prise d'otages, installé dans un rôle de « médiateur ». En mars 1999, quand une bande de Tchétchènes enleva le général Chpigoun, le représentant de la Russie sur place, le président élu de Tchétchénie (non reconnu par le Kremlin), Aslan Maskhadov, avait dénoncé ce trafic en ces termes : « Tout ce qui se passe à Moscou, tous ces voyages de Berezovski avec des valises bourrées d'argent, tous ces jeux avec des criminels, des bandits, mes opposants politiques, ne mèneront rien de bon[1]. » L'oligarque et Bassaïev faisaient du business ensemble. Berezovski avait

1. Interview donnée à la *Komsomolskaïa Pravda*, 16 mars 1999.

d'ailleurs souscrit pour le chef de guerre et pour ses hommes une assurance auprès de la banque SBS-Agro (dont il possédait 25 % du capital), d'un montant de 15 millions de dollars. Dans ce contrat, Bassaïev apparaissait comme le « responsable de l'entreprise de gardiennage privée l'Ordre islamique », avec pour raison sociale la libération des otages[1].

Boris Berezovski n'a jamais nié ses relations avec Bassaïev, en revanche, il a toujours démenti avoir été impliqué, de près ou de loin, dans l'envoi du commando tchétchène au Daghestan. C'est pourtant grâce à l'argent que lui remettait régulièrement l'oligarque que le chef de guerre a pu équiper ses hommes, en toute « légalité », auprès de la société d'État russe Rosvooroujenie, la seule habilitée à exporter des armes. Plus étrange encore : des rumeurs ont fait état d'une rencontre secrète, au début de l'été 1999, en France, à Biarritz, entre Berezovski, Bassaïev et quelques autres commandants tchétchènes. Le chef de l'Administration présidentielle russe, à l'époque, Alexandre Volochine, aurait fait lui aussi le déplacement. C'est lors de cette réunion qu'aurait été planifiée l'incursion au Daghestan[2]. Pure affabulation, selon Berezovski. Comme nous l'avons vu, le seul déplacement qu'il reconnaît avoir effectué à Biarritz, en cet été 1999, aurait eu

1. *Moskovski Komsomolets*, 20 novembre 1999.
2. *Le Monde*, 28 septembre 1999.

pour but de convaincre Vladimir Poutine, qui séjournait en famille dans la station balnéaire, d'accepter le poste de Premier ministre. Ces deux versions d'un même voyage ne sont pas incompatibles entre elles. D'autres rumeurs ont prétendu qu'Alexandre Volochine avait bien rencontré Bassaïev, non pas à Biarritz, sur la côte Atlantique, mais dans une station balnéaire française de la côte méditerranéenne. Les deux hommes se seraient mis d'accord sur le déclenchement d'un conflit local qui devait modifier les rapports de force internes en Russie, tout en consolidant, en Tchétchénie, la position de Bassaïev contre le président élu Maskhadov, la bête noire de Moscou[1]. La tenue de cette rencontre n'a pas été démentie. Rien n'empêche donc Boris Berezovski de s'être rendu à Biarritz après cette réunion — à laquelle il a pu ne pas assister —, pour informer Poutine du scénario envisagé et pour l'inciter à y participer. Quoi qu'il en soit, il semble probable que l'aventure Bassaïev-Khattab ait été commanditée en haut lieu.

À cette époque, Vladimir Poutine dirigeait le FSB et le Conseil de sécurité. Il était donc l'un des dirigeants russes le plus au fait de la préparation d'un nouveau conflit. Qu'il ait été informé des tractations avec Bassaïev faisait partie de ses prérogatives. Ses fonctions le plaçaient à l'articulation entre l'armée, les services de sécurité et les

1. *Vedomosti*, 10 novembre 1999.

décideurs politiques. Il assistait à toutes les réunions civiles et militaires où la guerre se planifiait. Il savait comment Moscou s'y préparait avant même l'incursion au Daghestan. Dans le mois qui a précédé ces événements, au début juillet, les satellites américains avaient décelé des manœuvres de l'armée russe dans la région. Munitions et matériels divers s'accumulaient sur des bases du Caucase Nord, avec renforts terrestres et aériens. À la même époque, Valentina Melnikova, cofondatrice à Moscou du Comité des mères de soldats, apprit que les nouveaux conscrits étaient directement transférés près de la frontière tchétchène, sans même avoir fait leurs classes. Elle découvrit, à côté de l'hôpital militaire de Rostov, une gigantesque chambre froide neuve, prévue pour accueillir plus de quatre cents cadavres. Pour elle, il ne fait guère de doute que la reprise des hostilités était préméditée[1]. La provocation du Daghestan devait servir de prétexte.

Depuis l'humiliante défaite de 1996, l'armée russe rêvait de prendre sa revanche. Le Kremlin, lui, ne pouvait laisser cette petite république continuer à défier son autorité. L'élection, en janvier 1997, au suffrage universel, d'Aslan Maskhadov (59,3 % des voix contre 23,5 % à Chamil Bassaïev), avait particulièrement irrité Moscou. Les sécessionnistes devaient être punis. L'or noir

1. Valentina Melnikova et Anna Lebedev, *Les Petits Soldats*, Paris, Bayard, 2001.

joua aussi son rôle. Rappelons qu'une grande partie des pipelines reliant les gisements de la mer Caspienne au territoire russe passe par la Tchétchénie. La situation instable de la république, tiraillée entre ses chefs de guerre, menaçait toujours les installations, et les Tchétchènes continuaient de détourner une partie du flux pétrolier. La rancœur accumulée contre ce peuple du Caucase, conjuguée aux intérêts pétroliers, devait donner une dimension apocalyptique à ce nouveau conflit, bien plus meurtrier que le premier.

L'armée russe qui envahit le territoire tchétchène, le 1er octobre 1999, était décidée, cette fois, à faire table rase de cette petite république et de son peuple. Ce qu'elle fit. Lance-flammes, napalm, bombes à aérosol, missiles à fragmentation, toutes les armes interdites par la Convention de Genève ont été utilisées. Tortures, viols, exécutions sommaires, déportation massive, tous les droits de l'homme ont été bafoués. Crimes de guerre, crimes contre l'humanité, l'armée russe s'est rendue coupable de l'ensemble de la panoplie avec d'autant plus d'entrain qu'elle a toujours été couverte par le pouvoir politique. Un exemple, parmi d'autres, le martyre du village d'Alkhan-Iourt, le 11 décembre 1999 : « Des soldats du général Chamanov firent sortir les habitants des caves où ils s'étaient réfugiés. Certains tenaient par la main des enfants âgés de quatre ou cinq ans. Les soldats les alignèrent et leur donnèrent l'ordre de courir à travers champs jusqu'au prochain village, à six kilomètres de là. Ils promirent de laisser la vie sauve à ceux qui termineraient la course. Puis, ouvrant le feu depuis les chars, ils les fauchèrent tous[1]. » L'association de défense des droits de l'homme Memorial s'est livrée à une terrible statistique : quarante-six Tchétchènes sur dix mille ont été tués depuis octobre 1999 ; à titre de comparaison, quarante-quatre Soviétiques sur dix mille furent éliminés pendant la terreur stalinienne des années 1930-1950. Pour l'ancien dissident Andreï Mironov, l'un des responsables de cette association, ce conflit aurait des vertus cathartiques. Grâce à lui, Poutine aurait « libéré les Russes du complexe de culpabilité soviétique ».

La décision de déclencher cette guerre a été prise avant la vague d'attentats qui a ensanglanté Moscou et d'autres villes russes, en septembre 1999. Il n'y a pas de relation de cause à effet entre ces événements tragiques, l'un et l'autre répondaient à des objectifs distincts : le conflit tchétchène a été déclenché pour donner une stature d'homme d'État à Poutine dans la perspective des élections présidentielles ; les attentats cherchaient, quant à eux, à instaurer un climat de terreur pour susciter un réflexe sécuritaire dans la population et l'amener à faire corps avec le pouvoir et son chef. La concomitance des faits, entre guerre et attentats, a permis au tout nouveau pouvoir de Poutine de

1. *La Russie aujourd'hui*, *op. cit.*

rassembler derrière lui le peuple russe contre l'ennemi héréditaire tchétchène. Une vaste opération de manipulation de masse.

Les commanditaires comme les exécutants des explosions meurtrières n'ont, à ce jour, jamais été identifiés. De ces attentats qui restent nimbés de mystère, une certitude émerge cependant : la piste tchétchène, immédiatement évoquée par le pouvoir, n'est guère crédible. Les terroristes de la petite république n'ont rien à voir avec ces attentats, plus précisément avec leur réalisation pratique. Aucun chef de bande n'a revendiqué la paternité de ces actions sanglantes, bien que tous auraient eu intérêt à le faire, pour se mettre en avant, pour montrer leur capacité à porter la guerre au cœur du « territoire ennemi ». Les terroristes tchétchènes n'ont jamais eu honte de leurs actes, ni peur d'être accusés de la mort d'innocents, alors pourquoi n'ont-ils pas endossé ces massacres s'ils en avaient été les vrais auteurs ? Leur silence, leurs dénégations même, plaident en faveur de leur innocence. Qui alors ?

Nous entrons là dans des secrets d'État qui nous obligent à en rester aux conjectures, au sens précis du terme, à essayer de se faire une opinion en se fondant sur des probabilités. Pour comprendre ce qui s'est passé, plusieurs indices incitent à regarder du côté des Organes, ou plutôt vers une nébuleuse où services secrets et police se confondent. On y trouve le FSB et le service d'espionnage de l'armée (GRU) pour l'exécution, des membres de la milice pour étouffer l'enquête, et le complexe militaro-industriel dans le rôle du fournisseur d'explosifs. Les bombes utilisées dans les attentats étaient à base d'hexogène, un matériau utilisé par l'armée et les troupes d'élite. Quelques mois après les événements, l'hebdomadaire *Versia* publia des documents et des témoignages provenant des services secrets, qui impliquèrent nommément le FSB et le GRU. Selon ces documents, ces deux services auraient contacté le frère cadet de Chamil Bassaïev, Chirvani, pour qu'il organise les attentats. Finalement, les explosifs auraient été installés et déclenchés par des officiers de renseignement russes sans que les chefs de guerre tchétchènes, sollicités auparavant, aient donné leur accord. Dans cette affaire, les frères Bassaïev auraient été manipulés et trahis par leurs associés moscovites. Le dossier du GRU concernant Chamil et Chirvani Bassaïev, publié par *Versia*, révèle que les deux terroristes étaient des agents réguliers, aux excellents états de service[1]. Quelques semaines après ces révélations, le rédacteur en chef de l'hebdomadaire, Artiom Borovik, trouva la mort dans des circonstances suspectes.

Au lendemain des attentats, le général Lebed, qui n'avait pas l'habitude de mâcher ses mots, s'est dit « presque convaincu » de l'implication des services secrets dans ce drame. « N'importe quel commandant tchétchène, s'il voulait exercer

1. *Versia* n°s 6 et 7 2000.

sa vengeance, se serait mis à faire sauter des généraux, commenta-t-il dans une interview donnée au *Figaro.* Ou bien des établissements du ministère de l'Intérieur, du FSB, des stocks d'armes ou des centrales nucléaires. Il n'aurait pas pris pour cibles des gens simples et innocents. Le but recherché est de créer une terreur massive. » Il ajoutait : « Je conçois tout à fait qu'il y ait eu un accord avec Bassaïev, d'autant plus que c'est un ancien informateur du KGB[1]. » Quelques jours plus tard, Lebed démentit avoir tenu ces propos. Il prétexta des erreurs de traduction. Entre-temps, le général aurait reçu la visite de Boris Berezovski à Krasnoïarsk, ville dont Lebed était le gouverneur[2]. À compter de ce jour-là, il s'est tenu à l'écart de la scène politique russe, jusqu'à sa mort en avril 2002, dans un accident d'hélicoptère. Son appareil heurta une ligne à haute tension, entraînant la mort de tous ses occupants, à l'exception des deux pilotes qui ont survécu, comme par miracle.

Début janvier 2000, le quotidien britannique *The Independent* publia le témoignage d'un journaliste turc de retour de Grozny, capitale de la Tchétchénie, où il avait rencontré et filmé un officier du GRU, du nom de Galkine, capturé par des combattants tchétchènes. Ce militaire russe, spécialiste en explosifs, affirmait devant la caméra

1. *Le Figaro,* 29 septembre 1999.
2. *Le Parrain du Kremlin, op. cit.*

que les attentats de septembre 1999 faisaient partie d'une opération de déstabilisation menée conjointement par son service et le FSB[1]. Un autre témoignage permet encore de croire à l'implication des services secrets dans cette affaire. Mikhaïl Trepachkine, un ancien officier de la direction de la sécurité intérieure du FSB, est persuadé d'avoir reconnu l'un de ses ex-collègues parmi les personnes directement impliquées dans l'attentat de la rue Gourianov, à Moscou, qui fit quatre-vingt-quatorze morts. L'homme en question aurait loué la cave dans laquelle les explosifs ont été installés. Le propriétaire du local, un certain Mark Blumenfeld, l'a identifié sur la foi d'un portrait-robot établi par la milice. C'est d'après ce portrait-robot que Trepachkine a pu confondre son ex-collègue, Vladimir Romanovitch. Dans les années 1990, ce Romanovitch avait été impliqué dans un trafic d'armes au bénéfice des bandes tchétchènes sur lesquels Trepachkine enquêtait à l'époque. Avec d'autres officiers du FSB, Romanovitch se faisait payer par les trafiquants les renseignements qu'il leur fournissait (localisation des arsenaux, plan de surveillance, liste des barrages routiers, etc.). Après sa découverte, Trepachkine fit part de ses soupçons à la Commission d'enquête sur les attentats, mise en place par l'ex-dissident Sergueï Kovalev pour pallier les déficiences des investigations officielles. Il fut malheureusement impossi-

1. *The Independent*, 6 janvier 2000.

ble à cette Commission d'auditionner Romanovitch. L'officier du FSB avait trouvé la mort dans un accident de la route à Chypre, peu de temps après les événements de septembre 1999. Le propriétaire de la cave, Mark Blumenfeld, accepta de témoigner avant de se rétracter et de désigner un autre coupable, celui que lui souffla la police. « Je connais les méthodes des forces de l'ordre, je savais que j'avais intérêt à dire exactement ce qu'on me demandait », s'excusa-t-il plus tard[1]. Cette curieuse affaire ne s'arrête pas là. Peu après, les ennuis de Mikhaïl Trepachkine avec la police et la justice russes ont commencé. Un pistolet découvert « par hasard » dans sa voiture lui valut d'être arrêté pour port d'arme illégal. Un délit qui lui coûta deux ans de camp. Mais comme il eut le tort de continuer à croire en la culpabilité de Romanovitch, il écopa de quatre années supplémentaires de colonie pénitentiaire. Motif invoqué : divulgation de secret d'État.

Le sort s'est acharné sur la commission Kovalev qui tenta de faire la lumière sur ce sanglant mois de septembre 1999. Deux de ses plus éminents membres décédèrent de mort violente, le député libéral Sergueï Iouchtchenko abattu à bout portant en avril 2003, et Iouri Chtchekotchikhine, député, exrédacteur en chef adjoint de *Novaïa Gazeta*, empoisonné en juillet de cette année-

1. Thérèse Obrecht, *Russie, la loi du pouvoir*, Paris, Autrement, 2006.

là[1]. S'il fallait encore douter de l'implication des Organes dans ces événements, le cafouillage des services secrets à Riazan, une localité du centre de la Russie, vient renforcer la thèse du coup monté. Voici les faits. Deux semaines après la vague d'explosions, alors que le pays était à cran, les habitants d'un immeuble de Riazan découvrirent dans leur cave trois sacs suspects. Les policiers appelés sur place constatèrent qu'ils contenaient de l'hexogène. Des témoins avaient vu les porteurs de sacs, ils avaient même eu le temps de noter le numéro d'immatriculation de leur voiture. Le véhicule fut identifié comme appartenant au FSB, ses occupants aussi. L'enquête tourna alors à la farce. La voiture avec ses tchékistes se volatilisa, les sacs suspects emmenés pour examen par les services secrets fédéraux furent détruits. Plus de pièces à conviction. La Loubianka, par la voix de son grand patron, Nicolaï Patrouchev (un proche de Poutine qui lui avait succédé quand ce dernier fut nommé Premier ministre), affirma que les sacs contenaient du sucre. La tentative d'attentat fut présentée comme un « exercice destiné à tester la vigilance des forces de l'ordre et de la population ».

« Une thèse immorale et délirante », a commenté Vladimir Poutine quand la presse a commencé à suspecter les services secrets d'être impli-

1. Comme nous l'avons vu, Iouri Chtchekotchikhine enquêtait aussi sur les « affaires » de Poutine à Saint-Pétersbourg.

qués dans cette vague d'attentats. Il est vrai qu'un tel scénario a tout de la « théorie du complot », un genre qu'affectionnent ceux qui croient que des forces occultes dominent le monde. Dans cette Russie postsoviétique, qui a goûté à la démocratie seulement du bout des lèvres (au début de l'ère Eltsine, de 1991 à 1993), l'hypothèse n'a pourtant rien de farfelu. Qui et quoi auraient pu empêcher les Organes de se lancer dans une telle aventure ? La morale ? Au regard des millions de morts dont se sont rendus coupables les tchékistes sous le communisme, ce ne sont pas quelques centaines de victimes innocentes de plus qui pouvaient les retenir s'il en allait de leur intérêt bien compris. Les officiers du FSB d'aujourd'hui ne sont pas les « guébistes » d'hier, ceux de la terreur stalinienne, c'est entendu, mais ils en ont gardé l'état d'esprit pour appartenir à un corps d'élite qui, répétons-le, n'a jamais eu, ni éprouvé, le moindre regret pour les crimes qu'il a commis au siècle dernier. Pourquoi faudrait-il que ces hommes aient soudain des états d'âme ? Ils s'en sont toujours dispensés. L'immoralité n'est pas dans la thèse d'une possible implication des services secrets dans les événements qui ont ensanglanté la Russie au début du règne de Poutine, elle est dans la mentalité du tchékiste qu'on peut croire capable de concevoir et d'exécuter un tel scénario diabolique, sans remords.

Délirante, cette thèse ? La stratégie de la tension voulue et entretenue par le pouvoir à l'automne 1999 allait se prolonger jusqu'à ce que Poutine et ses hommes tiennent le pays à leur merci. Ils ne sont pas revenus aux affaires pour un simple intérim. Ils ont conçu, planifié, organisé leur retour pour durer, sur le long terme. Il leur fallait, pour ce faire, créer les conditions de leur utilité. Rien de tel qu'un bon désordre pour que les hommes d'ordre deviennent indispensables. Une fois installé au Kremlin, Poutine a usé de cet axiome pour serrer la vis à ces concitoyens, au nom de la lutte antiterroriste, et asseoir un pouvoir autocratique. La prise d'otages au théâtre de la Doubrovka à Moscou, en octobre 2002, et le drame de l'école de Beslan en septembre 2004 se comprennent dans cette stratégie. Dans le premier cas, on apprit que les terroristes qui avaient réussi à pénétrer jusqu'au cœur de la capitale, pour séquestrer des centaines de spectateurs venus assister à une comédie musicale, furent probablement instrumentalisés par le FSB. Dans le drame de Beslan où des centaines d'enfants, de parents et d'enseignants avaient été pris en otages par un commando tchétchène, l'assaut donné à l'école par les forces de l'ordre, qui fit des dizaines de morts, visait à créer un traumatisme au sein de la population pour justifier de nouvelles lois d'exception. C'est le propre d'une stratégie de la tension[1].

1. Autre mystère : le 6 février 2004, un attentat dans le métro de Moscou fit quarante morts et plus de cent quarante blessés. Les vrais coupables n'ont jamais été identifiés. Quelques semaines plus tard, Vladimir Poutine était confortablement réélu à la présidence.

L'enquête sur le drame du théâtre de la Doubrovka, menée par la journaliste Anna Politkovskaïa avant son assassinat en octobre 2006, mit en évidence le rôle qu'y a joué un certain Khanpach Terkibaïev. Cet homme guida la quarantaine de terroristes, armés et motorisés, en plein Moscou, sans que les forces de l'ordre s'en aperçoivent. C'est lui qui aida le commando à pénétrer dans le théâtre. C'est encore lui qui mena en partie les négociations avec la police. C'est lui enfin qui réussit à quitter seul le théâtre, pourtant encerclé par les troupes d'élite, juste avant l'assaut qui provoqua la mort de cent vingt-neuf spectateurs et des preneurs d'otages, tous asphyxiés par un gaz dont les autorités n'ont jamais voulu révéler la composition. En Tchétchénie, Terkibaïev était soupçonné de travailler pour le FSB. Il avait appartenu, en 2000, au service de presse du président Maskhadov, avant de rejoindre la résistance. Il se fit capturer deux fois par l'armée russe pour être ensuite relâché, ce qui n'était pas l'usage. Après ce drame, il devint « consultant » auprès du Kremlin. Dans l'interview qu'il accorda à Politkovskaïa, il se vanta d'être un agent du FSB chargé d'informer le Kremlin sur les activités des groupes terroristes[1]. Quelques mois après ses « aveux », Terkibaïev trouva la mort dans un accident de voiture en Tchétchénie.

La prise d'otages de la Doubrovka a tout d'une chausse-trape dans laquelle seraient tombés des

1. *Novaïa Gazeta*, 27 avril 2003.

terroristes menés par une « taupe ». Après son issue dramatique, la police, les services secrets, la justice, ont effacé toute trace de la manipulation, allant jusqu'à brûler les cadavres des membres du commando pour éviter leur identification. L'histoire ne devait retenir qu'une seule version, celle voulue par le pouvoir. La Russie était dans l'œil du terrorisme international, les morts du théâtre de la Doubrovka valaient ceux du 11 septembre, la Tchétchénie était devenue un sanctuaire d'al-Qaida. La « benladenisation » de la guerre menée contre la petite république du Caucase a permis de discréditer ses (rares) opposants, elle a absous l'armée russe de ses crimes au nom de la lutte nécessaire contre l'islamisme, elle a justifié les mesures d'exception prises dans tout le pays pour combattre cet ennemi du monde civilisé. À l'intérieur de la Russie comme à l'extérieur, *quitus* fut donné à Poutine pour éradiquer le mal et faire main basse sur le pouvoir.

Les tchékistes ont pour habitude d'utiliser toujours les mêmes techniques dès lors qu'elles ont fait leur preuve. C'est vrai dans l'espionnage où les méthodes de recrutement et de manipulation des agents par le KGB ont souvent été les mêmes ; c'est également vrai en matière de répression où les moyens de circonvenir les « ennemis du peuple », utilisés par le même KGB, n'ont guère changé à travers les décennies. Cette manière de procéder à l'identique se retrouve de nos jours au FSB (et au GRU), comme le prouve le « conformisme opératoire », si l'on peut dire, qui fut la marque des actes terroristes qui ont frappé la Russie depuis le retour au pouvoir des tchékistes. La série d'attentats de septembre 1999 a été commise selon un *modus operandi* similaire, jusqu'au cafouillage de l'équipe de Riazan. Sans ce flagrant délit, il est probable que de nouvelles explosions auraient fait d'autres morts. L'analogie est également frappante entre le drame de la Doubrovka, en octobre 2002, et celui de Beslan, en septembre 2004, qui fit trois cent onze morts (dont une majorité d'enfants). Comme dans l'affaire du théâtre moscovite, les terroristes qui s'emparèrent de l'école de Beslan — une petite ville d'Ossétie du Nord —, le jour de la rentrée des classes, avaient fait des centaines de kilomètres, sans encombre, avant d'atteindre leur objectif. Jamais, dans l'un et l'autre cas, à Moscou comme à Beslan, il n'a été question de négocier avec le commando, comme si l'épreuve de force était la seule issue possible. Dans les deux cas, l'assaut final fut donné sans tenir compte de la vie des otages, comme si l'on cherchait à susciter un état de choc. À Moscou comme à Beslan, les autorités russes ont justifié le nombre des victimes par le comportement agressif des terroristes, alors que c'est l'assaut inconsidéré des forces de sécurité qui a conduit aux massacres[1].

1. Le Comité des mères de Beslan dispose d'une vidéo qui prouve que le dénouement sanglant a été provoqué par les forces de l'ordre et non à cause des explosions à l'intérieur de l'école, comme continue de le prétendre le Kremlin (Reuters, 29 juillet 2007).

La verticale du pouvoir

Vladimir Poutine, à peine installé au Kremlin, fit apposer une plaque, sur un mur de la Loubianka, à la mémoire de Iouri Andropov, « un réformateur avisé de l'URSS ». La parenthèse Eltsine se refermait. Après l'usurpateur, les héritiers reprenaient leur dû. Pour saluer ce retour des maîtres, la population a été appelée à célébrer le jour du tchékiste chaque 20 décembre[1]. L'ombre du FSB se coucha alors sur la Russie, grignotant inexorablement les libertés conquises dans les années 1990 pour revenir à l'âge soviétique, l'idéologie communiste en moins. Un rapide aperçu : la *propiska*, l'enregistrement obligatoire de chaque Russe à l'adresse de son domicile, abolie en 1993, a été réhabilitée sous le nom de *registratsia ;* la « délation anonyme » est de nouveau encouragée comme un acte civique ; les Organes peuvent enquêter sur la vie privée (pratique interdite par la Cour suprême de l'URSS en 1988, sous Gorbatchev) ; ils ont le droit à leurs propres lieux de détention préventive[2] ; en charge de la sécurité des

1. Date anniversaire de la création de la Tcheka, le 20 décembre 1917.

2. Sur pression du Conseil de l'Europe, dont la Russie est membre, le FSB a dû finalement céder ses prisons provisoires au ministère de la Justice, mais pas toutes. Les cellules d'isolement de Lefortovo, une prison de Moscou réservée aux accusés en instance de jugement, sont toujours utilisées.

systèmes d'information et de télécommunication, dont la télévision, ils tiennent techniquement les médias audiovisuels sous leur contrôle ; le FSB a pour tâche d'assurer « le respect de l'ordre et de la loi » en période électorale ; son accord est nécessaire pour toutes les lois votées au Parlement relatives à la propriété des entreprises ; il peut interdire l'accès des firmes étrangères aux secteurs dits stratégiques ; une autorisation spéciale est nécessaire pour se rendre dans certaines zones sensibles du pays ; à l'intérieur comme à l'extérieur des frontières, les services spéciaux ont toute latitude pour lutter contre le terrorisme, y compris le meurtre.

L'État soviétique incarnait le projet idéologique du bolchevisme, Poutine et ses hommes ont mis en place un régime à leur image, militaro-policier. Un tiers des dépenses de l'État est alloué aux *siloviki ;* depuis 2000, le budget du FSB a été multiplié par trois, celui du ministère de l'Intérieur par 2,5, le budget militaire progresse de 30 % par an. Les hommes en uniforme ont investi toutes les instances dirigeantes. Selon la sociologue Olga Krychtanovskaïa, responsable du centre de recherche sur les élites de l'Académie des sciences, 78 % des fonctionnaires de l'appareil d'État sont issus d'une structure de force, FSB, armée, Intérieur, ce qui lui fait dire que la Russie est devenue une « militarocratie[1] ». Ces officiers-fonctionnaires

1. *Anatomie de l'élite russe* (en russe), Moscou, Éd. Zakharov, 2004.

sont membres de la réserve active, ils continuent à percevoir leur solde. « La seule différence avec leurs collègues (civils), c'est qu'ils ont une obligation supplémentaire : rédiger chaque mois des rapports pour leur maison mère. Ils sont l'œil du maître », explique-t-elle[1].

Au Kremlin, le président s'est rapidement entouré de fidèles d'entre les fidèles, d'hommes qui venaient comme lui du KGB, de sa branche léningradoise le plus souvent, ou avec lesquels il a travaillé à la mairie de Saint-Pétersbourg : Viktor Ivanov, secrétaire général adjoint de l'Administration présidentielle, recruta Poutine pour le KGB ; Sergueï Ivanov, premier vice-Premier ministre, fut son collègue au KGB de Leningrad ; Viktor Tcherkassov, responsable de la lutte antidrogue, un service directement placé sous l'autorité du président, fut le responsable du FSB à Saint-Pétersbourg ; Igor Setchine, chef adjoint de l'Administration présidentielle, a été son chef de cabinet à la mairie ; Dimitri Medvedev, chef de l'Administration présidentielle et premier vice-Premier ministre, fut son « expert juridique » à Saint-Pétersbourg, etc.[2] L'ancien conseiller économique de Poutine

1. Propos recueillis par Marie Jego in « Les hommes du Président », *Politique internationale* n° 115, printemps 2006.

2. Dimitri Medvedev symbolise le lien qui peut exister entre l'ancien et le nouveau Poutine. Avant de devenir l'un des plus proches collaborateurs du président, il fut, dans les années 1990, un soutien précieux de l'adjoint au maire qu'il était, en organisant avec succès sa défense face aux accusations de corruption lancées par un groupe de députés de Saint-Pétersbourg.

au Kremlin, Andreï Illarionov, qui enseigne désormais aux États-Unis, a dénoncé cette « corporation des services secrets qui a infiltré toutes les institutions de l'État : le parquet, la diplomatie, l'armée, les impôts, qui a mis la main sur les ressources naturelles, mais aussi l'information, qui imprime au pays la mentalité d'une forteresse assiégée[1] ». Très vite, le pouvoir de ces *siloviki* est devenu un univers clos où les frontières entre l'Administration présidentielle, le gouvernement, l'État-major, les services secrets, les baronnies régionales et bien sûr les affaires, sont extrêmement ténues.

« Plus l'État est fort, plus l'homme est libre », a déclaré Poutine lors d'un dialogue téléphonique organisé avec la population, au début de son premier mandat. Cette pensée, de style très orwellien, révèle dans quelle perspective il a conçu sa mission. Restaurer la « verticale du pouvoir » est devenu son slogan. Il ne s'agit pas seulement de rétablir l'autorité de l'État mise à mal, il est vrai, par les oligarques sous Eltsine, mais de lui subordonner toutes les autres institutions, éliminer les concurrences politiques, contrôler les médias, et verrouiller l'ensemble du dispositif administratif et économique. Dès le mois de mai 2000, le Kremlin mit en place un nouveau découpage du pays en sept districts fédéraux, pour installer à leur tête des « superpréfets » issus de l'armée, du ministère de l'Intérieur ou du FSB. Ces hauts fonctionnai-

1. *Le Monde*, 17 avril 2007.

res sont les représentants directs du président qui, seul, a le pouvoir de les limoger. En quelques mois, 85 % des procureurs et 70 % des directions régionales de la police et du FSB ont été renouvelés pour pouvoir y placer des hommes fidèles au nouveau régime. Dans le même temps, les élites soviétiques, restées en place au sein des administrations locales et régionales, se sont reconverties en dirigeants politiques du parti présidentiel, Russie unie, pour se mettre aux ordres de l'exécutif, comme elles l'étaient déjà sous le communisme. Ces nomenklaturistes d'hier sont en confiance dans cette nouvelle formation politique, soutenue et financée par le Kremlin, qui veut rassembler tous ceux qui ont vécu la chute de l'URSS comme une tragédie personnelle.

À l'origine, Poutine n'a pas été l'initiateur de cette remise en ordre, mais l'exécutant d'un plan élaboré par le collectif de *siloviki* qui l'entourait. Ce qui ne veut pas dire qu'il est une simple marionnette. Il est plutôt celui qui a été mis en avant pour personnifier le pouvoir. Une fois en place, pour s'imposer, il a su profiter de l'état d'esprit de la population, de sa lassitude, de sa déception même de la politique après des années de volte-face eltsinienne. Il en est résulté un repli général du peuple russe sur les problèmes matériels et les questions d'ordre privé, dont Poutine et ses hommes se sont servis pour justifier leur mainmise sur le pouvoir. La désaffection populaire pour la chose publique a vite été présentée comme un rejet de la démocratie (que la Russie n'a jamais connue, répétons-le), voire de l'immaturité pour ce type de régime, ce qui nécessitait de trouver une autre voie pour satisfaire l'attente des Russes. Les hommes des « organes de force » se sont alors substitués au peuple en toute bonne conscience, décidant pour lui, éliminant toute concurrence jugée dangereuse et mettant en place de pseudo-contrepoids, des institutions sans capacités de décision ni de sanction (Conseil présidentiel, Conseil d'État, association de gouverneurs...). « Nous avons un Parlement pseudo-pluraliste, des pseudo-élections, une pseudo-justice, des médias pseudo-indépendants. À tous points de vue, c'est un village Potemkine[1] », déplore Grigori Iavlinski, leader du parti libéral Iabloko, l'une des rares formations d'opposition à survivre, mais réduite à l'état d'une peau de chagrin.

Cette autocratie ne peut accepter ni séparation des pouvoirs, ni liberté de la presse (et de penser, son corollaire), ni élections libres, les critères essentiels d'une démocratie. La Douma joue le rôle de chambre d'enregistrement, elle n'est en « aucun cas le lieu où il convient de parler politique », comme l'a dit sans ironie Boris Gryzlov, le respon-

1. Le prince Potemkine cachait à Catherine II la misère de la Russie en lui faisant traverser de faux villages paysans. L'expression a ensuite désigné les capacités de dissimulation et de camouflage de la réalité communiste dont ont toujours usé l'URSS, ses pays satellites et les autres pays du même genre, pour tromper le reste du monde.

sable de Russie unie, le parti présidentiel, et par ailleurs président du Parlement russe[1]. Dans le style « démocratie Potemkine », une assemblée populaire a vu le jour en février 2005, sur proposition du Kremlin pour « donner une voix à la société civile », à condition toutefois que ladite société se conforme aux desiderata du pouvoir. Les dirigeants de cette chambre ont été nommés par le pouvoir, avec pour mission de soutenir les associations qui lui sont favorables. Les organisations de défense des droits de l'homme comme Memorial ou le Groupe Helsinki, qui ont dénoncé cette mascarade, se sont vus poursuivis par le fisc. La Cour des comptes a, quant à elle, perdu le peu d'indépendance qui lui restait en avril 2007, lorsque le chef de l'État s'est arrogé le droit d'en nommer les auditeurs.

La justice a vite retrouvé ses réflexes soviétiques. « La loi est comme un timon, tu peux la retourner dans n'importe quel sens », énonce le dicton populaire. L'indépendance des juges votée en 1993 a été balayée. Dès 2002, des représentants de l'exécutif ont fait leur entrée dans les instances judiciaires quand, dans le même temps, les administrations locales perdaient le droit de nommer les juges. La machine judiciaire est redevenue une pyramide aux ordres du Kremlin, à commencer par la Cour suprême nommée par un

1. Avant de prendre ces fonctions, Gryzlov était ministre de l'Intérieur. Il est originaire de Saint-Pétersbourg.

Haut Collège de qualification, dont les membres sont choisis par… le chef de l'État. Tributaires du pouvoir pour leur promotion, les juges lui obéissent. Celui qui est nommé à Moscou, par exemple, doit se montrer docile s'il veut un appartement et échapper au logement communautaire. Dans *La Russie selon Poutine*[1], Anna Politkovskaïa a dénoncé cette justice aux ordres : « *Pozvonotchnost*, c'est le mot qui sert à décrire le phénomène des magistrats qui se font dicter leurs décisions par téléphone par des représentants de l'exécutif. La *pozvonotchnost* est une donnée quotidienne de la justice en Russie. C'est un terme hérité de l'époque soviétique qui désigne un système informel de gouvernement s'appuyant sur un réseau de relations. Dans ce système, il suffit qu'un fonctionnaire passe un coup de fil au juge pour que celui-ci rende le verdict que l'on attend de lui. »

La solidarité entre la police, les services secrets et la justice est devenue totale. Dans la Russie des *siloviki*, le juge ne doit pas, ne peut pas désavouer l'enquête du milicien, de l'officier de renseignement. Aujourd'hui, moins de 1 % des prévenus sont acquittés et la moitié des jugements prononcés en faveur de l'accusé sont cassés par le ministère public. À titre de comparaison, sous Staline, le taux d'acquittement dans les tribunaux atteignait 10 %. Pour tenter d'échapper à l'arbitraire, le pauvre justiciable doit corrompre les juges dans

1. Buchet/Chastel, 2005.

l'espoir de les infléchir. Chaque année, les pots-de-vin versés aux fonctionnaires de justice atteignent 100 millions de dollars[1]. Une enquête de la Fondation Indem établit que 72 % des Russes n'ont pas recours aux tribunaux parce que les dessous-de-table à payer sont exorbitants ; 78 % ne saisissent pas les tribunaux parce qu'ils ne rendent pas la justice. La Cour européenne des droits de l'homme a enregistré plus de quarante-sept mille plaintes de citoyens russes contre l'ordre poutinien. La plupart d'entre elles dénoncent les tortures systématiques pratiquées dans les commissariats[2]. À l'époque soviétique, chacun savait que pour vivre longtemps, il fallait éviter de tomber entre les mains des forces de l'ordre, milice ou KGB. La peur et la défiance sont revenues. Sous Poutine, 72 % des Russes disent n'avoir aucune confiance dans la police, 47 % se méfient des services de sécurité[3].

Comme au temps de l'URSS, le culte de la personnalité bat son plein. Les citoyens doivent aimer Big Brother-Poutine. Son cinquantième anniversaire, en 2002, déclencha une débauche de flatteries dont Staline aurait pu être jaloux. Les cadeaux ont afflué au Kremlin des quatre coins du pays, les écoliers ont envoyé des millions de

1. Chiffre donné par l'Institut Indem, in *Russie, la loi du pouvoir, op. cit.*

2. *Le Point*, 13 mars 2007.

3. Ces chiffres ont été rendus publics en septembre 2006 par le centre Levada, le seul institut de sondage encore indépendant.

cartes postales (selon la méthode soviétique des quotas par quartiers, villes, régions), les internautes ont été invités à directement « féliciter le président », les Jeunesses musicales ont rivalisé pour composer des hymnes à sa gloire, le tube « Je veux un gars comme Poutine » d'un groupe de chanteuses fut diffusé sur toutes les ondes. Son nom est donné à des rues, à des variétés de plantes, à des nouveau-nés, des plaques sont apposées sur les lieux qu'il a visités, ses portraits et photos s'affichent dans les lieux publics, une galerie de peintures a organisé une exposition à sa gloire sobrement intitulée « Notre Poutine ».

Les médias sont mobilisés pour alimenter ce culte. Toutes les grandes chaînes de télévision consacrent quotidiennement plus d'un tiers de leurs journaux aux activités du président : il faut y ajouter les sujets consacrés au gouvernement et au parti présidentiel qui occupent une moitié du temps d'antenne. Rossia, la deuxième chaîne du pays, œuvre sans vergogne à la promotion de Poutine. Une équipe y est chargée de visionner toutes les images le concernant pour sélectionner les meilleures[1]. Les journaux télévisés commencent invariablement par une séquence montrant un Poutine calme et déterminé, recevant dans son bureau un rapport officiel ou quelques collaborateurs à qui il fait la leçon. Il faut inciter le téléspectateur à éprouver de la reconnaissance pour

1. « Poutine, tsar de la télé », *Le Point*, 15 mars 2007.

ce leader (bien-aimé ?) si dévoué au bien-être de chacun. « Poutine est le premier président télé, explique Boris Nemtsov, un ancien vice-Premier ministre d'Eltsine passé à l'opposition. Sur son bureau, il n'y a pas de stylo, seulement une télécommande. Il est obsédé par le petit écran. Parce que ce sont les médias qui l'ont mis là où il est du jour au lendemain, il connaît leur pouvoir mieux que personne[1]. »

À son arrivée au pouvoir, la personnalité effacée de Poutine autant que son inexpérience des affaires de l'État ont permis aux spécialistes en communication du Kremlin de modeler à leur gré l'image d'un chef de la nation. Les aptitudes de l'élève ont facilité les choses. Le chef d'orchestre de cette mise en scène s'appelle Vladislav Sourkov, officiellement adjoint au chef de l'Administration présidentielle. Ce self-made-man a fait ses classes dans les relations publiques à la banque Menatep de l'oligarque Khodorkovski, puis au groupe Alfa, propriété de Mikhaïl Fridman et Piotr Aven, avant d'entrer à la première chaîne de télévision qui appartenait alors à Boris Berezovski. Il a rejoint l'administration du Kremlin à la fin de l'ère Eltsine pour préparer le dauphin Poutine à sa fonction présidentielle. Avec un aplomb et un cynisme consommés, il s'est donné pour tâche de faire comprendre aux Russes, comme

1. Propos recueillis par Vincent Jauvert in « Poutine, parrain de toutes les Russies », *Le Nouvel Observateur*, 13 juillet 2006.

aux étrangers, que « les trois valeurs essentielles de la politique de Poutine sont la démocratie, la souveraineté et la prospérité ». Sourkov est considéré comme l'idéologue du régime, il a jusqu'à présent veillé à ce que le message présidentiel soit bien interprété et diffusé. Encore aujourd'hui, les directeurs de chaîne rencontrent le président deux fois par mois, les rédacteurs en chef rendent une visite hebdomadaire à l'Administration présidentielle. Pour éviter les mauvaises surprises, tous les journalistes du pays ont été mis sous surveillance politique, et gare à ceux qui enfreignent les règles. Le pouvoir a fait adopter à leur intention plus de cent textes destinés à les cadrer idéologiquement. De lourdes pénalités menacent les « dissidents ». La peur de déplaire et les risques encourus incitent la corporation au conformisme et à pratiquer l'autocensure. Depuis 2000, dix-neuf journalistes ont été assassinés. La profession est plus risquée dans la Russie poutinienne qu'elle ne l'était en Union soviétique, sous Brejnev[1].

Les rares médias qui parviennent encore à faire entendre une voix discordante le peuvent tant que les autorités y ont intérêt. « Je suis un alibi, reconnaît le directeur de la radio Écho de Moscou. Grâce à nous le pouvoir prétend que la presse reste libre. » Cette station au ton différent

1. D'une manière générale, la sécurité laisse à désirer depuis que le FSB est au pouvoir : trente-cinq mille assassinats ont été commandités par la mafia ces dernières années.

est la propriété de Gazprom, le groupe gazier d'État. Sa survie dépend du bon vouloir du prince. La liberté d'expression qu'avait connue la Russie sous Eltsine, une première pour ce pays en presque un siècle, est bel et bien finie. La reprise en main a été totale. La plupart des quotidiens de Moscou appartiennent à des oligarques proches du pouvoir ; en province, les journaux sont sous la coupe des autorités locales inféodées au pouvoir central. *Novaïa Gazeta*, le journal où travaillait Anna Politkovskaïa, est désormais la propriété du milliardaire Alexandre Lebedev, membre du parti Russie juste totalement dévoué à Poutine. Toutes les grandes chaînes de télévision sont passées sous le joug du Kremlin. NTV, qui fut le fleuron de « Citizen Goussinski », a été la première à être récupérée par le pouvoir. L'oligarque, qui eut le tort de préférer le camp adverse, celui de Loujkov-Primakov, au moment des législatives de décembre 1999, a été contraint d'abandonner son empire médiatique après la victoire de Poutine. Très endetté auprès de Gazprom, il a suffi d'un emprisonnement de quelques jours et la menace de finir sa vie en Sibérie, s'il ne payait pas ses créances, pour qu'il cède ses avoirs en échange de sa liberté. Boris Berezovski a préféré, de son côté, quitter le territoire russe pour ne pas avoir à subir le même sort. Dans sa fuite, il a abandonné ses parts dans la première chaîne de télévision, plus quelques journaux. TV6 qu'il possédait a été rachetée par Iouri Kovaltchouk, P-DG de la banque Rossia de Saint-Pétersbourg, un vieil ami de Poutine qui rêve de construire un empire médiatique à la Berlusconi, pour le mettre au service du Kremlin. Même Internet n'échappe pas à la mise au pas. Alexandre Mamout, un autre oligarque ami de Poutine, a racheté les droits sur les blogs en cyrillique de la plate-forme américaine Live Journal qu'utilisent la plupart des internautes russes[1].

Les oligarques n'ont jamais été des défenseurs de la liberté d'expression, mais sous Eltsine, leurs intérêts parfois divergents, leur volonté de faire pression sur le pouvoir pour défendre leurs petites et grandes affaires, offraient des espaces de liberté dont des journalistes profitaient, y compris dans les médias possédés par ces nouveaux riches. Ce n'est plus le cas aujourd'hui. Quand les moyens de communication n'appartiennent pas directement au pouvoir, ils sont aux mains d'oligarques qui sont ses obligés ou qui ont fait acte d'allégeance. Tout espace de liberté a été supprimé. Pis, ces médias sont les porte-parole d'un unique message politique qui vise à consolider le pouvoir autocratique des *siloviki.* Sous Eltsine, le gouvernement subissait l'influence de groupes d'intérêts différents, politique ou/et économique, qui alimentaient un pluralisme sans nul doute intéressé, mais cette liberté-là avait au moins le mérite d'exister.

Comme tout pouvoir autocratique ou dictatorial,

1. *Libération,* 16 décembre 2006

la Russie de Poutine pourchasse ce qui ressemble à la plus petite parcelle d'expression libre et craint le moindre processus électoral démocratique, les deux allant souvent de pair. « Les élections sont une menace pour la stabilité », a lâché un jour, sincère, le responsable de l'Administration présidentielle, Dimitri Medvedev. Au fond, c'est la démocratie que déteste ce genre de régime, car elle implique un partage du pouvoir et une obligation de répondre de sa gestion devant les citoyens. Les tchékistes ont tout fait pour écarter ce danger. Une Russie démocratique aurait signifié, à terme, leur disparition en tant que tels. Ils se sont accommodés des dérives de l'ère Eltsine avec ses débauches d'argent pour forcer le choix des urnes. Tout ce qui a pu fausser le jeu démocratique dans ces années-là fut apprécié à la Loubianka. Elle-même a agi en conséquence, finançant des groupes extrémistes, des journaux antisémites, des leaders nationalistes, pour faire de ce pays qui sortait de la nuit totalitaire une caricature de démocratie propre à en détourner la population qui, faute de culture en la matière, a pris cela pour la vraie. Le trublion ultranationaliste Vladimir Jirinovski notamment, dont il a été prouvé qu'il fut instrumentalisé pour discréditer le processus électoral, joua ce rôle à la perfection. Dans le même temps, le capitalisme fut assimilé à l'arrogance des oligarques, ce qui permit d'établir dans la conscience populaire une équation du genre : liberté d'entreprendre + liberté d'expression + liberté politique = inégalités et désordres. Les Russes étaient mûrs pour accueillir en sauveurs Poutine et ses hommes.

Les nouveaux maîtres ont dû ruser toutefois. Le pays dont ils venaient d'hériter était économiquement affaibli, politiquement discrédité et quasi inexistant sur la scène internationale. Il se trouvait sous perfusion occidentale, et surveillé de près. Tout retour en arrière, sur le mode soviétique, avec parti unique et monopole d'État, était impossible. Les *siloviki* devaient restaurer leur pouvoir tout en faisant croire qu'ils poursuivaient l'ouverture initiée par Eltsine. En somme, il leur fallait faire semblant de jouer l'économie de marché et le processus démocratique tout en récupérant les richesses du pays et en installant leur régime de fer. Ils ont réussi sur les deux tableaux.

Depuis, la Russie vit une mascarade démocratique permanente avec son lot de fraudes électorales, de partis politiques bidon, d'opposition muselée et de lois électorales taillées sur mesure pour assurer la pérennité de ce pouvoir. Bourrage des urnes et électeurs fictifs ont été de mise dès la première élection de Poutine[1]. Plus tard, les mêmes méthodes ont continué comme les pressions exercées sur les électeurs pour qu'ils fassent le bon

1. L'Agence France Presse révéla, le 4 mai 2000, que 3 millions de bulletins au nom de Poutine avaient été utilisés dans certaines républiques musulmanes ; *Moscow Times*, du 9 septembre 2000, affirma qu'au moins 1,3 million de faux électeurs ont été ajoutés aux listes.

choix. Ici, des fonctionnaires furent encouragés à voter pour le parti présidentiel sous peine d'être mis à pied, là, on promit aux retraités la gratuité des médicaments s'ils votaient bien, ailleurs, on fit croire aux vieux qu'une caméra dans l'isoloir les surveillait, plus loin, on distribua des tracts insinuant que l'opposition employait des personnes atteintes du sida. Pour entretenir l'illusion d'une pluralité d'opinion, le Kremlin a créé plusieurs partis à sa dévotion. Il y eut d'abord Russie unie, puis Russie juste, l'un prétendument de droite, l'autre à gauche, mais tous deux apportant leur soutien au président, un homme au-dessus des clivages, C.Q.F.D.

En dignes héritiers du KGB, Poutine et ses hommes ne supportent aucune opposition. Au lieu d'envoyer les déviants dans des camps ou dans des hôpitaux psychiatriques, comme au temps de l'URSS, ils préfèrent les neutraliser. Ivan Rybkine, par exemple, l'ancien président de la Douma, eut le tort de vouloir se porter candidat à la succession de Poutine aux élections de 2004. Il aggrava son cas en prétendant avoir des révélations à faire sur le passé du candidat président. La commission électorale lui refusa d'abord le droit de se présenter sous prétexte que nombre des signatures le soutenant étaient douteuses. Puis Rybkine disparut pour réapparaître trois jours plus tard, livide, apeuré. Il prétexta un séjour à l'improviste, chez des amis, à Kiev, pour expliquer son absence. Le lendemain, il retirait sa candidature.

L'ancien Premier ministre Mikhaïl Kassionov, qui s'était porté candidat pour le scrutin présidentiel de 2008, a été immédiatement accusé d'abus de pouvoir et de corruption, et le fisc est à ses basques. L'ancien champion du monde d'échecs, Garry Kasparov, candidat de l'opposition libérale à ces mêmes élections de 2008, subit brimades et arrestations. Lors de ses déplacements en province, il lui est difficile de se loger, de se nourrir et surtout de louer des salles. Tout établissement qui l'accueillerait risque une fermeture définitive. L'Autre Russie, le parti qu'il a créé avec Kassionov, est interdit de médias et de manifestations publiques. L'ambassadeur de Grande-Bretagne qui eut l'audace d'assister à la conférence fondatrice de ce nouveau parti, en avril 2007, subit pendant plusieurs semaines, devant son ambassade, les quolibets de Russes soi-disant indignés, sans que la police n'intervienne.

Rien n'est laissé au hasard dans l'esprit volontiers paranoïaque des *siloviki.* Tout l'arbitraire de la loi est utilisé pour verrouiller le dispositif électoral et éviter les mauvaises surprises. Le pouvoir ne craint pas tant l'opposition, maintenant qu'elle est muselée, que les réactions du peuple. Sait-on jamais, s'il lui venait à l'idée de se défier du Kremlin ? Pour éviter les tentations malheureuses, Poutine s'est donc arrangé pour amener les électeurs à voter pour lui, pour ses affidés et pour son successeur désigné. Il a suffi d'instaurer de nouvelles règles, du genre « pile, je gagne, face, tu perds », pour ne plus avoir à dépendre du caprice des urnes. D'abord, pour les élections législatives, le scrutin uninominal a été supprimé, pour laisser la place au scrutin de liste où seuls les candidats qui appartiennent à une formation ayant obtenu au minimum 7 % des votes exprimés à la précédente élection ont le droit de se présenter. L'avantage est double : une personnalité indépendante ne peut plus solliciter le suffrage de ses concitoyens, et seuls les partis proches du pouvoir peuvent avoir des candidats. Aucun parti d'opposition n'a en effet dépassé ce seuil des 7 % aux derniers scrutins. Le risque d'un Parlement hostile est donc écarté. Dans un deuxième temps, la loi a été modifiée pour valider l'élection présidentielle quel que soit le taux de la participation. Auparavant, il fallait au moins 50 % des votants pour que le candidat arrivé en tête soit élu[1]. Le nouveau dispositif permet de parer à l'éventualité d'une abstention massive, s'il venait à l'esprit des électeurs de voter avec leurs pieds en restant chez eux. La résistance passive ne

1. Auparavant, si le quota de 50 % n'était pas atteint, le Premier ministre devait assurer l'intérim jusqu'au prochain scrutin présidentiel. En 2004, Vladimir Poutine limogea son Premier ministre, Mikhaïl Kassionov (aujourd'hui l'un de ses opposants les plus farouches) trois semaines avant les élections, de peur qu'il ne lui succède s'il n'atteignait pas le quorum. Il nomma à sa place un homme de confiance, Mikhaïl Fradkov, un ancien du KGB. Constitutionnellement, le rôle du Premier ministre est important, puisque c'est lui qui doit remplacer le président en cas d'empêchement de ce dernier.

leur est même plus possible. Un dernier dispositif a été mis en place, telle une terrible épée de Damoclès placée au-dessus de tous ceux qui n'auraient pas encore compris que les hommes des « organes de force » ne veulent voir qu'une seule tête, n'entendre qu'un seul son de cloche, le leur. La loi sur « l'extrémisme politique », adoptée en juillet 2007, laisse toute latitude au pouvoir de qualifier ce qu'il entend par « extrémisme », de décider à qui la notion peut s'appliquer, de juger qui s'en est rendu coupable. L'éventail est si large qu'il inclut même « la diffamation envers un représentant de l'État ». Les contrevenants encourent de cinq à six ans de prison, de quoi dissuader le moindre apprenti opposant.

« Nul besoin de reconstruire le goulag, il suffit de recréer une ambiance soviétique, de mettre au pas les médias, la justice, le Parlement, pour obtenir une société obéissante », constate Sergueï Kovalev, ex-dissident du temps de l'URSS, devenu *persona non grata* dans la Russie de Poutine. Sa notoriété et son passé d'ancien prisonnier politique le protègent encore, mais il lui est impossible de s'exprimer dans quelque journal que ce soit. Aujourd'hui, les *siloviki* disposent de bien plus de pouvoir que le KGB n'aurait rêvé en avoir, même dans les heures les plus noires de la terreur stalinienne. Sous le communisme, la police secrète était le bras armé du Parti, elle lui était inféodée. Désormais, les Organes sont le pouvoir, ils n'obéissent qu'à eux-mêmes. Leur emprise est bien sûr politique, judiciaire, médiatique, mais aussi économique, ce que le KGB n'avait jamais connu. Leurs intérêts, ils sont prêts à les défendre encore plus chèrement qu'à l'époque où ils se contentaient d'être les gardiens du dogme.

Main basse sur la Maison Russie

Les tchékistes revenus au pouvoir en ce début du XXIe siècle ont une expérience différente de ceux qui tentèrent de sauver le régime soviétique à la fin des années 1980. Cette nouvelle génération a réussi à survivre à la chute du communisme, mais l'événement demeure pour eux un traumatisme. Membres de la nomenklatura à l'époque de l'URSS, craints par leurs compatriotes pour leur appartenance à une police secrète toute-puissante, ils ont perdu privilèges et puissance avec la disparition du système. Dans le même temps, ils ont vu apparaître de nouveaux pouvoirs et s'échafauder des fortunes sur les décombres de l'Union soviétique. Leur ressentiment n'a pas tardé à déboucher sur une volonté de revanche d'autant plus vive qu'ils savaient qu'un grand nombre de ceux qui occupaient désormais le devant de la scène ne le devaient pas à leur seul mérite. Les Organes connaissaient les filières d'argent qui ont aidé ces richesses à se bâtir. Il fallait qu'un jour des comptes soient rendus. Mais là n'est pas l'essentiel. Pendant leur traversée du désert, dans l'attente des jours meilleurs, nombre de ces tchékistes ont côtoyé les nouveaux riches en tant que factotums, responsables de la sécurité ou encore porteurs de valises (pleines d'argent). L'envie, ce sentiment tellement humain, finit par les tarauder. Pourquoi pas eux aussi ? La mentalité de ceux qui ont récupéré le pouvoir avec Poutine était double, en somme. Nostalgiques de l'URSS, ils voulaient en rétablir les règles autoritaires, mais sans ses aspects totalitaires, faute d'une idéologie constitutive comme le communisme, sans ses lois économiques non plus, parce qu'ils voulaient profiter à leur tour de ce capitalisme de rapine qui avait si bien réussi à d'autres. Cupides, ils rêvaient d'utiliser leur autorité retrouvée pour s'enrichir.

Le 28 juillet 2000, le nouveau président réunit au Kremlin les oligarques pour les rassurer. Non, il ne remettrait pas en cause les privatisations sauvages des années Eltsine ; oui, il voulait établir de nouvelles relations avec eux[1]. « L'État russe tel qu'il est aujourd'hui, c'est vous qui l'avez bâti à travers des structures politiques ou semi-politiques sous votre contrôle, leur dit-il. Ne blâmez pas d'autres que vous-mêmes pour les résultats

1. L'implication de la mafia dans le capital de la plupart des entreprises privatisées russes, son poids économique et sa puissance politique (en raison de ses liens avec le KGB/FSB précisément), rendaient de toute façon difficile une redistribution des parts au sein des grands groupes industriels. En prônant le *statu quo*, Poutine ne se montrait pas libéral mais réaliste et prudent. Aucune des restructurations qui ont eu lieu par la suite n'a lésé les intérêts du crime organisé.

obtenus et tentons de construire entre nous une relation civilisée et transparente. » Il proposa que ces nouveaux rapports reposent sur un partage clair des pouvoirs et des compétences ; à l'État de gérer les affaires publiques, aux oligarques de s'occuper de leurs commerces, sans interférence entre les deux. Cette réunion servit d'écran de fumée. Si les oligarques allaient bientôt être contraints de ne plus mettre leur nez dans les affaires de l'État, ce dernier, en revanche, ne se priverait pas de s'occuper de leur business. À la décharge de Poutine, il convient de reconnaître que l'autorité centrale qu'il incarnait faisait pâle figure face à ces richissimes milliardaires. À l'époque, les bénéfices des dix plus grandes entreprises privées égalaient le budget fédéral, leurs chiffres d'affaires cumulés (62 milliards de dollars) étaient largement supérieurs à ceux des groupes (plus nombreux) toujours contrôlés par l'État (47 milliards de dollars). Plus que l'argent en lui-même, c'est le pouvoir qu'il conférait qui faisait de l'ombre au Kremlin. Chacun de ses oligarques possédait une cour où se bousculaient les hauts fonctionnaires corrompus (un pléonasme dans la Russie de l'époque et d'aujourd'hui). Le Parlement était à leurs ordres, les deux tiers des députés avaient travaillé pour ces grands groupes industriels ou en étaient les représentants.

Dans l'ivresse de leur réussite, les oligarques avaient oublié une règle fondamentale du fonctionnement de la Russie. Si loin que l'on puisse remonter, la notion de propriété y a le plus souvent été indissociable de l'État, incarné par le tsar pendant des siècles. Cette particularité fait qu'il fut toujours plus essentiel dans ce pays de gérer que de posséder. Dans le premier cas, il est possible de s'enrichir, dans le second, on peut tout perdre si l'État décide de reprendre ce qu'il a octroyé. Les nobles boyards de l'ancien régime, les riches paysans koulaks sous le communisme, en firent les frais et disparurent dès qu'ils eurent cessé d'être utiles au pouvoir qui leur (re)prit leurs biens. Pour résumer, une position économique, si puissante soit-elle, n'est rien en Russie si elle n'est pas liée au pouvoir ; elle est même vouée à disparaître quand elle va à son encontre. Poutine allait se charger de le rappeler. Cette remise en ordre n'avait rien à voir avec l'équité ou la défense du bien public, elle satisfaisait une logique propre aux *siloviki* selon laquelle plus l'État serait fort, plus ses dirigeants pourraient jouir de ses richesses.

Le pouvoir utilisa deux armes pour parvenir à ses fins, la loi et la force, l'une et l'autre dans le plus parfait arbitraire. La Cour des comptes, dirigée par Sergueï Stepachine, ancien Premier ministre mais surtout ex-membre du KGB, se chargea de procéder à la « vérification » des privatisations intervenues depuis 1993. Le verdict tomba, sans appel. Cinquante-six entreprises (sur cent quarante cas étudiés) ont vu leur dossier transféré aux services du procureur général, ce qui, compte tenu de l'« indépendance » de la justice dans ce pays, a permis à l'État de s'en emparer en toute légalité. Parallèlement, les forces de sécurité débarquèrent dans nombre de sociétés que les tchékistes convoitaient, prétextant des manquements à la loi, des arriérés fiscaux, ou encore des détournements de fonds. Menacés de mise en faillite ou, pis, de poursuites judiciaires et de prison, les patrons sous pression ne se firent pas prier pour céder une part de leur capital, voire leur entreprise tout entière.

« Où est l'argent ? » s'est écrié un jour de novembre 2001 Vladimir Poutine devant un parterre interloqué de dirigeants de Gazprom réunis à Orengoï, en Sibérie, pour l'inauguration d'un gisement de gaz. C'était la seule question qui intéressait le président. Le cas du géant gazier, entreprise semi-publique, fournit un bel exemple de la méthode utilisée par le nouvel élu. Durant l'été 2001, le Kremlin avait obtenu le départ du patron de Gazprom, un membre de la vieille garde eltsinienne, pour le remplacer par Alexeï Miller, un natif de Saint-Pétersbourg, ancien adjoint de Poutine à la mairie. La mission première de ce nouveau patron ne fut pas de mettre de l'ordre dans l'entreprise, de la rendre plus performante ou encore de rationaliser la production, non, il devait faire main basse sur les flux financiers. Il se garda notamment de toucher à la société Itar, une structure parasitaire de Gazprom, chargée de piller l'entreprise de l'intérieur en servant d'intermédiaire dans la vente de son gaz à l'étranger pour en ramasser les royalties. Les nouveaux maîtres du Kremlin voulaient profiter à leur tour de cette manne. D'où la question abrupte posée par Poutine. « Avec Gazprom, il a réussi un beau coup, commenta à l'époque Oleg Babinov, un expert économique. Plus généralement, sa stratégie est de placer ses hommes au sein des grandes entreprises, de leur laisser le temps d'étudier la manière dont fonctionnent les flux financiers. Puis, le moment venu, ces sortes de doublures passent à l'action[1]. »

Le monde des affaires fut divisé en deux avec, d'un côté, les bons oligarques, de l'autre, les mauvais. Le partage fut assez facile à faire pour le Kremlin, tous ceux qui n'étaient pas ses affidés devinrent des ennemis à éliminer. Les critères de sélection furent simples. Les oligarques ayant des liens avec la maison mère, la Loubianka, une solide protection ou une utilité particulière pour le pouvoir, appartenaient au camp des bons. En revanche, faire preuve d'indépendance d'esprit, vouloir résister à la remise en ordre, caresser des ambitions politiques, se rebeller contre la corruption généralisée condamnait *ipso facto* au mauvais camp. L'honnêteté, l'abnégation, le bien général, n'ont rien eu à voir dans ce partage. Ces valeurs n'étaient l'apanage d'aucun oligarque en particulier, et moins encore du pouvoir. Il n'y a pas eu

1. Propos recueillis par Agathe Duparc, *L'Hebdo* (Lausanne), 24 janvier 2002.

d'un côté des salauds vendus au Kremlin, de l'autre des anges qui lui tenaient tête. Tous étaient coupables de s'être enrichis sans vergogne sur le dos du pays.

Des sept banquiers qui ont fait l'élection d'Eltsine en 1996, seuls Mikhaïl Fridman et Vladimir Potanine ont pu continuer à prospérer sous Poutine[1]. Le premier est associé à Piotr Aven. Ministre du Commerce extérieur au début des années 1990, Aven sortit Poutine d'un mauvais pas lorsqu'il était le responsable du Comité des relations extérieures de Saint-Pétersbourg. À ce poste, il avait été accusé de fraude sur une opération de troc de matières premières contre des produits alimentaires représentant plusieurs centaines de millions de dollars. Aven lui sauva la mise. Aujourd'hui, Alfa, le holding de Fridman-Aven, est bien introduit dans les arcanes du pouvoir. L'ancien Premier ministre Mikhaïl Fradkov y a travaillé, et trois collaborateurs du groupe sont membres de l'Administration présidentielle. Alfa Bank finance les frais de prospection de Gazprom, l'entreprise phare du régime Poutine, qui est, par ailleurs, la grande pourvoyeuse de fonds des campagnes présidentielles et du parti Russie unie qui soutient le Kremlin. « Nous avons grandi ensemble, nous avons fait carrière ensemble, pourquoi ne devrions-nous pas

1. Les cinq autres oligarques étaient Boris Berezovski, Vladimir Goussinski, Vladimir Vinogradov, Alexandre Smolenski, Mikhaïl Khodorkovski. Les banques de Vinogradov et de Smolenski n'ont pas survécu au krach financier d'août 1998.

nous entraider aujourd'hui ? » a résumé à propos d'Alfa un haut fonctionnaire, sous couvert de l'anonymat.

Si Poutine avait voulu punir ceux qui, dans les années 1990, ont abusé des faiblesses de l'État pour s'emparer des joyaux du pays, Vladimir Potanine aurait dû figurer dans la première charrette. Il n'en a rien été. L'oligarque est même devenu l'un des plus fidèles soutiens du Kremlin, une pièce maîtresse dans l'empire économique que Moscou bâtit. Potanine, qui a imaginé l'opération « prêts contre actions » pour sauver le régime d'Eltsine de la banqueroute, et assuré la réélection du vieux président, lui qui eut l'idée de faire gager ces prêts financiers sur les ressources énergétiques et minières du pays, qui a organisé les enchères opaques de la privatisation des fleurons industriels de la Russie, qui fut, en quelque sorte, le chef de fil de ce pouvoir oligarchique que Poutine voulait, paraît-il, abolir, cet homme, donc, se trouve de nos jours plus en cour que jamais. Son sens des affaires et son intelligence n'expliquent pas à eux seuls sa survie ni même sa réussite. Vladimir Potanine appartient au sérail, rappelons-le. Il fut programmé, du temps de l'URSS, pour être mis au service du KGB. Non pas comme simple officier de renseignement, à l'instar d'un Poutine par exemple, mais en nomenklaturiste du parti chargé de travailler avec et pour les Organes. Le gratin du régime soviétique. L'histoire en décida autrement avec la chute de l'URSS. La

Loubianka et le Parti n'oublièrent pas leur poulain pour autant. Potanine appartient à ces oligarques dont les premiers pas financiers ont dû beaucoup à ces bailleurs de fonds. Par la suite, il a été assez grand pour tracer sa propre route, mais ce sont probablement ces antécédents qui expliquent son immunité présente.

Aujourd'hui, les bonnes affaires de Potanine le placent au cœur d'un imbroglio industriel qui peut rapporter gros. À la tête de la holding Interros (anciennement Oneximbank), ses intérêts vont de l'agriculture (Agros) au pétrole (Sidanko), en passant par la banque (Rosbank) et les médias (radio et presse écrite avec les *Izvestia,* la *Komsomolskaïa Pravda, Expert).* Le pivot de son empire reste Norilsk Nickel, qu'il a acquis pour une bouchée de pain, ou presque, grâce à l'opération « prêts contre actions ». Ce gigantesque consortium, qui extrait ou produit de l'or, du palladium, du nickel, intéresse Poutine et ses hommes. Portée par un marché des matières premières en pleine expansion — conséquence d'une demande mondiale accrue —, l'entreprise rapporte. Le Kremlin la guigne depuis plusieurs mois. En bon soldat, Potanine a envisagé avec sérénité la mainmise de l'État sur son fleuron : « Si cela arrive, je ne prendrai pas cette décision comme une tragédie personnelle, mais comme un changement dans le climat des affaires », a-t-il admis[1]. Norilsk Nickel

1. Interview à *Newsweek* (édition russe), 26 février 2007.

fait partie du « mécano-industriel » que cherche à monter le Kremlin. La (re)nationalisation de l'entreprise serait l'ultime étape d'un plan qui doit permettre à Moscou de mettre la main sur des diamants, sur des milliards de dollars de diamants.

L'exploitation de ce trésor est, pour l'instant, l'affaire d'Alrosa, une société par actions non cotées en Bourse, détenue en partie par l'État russe (37 %), la république de Sakha (32 %), l'ex-Yakoutie où sont localisées les mines, et par le district de Sakha (8 %). Le reste des parts (23 %) est aux mains des salariés et de personnes privées[1]. Dès son arrivée au pouvoir, Poutine s'est intéressé à ce filon. Prenant pour prétexte une erreur d'Eltsine qui aurait laissé filer la compagnie (et ses bénéfices) entre les mains des autorités iakoutes, il a exigé qu'elle repasse sous le contrôle de Moscou dès 2001. La Cour des comptes (à ses ordres) constata les détournements de fonds et les arriérés fiscaux d'usage pour justifier l'intervention de Moscou. Le ministre des Finances, Alexeï Koudrine, un ancien de la mairie de Saint-Pétersbourg, devint président du conseil de surveillance d'Alrosa. Depuis sa nomination, les détournements n'ont pas cessé, mais leurs bénéficiaires ne sont plus les mêmes… Désormais, le Kremlin ne se satisfait plus des miettes, toute la filière l'intéresse. Mais d'après la loi, la république de Sakha, copropriétaire en

1. Lorraine Millot, « La misère sur un tas de diamants », *Libération*, 19 septembre 2006.

titre des mines, a son mot à dire sur la question. C'est là qu'intervient Norilsk Nickel. Dans un premier temps, Moscou aimerait fusionner l'entreprise de Potanine avec Alrosa, pour ensuite nationaliser le nouvel ensemble minier au nom de la sauvegarde du patrimoine russe. Dans ce cas, les Iakoutes n'auraient plus que leurs yeux pour pleurer.

L'oligarque n'est pas opposé à ce montage. Il y a peu encore, l'obstacle venait de son associé, un jeune milliardaire que toute idée de nationalisation hérissait. Sans son accord, pas de mainmise sur Norilsk Nickel, donc pas de diamants. Pour le faire changer d'avis, les Organes se sont alors lancés dans leur spécialité : la mise sous pression. Mikhaïl Prokhorov, le jeune oligarque associé de Vladimir Potanine, a fait la une des médias du monde entier ce jour de janvier 2007 où la police française a débarqué dans son chalet de Courchevel, en pleine partie fine. Accusé de « proxénétisme aggravé commis en bande organisée », Prokhorov fut mis en garde à vue. L'incident suffit à le raisonner. Peu après, il a vendu ses parts de Norilsk Nickel à Potanine, dorénavant seul maître à bord.

Oleg Deripaska, on le sait, n'a pas non plus été un saint dans son domaine, l'aluminium. Cela ne l'empêche pas d'être à présent *persona grata* au Kremlin. Marié à la fille de Valentin Ioumachev, qui fut le gendre d'Eltsine (et son nègre pour ses *Mémoires*, rappelons-le), ce jeune oligarque de quarante ans, qui pèse au bas mot 20 milliards de dollars[1], a appartenu à ce qu'on a appelé la « famille ». Il est probable qu'il fit partie de l'accord passé entre le vieux président et son jeune successeur Poutine : le pouvoir en échange d'une immunité à vie[2]. Depuis, l'intouchable Deripaska est l'un des chouchous du nouveau régime. Ses industries bénéficient d'un vaste système d'exemption fiscale qui leur permet d'échapper en partie à l'impôt — une question sur laquelle Poutine et ses hommes sont pourtant sourcilleux. En échange de ce privilège, le jeune oligarque joue les utilités. Il finance généreusement la préparation des Jeux olympiques d'hiver de 2014 qui se tiendront à Sotchi, la station balnéaire sur la mer Noire, villégiature préférée de Poutine ; il a joué les chevaliers blancs pour sauver le groupe nucléaire russe Power Machines, quand il fut sur le point d'être racheté par l'allemand Siemens ; il a fédéré les différents secteurs de l'aluminium russe pour faire de son entreprise, Rusal, le numéro deux mondial[3]. Il est sur-

1. Selon le magazine russe *Finans* qui donne ce chiffre, Deripaska serait l'homme le plus riche de Russie.

2. Le beau-père de Deripaska, Valentin Ioumachev, fut celui qui aurait eu l'idée de choisir Poutine comme successeur d'Eltsine, si l'on en croit le témoignage du journaliste Sergueï Dorenko cité plus haut. La protection dont bénéficie l'oligarque pourrait être aussi une marque de gratitude, *a posteriori*.

3. Pour construire ce géant de l'aluminium, Deripaska a racheté le suisse Glencore et fusionné avec Sual, l'autre grande entreprise russe du secteur, détenu par l'oligarque Viktor Vekselberg qui s'était rendu agréable à Poutine en 2005 pour avoir racheté à l'étranger les célèbres œufs de Fabergé avant de les remettre à la ville de Saint-Pétersbourg.

tout respectueux du pouvoir, ce qui est apprécié en haut lieu. Comme Vladimir Potanine, il s'est dit prêt à remettre son empire à l'État si la demande lui en était faite.

Rendre des services au Kremlin est également une manière habile de rejoindre le bon camp quand on est un oligarque sans accointance particulière avec la Loubianka ou sans protecteur. Alexei Mordachov, le magnat de l'acier, l'a compris. Il s'est montré agréable à Poutine en rachetant à prix d'or une partie de la banque pétersbourgeoise Rossia, propriété d'un vieux partenaire d'affaire du président, Iouri Kovaltchouk. Il a également pris des parts dans Ren TV, une chaîne jugée trop critique au goût du Kremlin. Au total, une dizaine de milliardaires ont réussi leur reconversion, passant de l'ère Eltsine à l'ère Poutine sans perdre la protection du Kremlin. Aucun d'entre eux, toutefois, n'a mieux réussi cette transition que Roman Abramovitch, un cas particulier dans le paysage oligarchique russe. Membre de la « famille » dans les années 1990, il fait maintenant « copain copain » avec le nouveau maître. À l'époque d'Eltsine, Abramovitch était un tout nouvel oligarque dont les bonnes relations avec la fille du président, Tatiana Diatchenko, lui avaient valu de pénétrer au cœur du système. Ces liens privilégiés lui ont permis ensuite de profiter de l'immunité négociée avec Poutine pour l'entourage du vieux président. Avec lui, toutefois, c'est spécial. Durant cette décennie

1990, Abramovitch fut l'associé direct de Boris Berezovski, l'oligarque qui allait devenir la bête noire des *siloviki* et du nouveau président. Qu'il ait pu faire oublier ce passé tient, soit d'une amnésie soudaine du Kremlin, soit d'un miracle, soit de sa bonne étoile, mais plus vraisemblablement d'un arrangement secret avec Poutine, dont nous ne connaîtrons sans doute jamais la teneur.

À l'instar des autres oligarques, personne ne sait vraiment comment Abramovitch a gagné ses premiers dollars. Orphelin, il a été élevé par un oncle à Oukhta, au nord de la Russie. Il y aurait fait ses premières armes dans le commerce du pétrole au début des années 1990. Sa société, AWK, se serait trouvée impliquée dans un détournement de wagons-citernes, remplis de gazole, pour un montant de plusieurs millions de roubles. « Je ne vole pas de wagons ni ne dévore aucun enfant », répond l'intéressé si on l'interroge sur cet épisode[1]. Ses affaires deviennent plus claires, si l'on peut dire, à partir de 1995, quand il apparaît dans l'entourage d'Eltsine. Avant d'arriver au Kremlin, il s'était enrichi en revendant à l'étranger du pétrole russe, acheté à bas prix, par l'intermédiaire d'un réseau de sociétés installées en Suisse. Pour ce commerce il s'était associé à Leonid Diatchenko, le mari de Tatiana, la fille d'Elt-

1. « Sur la piste de Roman Abramovitch », *L'Hebdo* (Lausanne), 1er septembre 2005.

sine. Les portes du pouvoir allaient vite s'ouvrir à lui. Il s'intégra à la « famille », bien qu'il prétende n'avoir jamais eu l'occasion de rencontrer le maître des lieux. « À l'époque, sa voiture était toujours garée sur le parking du Kremlin », témoigne la journaliste Elena Tregubova, qui fut, dans ces années-là, accréditée auprès de la présidence. Au Kremlin, il fit la connaissance de Boris Berezovski alors au faîte de sa puissance et de son influence. Abramovitch lui proposa de créer une nouvelle compagnie pétrolière dont ils pourraient devenir ensemble les propriétaires. Berezovski plaida le dossier devant Pavel Borodine, l'intendant du Kremlin, puis devant le Premier ministre Viktor Tchernomyrdine. En échange d'un soutien, l'oligarque offrit de financer son parti, Notre Maison la Russie, en vue des législatives à venir[1].

À l'été 1995, un décret présidentiel donna naissance à une nouvelle compagnie, Sibneft, dont le capital comprenait l'immense raffinerie d'Omsk et le producteur de pétrole Noïabrskneftgaz. Quelques mois plus tard, Sibneft fut vendue aux enchères, en même temps que la plupart des autres compagnies pétrolières russes, dans le cadre de l'opération « prêts contre actions ». La mise à prix fut fixée à 100 millions de dollars. La NFK (Compagnie financière des pétroles) de Berezovski-Abramovitch remporta la vente pour 100,3 mil-

1. *Le Parrain du Kremlin*, *op. cit.*

lions en dépit de l'offre bien supérieure d'une autre banque. Deux ans plus tard, Sibneft valait 5 milliards de dollars, soit une plus-value de quelque 2 500 % pour chacun des deux associés.

Roman Abramovitch a compris que pour s'enrichir en Russie, il ne faut surtout pas contrecarrer les *desiderata* du pouvoir. Soutenir, accompagner ses desseins, se rendre utile, indispensable même, sont des gages de réussite. Il appliqua cette recette avec Eltsine avant de la sophistiquer sous Poutine. À la fin des années 1990, certains l'ont présenté comme le banquier de la « famille ». L'appellation est sans doute exagérée. Ce rôle lui fut prêté quand le nom de l'une de ses sociétés suisses, spécialisée dans le commerce du pétrole, la Runicom SA filiale de Sibneft, apparut dans le détournement d'une partie des 4,5 milliards de dollars que le FMI avait accordés au gouvernement russe lors du krach financier d'août 1998. La Runicom SA fut également citée dans une autre affaire concernant cette fois la disparition de 17,5 milliards de dollars de subventions accordées par la BERD, la Banque européenne de reconstruction et de développement.

On lui a de plus prêté beaucoup d'influence politique. Divers témoins ont, par exemple, affirmé l'avoir vu dans l'antichambre du Premier ministre Stepachine, au moment de sa nomination en mai 1999, en train de tester l'aptitude des candidats ministres[1]. D'autres ont décrit la même scène au moment où Poutine fut nommé à son tour Premier ministre, en août 1999. Sa proximité avec la « famille », ses bonnes affaires avec Berezovski, tout cela ne l'a pas empêché de faire ensuite son bonhomme de chemin avec le nouveau président. « Il a su charmer Poutine, il a su lui être agréable », explique Sergueï Markov, un analyste proche du Kremlin[2].

L'oligarque connaît incontestablement un traitement de faveur. Le pouvoir lui a accordé des droits et des privilèges qu'il dénie à d'autres. Prenons le cas de la région de Tchoutotka, dans le Grand Nord, dont Abramovitch est devenu le gouverneur sur recommandation (ordre ?) de Poutine. Un exil rien qu'apparent. Dès qu'il fut élu dans ce lointain territoire, le nouveau gouverneur fit voter une réduction d'impôt pour les sociétés qui s'y installeraient. Puis Abramovitch y transféra les sièges de ses entreprises pour qu'elles bénéficient de ses propres lois, et qu'il en récolte lui-même

1. Sergueï Stepachine fut l'un des quatre Premiers ministres qu'Eltsine nomma successivement dans les derniers mois de sa présidence pour éprouver leur fiabilité sur les garanties d'immunité qu'il demandait. On sait que Stepachine appartenait au KGB/FSB, comme avant lui Sergueï Kirienko et Evgueni Primakov, et après lui Vladimir Poutine. Il devint ensuite Président de la Cour des comptes, un poste clef qui permit aux hommes des Organes de légaliser leur mainmise sur les meilleures entreprises du pays une fois Poutine au Kremlin.

2. « Les secrets du milliardaire rouge », *Le Point*, 8 février 2007.

les taxes. Il y gagna sur les deux tableaux. La Cour des comptes finit par s'émouvoir de ces arrangements qui ont fait économiser 470 millions de dollars aux sociétés concernées. « Après la Tchétchénie, la Tchoukotka est la région qui accumule le plus d'infractions financières », conclut l'audit de la Cour[1].

Roman Abramovitch est l'un des Russes les plus riches du monde, avec 18,5 milliards de dollars d'actifs. Il vit dans un luxe ostentatoire propre à rendre jaloux plus d'un tchékiste. Avec cinq yachts, un sous-marin, trois hélicoptères, un Airbus A 380 (en commande), deux Boeing équipés, des palais dans le monde entier, il dépense sans compter comme quelqu'un qui a trop longtemps manqué. La première fois qu'il débarqua à Courchevel, devenue le rendez-vous hivernal des oligarques, il tenta de racheter pour trois fois leur valeur les vingt plus beaux chalets de la station. Faute de vendeurs intéressés, il se contenta de louer une quarantaine de suites d'hôtels et laissa une facture de 3,7 millions de dollars. Malgré ses comportements de nouveau riche, qui tranchent avec la discrétion de ses pairs qui, eux, ont peur de réveiller le fisc, Abramovitch est le seul oligarque à être reçu en tête à tête par Poutine. Pour échanger quels secrets ? La rumeur prétend qu'ils partagent certains comptes ensemble, ce qui n'est

1. « Abramovitch, insubmersible gouverneur-oligarque ? », *L'Hebdo* (Lausanne), 3 juin 2004.

pas improbable. Prudent, l'oligarque n'en garantit pas moins ses arrières au cas où les choses tourneraient mal. « À qui croyez-vous que cela sert de posséder cinq yachts ? interroge un banquier moscovite. Dans l'Administration, beaucoup se font ainsi offrir des vacances. Il faut savoir partager[1]. » Il ne lésine pas non plus ses soutiens financiers au CSKA Moscou, le club de l'armée, aux villes qui font construire des terrains de football... Il est le premier sponsor sportif de Russie. Son achat du Chelsea, qui a fait sa réputation mondiale, joue le rôle d'une assurance-vie pour lui. Être propriétaire de l'un des clubs de football les plus prestigieux d'Angleterre lui garantit qu'aucun Premier ministre britannique n'osera l'expulser.

Jusqu'à présent, le Kremlin lui est plutôt redevable. La vraie force d'Abramovitch tient moins des secrets qu'il partage avec Poutine que du rôle de garçon de courses qu'il semble jouer pour ce dernier en mettant sa richesse et ses relations au service des ambitions du président. L'oligarque est un pragmatique qui se sert de son argent comme d'une protection, espérant que sa fortune et son entregent, mis au service des autorités, engendrent une dette envers lui. C'est sa propre immunité qu'il espère gagner ainsi. Du coup, il ne tient pas toujours le meilleur rôle.

Roman Abramovitch n'a pas versé une larme sur le sort réservé à son ancien associé Boris Be-

1. « Les Secrets du milliardaire rouge », art. cité.

rezovski, devenu l'ennemi numéro un du nouveau pouvoir. L'oligarque-roi de l'époque Eltsine ne méritait sans doute pas qu'on s'apitoie sur son revers de fortune, mais dans l'épreuve de force qui l'a opposé au Kremlin, Abramovitch ne s'est pas contenté de détourner le regard, il a remis à l'État des pans de l'empire qui s'effondrait selon la volonté des nouveaux dirigeants. Lorsque Berezovski entra en disgrâce, Abramovitch prit à la hussarde le contrôle de Sibneft, puis il récupéra les parts de l'oligarque dans la première chaîne de télévision ORT pour les remettre au gouvernement. Quelques années plus tard, il revendit Sibneft au géant Gazprom, comme le souhaitait Poutine, empochant la coquette somme de 13 milliards de dollars dont on murmure qu'une partie serait allée au Kremlin[1].

Boris Berezovski en savait probablement trop sur les conditions de l'accession au sommet de Vladimir Poutine pour que ce dernier ait même songé à lui confier un rôle sous son régime d'ordre. Dans une certaine mesure, le petit fonctionnaire du KGB est devenu président grâce à lui. Sans revenir sur les attentats meurtriers de septembre 1999, à propos desquels les deux hommes en connaissent sans doute beaucoup, c'est grâce aux médias contrôlés par Berezovski que l'inconnu

1. Abramovitch est resté très vague sur l'utilisation de ces 13 milliards de dollars lorsque *Le Temps*, de Genève, l'interrogea à ce sujet (21 décembre 2006).

Poutine s'est forgé une stature présidentielle. Pendant la campagne présidentielle de 2000, l'ORT, aux mains de l'oligarque, valorisa l'image d'un homme jeune, champion de judo, nationaliste modéré au service d'une Russie renaissante, dont l'honneur était bafoué par les rebelles tchétchènes. Le milliardaire pensait pouvoir instrumentaliser le nouveau président comme il avait circonvenu la « famille », mais il mésestima la corporation des tchékistes qui se suffisait à elle-même. Elle n'avait besoin ni d'un faire-valoir ni d'un mentor. Plus dure fut sa chute. « Ma dernière rencontre avec Poutine date de septembre 2000, où il m'a convoqué au Kremlin, a raconté Berezovski. Nous étions en pleine crise du *Koursk*[1]. Agacé par le traitement dans les médias, il m'a annoncé qu'il voulait gérer lui-même l'ORT que je contrôlais. J'ai répondu que c'était impossible. Il m'a alors intimé l'ordre de rendre mes actions à l'État. Comme je refusais, il a mis en œuvre les pressions habituelles, emprisonnant notamment l'un de mes partenaires en affaires. J'ai fini par obtempérer[2]. » En quelques mois, l'oligarque fut obligé de liquider son empire : Aeroflot, Sibneft et même le holding géant d'aluminium Rusal, qu'il venait de

1. Le 12 août 2000, le sous-marin atomique *Koursk* s'abîma en mer de Barents avec cent dix-huit hommes à bord. Poutine, qui était en vacances, mit plus d'une semaine à réagir au drame, ce que les médias lui reprochèrent. Cet incident l'a convaincu qu'il lui fallait museler la liberté de la presse.

2. *Le Temps* (Genève), 1er janvier 2002.

créer avec Abramovitch, qui revint en partie à Oleg Deripaska. Le monde des oligarques est petit. Boris Berezovski quitta la Russie en octobre 2000 pour se réfugier à Londres, non loin de la luxueuse résidence de son ex-associé, le propriétaire du Chelsea qui aime goûter aux plaisirs de la vie britannique, comme la plupart des autres milliardaires russes.

Roman Abramovitch s'est encore trouvé mêlé à la chute de Mikhaïl Khodorkovski. Première fortune de Russie au moment de sa disgrâce, à la fin de 2003, Khodorkovski s'est retrouvé du jour au lendemain dépouillé de toutes ses richesses sur ordre du prince. Par la suite, celui-ci l'a poursuivi de sa haine jusqu'à l'envoyer croupir au fin fond d'un camp sibérien, en victime expiatoire de son régime arbitraire. Abramovitch a aidé le Kremlin à démontrer sa puissance afin que les autres oligarques comprennent que l'État pouvait toujours défaire ce qu'il avait permis qu'ils soient. La brutalité de la méthode employée, le cynisme affiché, l'implacabilité de la vengeance, tout a concouru pour que le petit monde des affaires russes réapprenne qui était le vrai patron. Le message a été reçu. La disparition de Mikhaïl Khodorkovski du paysage économique du pays n'a pas seulement marqué un tournant dans les relations du Kremlin avec les oligarques, elle a libéré les *siloviki* de leurs derniers scrupules.

Martyr de Poutine, Mikhaïl Khodorkovski n'a pas été un ange pour autant. Ses liens de jeunesse avec le PC qui l'aida à gravir les premières marches de la réussite ; l'achat opportun de la compagnie pétrolière Ioukos qui fit sa fortune ; son rôle (financier) dans le premier conflit de Tchétchénie ; son indifférence quant au sort des malheureux Russes qui avaient confié leur argent à sa banque, la Menatep, au moment du krach de l'été 1998 ; son silence quand Poutine et ses hommes ont commencé à bâillonner le pays ; ses manœuvres pour échapper au fisc : tout cela ne rend pas l'homme sympathique. Mais le Khodorkovski des années 2000 avait, semble-t-il, évolué ; il n'était plus tout à fait le jeune loup de l'époque Eltsine. « Si l'ancien Mikhaïl rencontrait le nouveau Mikhaïl, il le tuerait », aimait-il dire dans les mois qui ont précédé son arrestation. La maturité de la quarantaine peut-être, l'envie de nouvelles conquêtes sans doute, le désir de changer de destin sûrement, expliquent cette mutation qui allait lui coûter la liberté. Si Khodorkovski était resté l'oligarque amoral qu'il fut, nul doute qu'il se serait entendu avec les Organes pour le partage des dépouilles du pays. S'étant rêvé en businessman honnête, il a chu. Il n'y avait pas de place dans la Russie de Poutine pour le nouveau Khodorkovski qu'il aspirait à devenir.

L'affrontement qui l'a opposé au Kremlin jusqu'à son arrestation en octobre 2003 peut s'expliquer de multiples manières, mais la dimension psychologique ne saurait être négligée. L'ego a joué son rôle dans ce conflit. « Un jour, lors d'une réception officielle, raconte un banquier occidental, j'ai vu comment les gardes du corps de Poutine regardaient ceux de Khodorkovski, mieux habillés et équipés qu'eux. Cela les agaçait. J'ai eu l'impression d'un Poutine tsar pauvre, en comparaison avec ce magnat de l'économie[1]. » Et comme Khodorkovski voyait toujours plus grand, il a froissé toujours plus de susceptibilités. À mesure que le soir est tombé sur la Russie, les nains ont vu leur ombre grandir, comme l'énonce un dicton russe, mais celle de l'oligarque paraissait plus imposante encore. Les hommes des Organes n'ont pu supporter davantage cette humiliation.

L'oligarque était trop puissant financièrement. Au moment de son arrestation, Khodorkovski était en négociation avec la major américaine Exxon-Mobil pour lui vendre une part du capital de sa compagnie pétrolière Ioukos. La transaction allait lui rapporter 25 milliards de dollars, une somme considérable qui lui aurait permis d'entreprendre bien des choses en Russie, voire de peser sur le pouvoir. Il était inconcevable pour Poutine que cet argent tombe entre les mains d'un concurrent potentiel.

Khodorkovski était trop gourmand économiquement. Ioukos envisageait de construire un oléoduc reliant Angarsk, en Sibérie orientale, à la ville de Daqing en Chine du Nord, par lequel devaient

1. Propos recueillis par Natalie Nougayrède, « La mutation d'un oligarque », *Le Monde*, 21 novembre 2003.

transiter chaque année 30 à 40 millions de tonnes de pétrole. Ce projet remettait en cause le monopole du transit pétrolier détenu par la compagnie d'État Transneft, l'une des tirelires du pouvoir avec ses milliards de dollars générés.

L'homme était trop dangereux politiquement. Il soutenait financièrement les partis d'opposition, le Parti communiste, les libéraux de Iabloko ou encore l'Union des forces de droite. Ses moyens lui permettaient d'acheter des votes de députés, on lui prêtait l'intention de financer une minorité de blocage à la Douma pour s'opposer à certains projets de loi du Kremlin. Avec sa fondation Russie ouverte, il prônait la transparence de la vie politique, un équilibre entre l'exécutif et le législatif. Il comptait à travers Internet « éveiller une nouvelle génération aux valeurs démocratiques pour en faire des citoyens indépendants et responsables », selon Irina Iassina, la responsable de Russie ouverte. Il avait commencé à se construire une image et une base de pouvoir susceptibles de constituer un jour une alternative à Poutine et à ses hommes.

Autant de bonnes raisons de vouloir liquider cet insolent. Pourtant, les causes de son arrestation se trouvent peut-être ailleurs. L'élimination de Mikhaïl Khodorkovski a été programmée le jour où il s'est attaqué à la vache sacrée des *siloviki*, à leur raison d'être si l'on peut dire, ce pour quoi ils tiennent autant au pouvoir : les dividendes de la corruption. Tout s'est noué le 19 février

2003. Ce jour-là, Poutine avait convoqué les oligarques pour parler des pots-de-vin dans l'intention probable d'élaborer des règles de bon fonctionnement, mutuellement avantageuses, entre le monde de l'entreprise et l'autorité publique. Khodorkovski, lui, voulait mettre le problème sur la table. Il avait préparé à cet effet un rapport intitulé : « La corruption en Russie, un frein à la croissance ». L'oligarque prit la parole dans un silence glacial : 49 % des Russes pensent que la majorité des fonctionnaires est corrompue, 27 % considèrent la corruption comme le problème le plus dangereux pour le pays, 29 % estiment que les dirigeants du pays peuvent mais ne veulent pas lutter contre ce mal, 21 % qu'ils ne le veulent ni ne le peuvent[1]... Pour illustrer son propos, l'oligarque dénonça les conditions d'achat, par la compagnie pétrolière publique Rosneft, d'une petite entreprise du secteur. Selon lui, le prix payé était trop élevé, ce qui suggérait que l'entourage de Poutine en avait profité pour prélever sa dîme. L'exposé terminé, le président lâcha, menaçant : « Monsieur Khodorkovski, êtes-vous bien certain d'être en règle avec le fisc ? — Absolument, répondit-il. — C'est ce que nous allons voir... »

On connaît la suite. L'oligarque a été arrêté

1. Le récit de cette réunion in Valery Paniouchkine, *Le Prisonnier du silence, l'ascension et la chute de Mikhaïl Khodorkovski*, Paris, Calmann-Lévy, 2007.

manu militari le 25 octobre 2003 par un commando du FSB, sur le tarmac de l'aéroport de Novossibirsk, où son avion avait fait escale. Ses principaux collaborateurs avaient déjà été mis sous les verrous quelques semaines auparavant. Accusé de fraudes fiscales, de blanchiment d'argent et autres broutilles du même ordre, Mikhaïl Khodorkovski a été condamné, le 14 septembre 2005, à huit ans de camp. Il fut immédiatement expédié dans la colonie pénitentiaire le plus éloignée de Moscou, près de la frontière chinoise. Son adjoint et ami, Platon Lebedev, condamné à la même peine, fut, pour sa part, envoyé dans un camp du Grand Nord sibérien.

Le procès fait à Khodorkovski a connu son lot de trahisons. Un mois après son arrestation, le président reçut de nouveau les oligarques au Kremlin. Aucun d'entre eux n'eut le courage d'évoquer le sort du patron de Ioukos. « Il est parfois difficile de voir où se termine le monde des affaires et où commence celui de l'État, où se termine l'État et où commencent les affaires », déclara un Poutine sentencieux. « Le président a clairement indiqué qu'il devait y avoir une ligne de séparation entre les affaires et le pouvoir, commenta Vladimir Potanine à l'issue de la rencontre. Beaucoup de mes collègues et moi-même comprenons cela, et nous n'avons pas l'intention de franchir cette ligne. » Dans une lettre publique, une cinquantaine de personnalités du monde du spectacle, des écrivains, des scientifiques, des cosmonautes, demandèrent une condamnation exemplaire pour l'oligarque — une pratique qui rappelle l'époque stalinienne. La société multinationale d'audit Price-Waterhouse, qui supervisait les comptes de Ioukos, reconnut avoir commis des erreurs et des négligences, donnant ainsi foi aux poursuites. Sous Staline, le coupable devait avouer ses fautes pour donner raison au Parti, sous Poutine, ce sont les étrangers qui doivent faire amende honorable pour plaire au Kremlin. Le principe est le même. Ceux qui portèrent le fer contre Ioukos furent récompensés de leur zèle : Mikhaïl Fradkov, qui monta le dossier fiscal en tant que directeur du service fédéral de la police des impôts, fut promu Premier ministre, son *alter ego* aux Impôts, Sergueï Serdioukov, est devenu ministre de la Défense, Vladimir Oustinov, le procureur général qui mena la charge judiciaire, s'est retrouvé ministre de la Justice.

Le démantèlement de Ioukos a donné lieu à un grand hallali : les *siloviki* ont pris plaisir à dépecer ce qui était devenu la première compagnie pétrolière du pays, l'empire d'un homme qui avait osé les défier. Roman Abramovitch joua son rôle dans cette affaire. Deux semaines après cette fameuse réunion du 19 février 2003 sur la corruption, au Kremlin, l'oligarque proposa à son collègue Khodorkovski de fusionner leurs deux compagnies pétrolières, Sibneft et Ioukos. L'ensemble devait donner naissance à la première entreprise russe, plus encore, à une major de dimension internationale, avec des réserves et des capacités d'exploitation égales aux plus grandes compagnies mondiales. Pour Khodorkovski, qui rêvait de puissance, un tel accord était inespéré. Il se lança tête baissée dans cette fusion dont il devait prendre la direction, sans s'interroger sur les motivations de son confrère avec lequel, de surcroît, il n'entretenait pas de liens très cordiaux. Quelques années auparavant, durant l'hiver 1997-1998, il avait déjà été question de rapprocher les deux compagnies, mais Abramovitch, qui était l'associé de Berezovski dans Sibneft, s'y était opposé. Pourquoi proposait-il alors à Khodorkovski ce qu'il lui avait autrefois refusé ? Les deux oligarques ne se sont jamais expliqués là-dessus. Les fiançailles furent annoncées en grande pompe en avril 2003. Le Kremlin, informé du dossier, ne dit rien. Parallèlement au processus de fusion, le patron de Ioukos poursuivait ses négociations avec ExxonMobil. L'objectif de Khodorkovski était grandiose. Le mariage entre Sibneft-Ioukos avec la grande compagnie pétrolière américaine donnerait naissance à la plus puissante entreprise du monde. Il prévoyait d'en détenir 30 % du capital, soit la minorité de blocage suivant le droit occidental. Abramovitch, en tant qu'associé, était tenu au courant des tractations. Poutine vraisemblablement aussi, compte tenu des bonnes relations de l'oligarque avec le président. La naissance d'une major de droit international Sibneft/Ioukos/ExxonMobil risquait de mettre une partie des richesses du pays hors de la portée de l'État, avec les royalties qu'elles représentaient pour ses dirigeants.

Leonid Nevzline, qui fut l'associé de Khodorkovski dans Ioukos et qui a réussi à échapper au couperet de la justice en se réfugiant en Israël, est persuadé qu'Abramovitch a tendu un piège à Khodorkovski. Selon lui, le projet de fusion Sibneft-Ioukos devait déboucher sur un « coup d'État » intérieur, lors d'une assemblée générale d'actionnaires, qui aurait permis à Abramovitch de prendre le contrôle de la nouvelle compagnie avec l'intention d'en remettre les clefs à l'État. L'arrestation de Khodorkovski a rendu ce scénario caduc. En revanche, Abramovitch a bien tenté, semble-t-il, de prendre la direction du nouveau conglomérat une fois le patron de Ioukos mis hors jeu. L'oligarque aurait négocié la libération de son collègue auprès de Poutine, en échange de quoi il aurait pris la direction du groupe avec l'accord de Khodorkovski. Ce dernier, sous les verrous, et Nevzline, en liberté, auraient refusé l'arrangement[1]. Un mois après l'arrestation de l'oligarque rebelle, Abramovitch a dénoncé le mariage de Sibneft avec Ioukos, dont les bans avaient pourtant été publiés[2]. L'ancien fleuron de Khodorkovski n'avait plus qu'à être vendu par lots à l'occasion d'en-

1. *Le Prisonnier du silence, op. cit.*

2. Pendant ce premier mois de détention, aucune accusation officielle de fraude fiscale n'a été formulée contre le patron de Ioukos, comme si le fisc avait attendu un éventuel arrangement Abramovitch/Poutine/Khodorkovski avant d'agir.

chères truquées. Rosneft, la deuxième compagnie pétrolière du pays, emmenée par son nouveau président du conseil d'administration nommé en juillet 2004, Igor Setchine, par ailleurs numéro deux de l'Administration présidentielle et ancien du KGB, a été la grande bénéficiaire du dépeçage[1].

Les nouveaux oligarques

Poutine et ses hommes n'ont pas cherché à se débarrasser des oligarques en général, mais à les coopter. Les plus fragiles financièrement ont été spoliés ou chassés (Goussinski, Vinogradov, Smolenski), le témoin le plus gênant de leur ascension a été exilé (Berezovski), et le plus ambitieux a fini en Sibérie (Khodorkovski). Les autres ont été intégrés dans le nouveau système où la figure du fonctionnaire, qui définit les règles du jeu, est devenue centrale. Aujourd'hui, le grand business a le droit d'exister tant qu'il n'agit pas contre les intérêts formulés par les dirigeants politiques selon le principe « l'État, c'est nous ». Le Kremlin utilise tout l'arsenal public pour faire pression sur

1. Mikhaïl Goutseriev, patron de la compagnie pétrolière Roussneft (3,1 % de la production nationale), qui a eu l'audace de rafler à Rosneft quelques actions de Ioukos avant sa liquidation, a été à son tour dépossédé de ses biens. À la fin de l'été 2007, Goutseriev a bradé sa compagnie en échange de sa liberté. Peu auparavant, son fils de vingt-deux ans avait été retrouvé mort à son domicile, officiellement victime d'une hémorragie cérébrale.

les détenteurs de propriétés qui l'intéressent, et pour s'assurer de la loyauté des autres. Dans ce système où la position de pouvoir va de pair avec la mainmise sur la propriété, il est difficile de distinguer qui possède quoi, de faire la différence entre les propriétaires d'un groupe industriel et ceux qui le contrôlent. Les deux tiers de l'actionnariat privé des grandes entreprises demeurent d'ailleurs inconnus, ce qui fait de la Russie un cas particulier dans ce domaine. Prenons la situation de Gazprom, la plus grande entreprise russe. La moitié du capital est détenue par l'État, 7 % sont aux mains de l'allemand Ruhrgaz, mais *quid* des 43 % restants ? Quatre oligarques proches du Kremlin en détiendraient une partie, auxquels il faut ajouter, selon un rapport du BND (contre-espionnage allemand), la N'drangheta calabraise et Cosa Nostra, la mafia sicilienne[1].

L'opacité est voulue, elle sert l'arbitraire et son pendant, la corruption, selon le principe maintes fois éprouvé qu'un pouvoir absolu corrompt absolument. Sur ce plan, au moins, le régime fonctionne. Les grands commis se partagent les grosses entreprises confisquées aux oligarques ou celles sous leur emprise ; les fonctionnaires moyens héritent du produit de l'exportation d'entreprises plus modestes (des dizaines de sociétés sont saisies chaque année illégalement par la force ou

1. Jurgen Roth, spécialiste de la mafia en Europe centrale et orientale, in *11 Freunde*, novembre 2006.

par manipulation de la justice) ; les agents ordinaires se partagent les sommes confisquées à leurs victimes lors de leur arrestation. Tous les échelons de la hiérarchie y trouvent leur compte. Cette bureaucratie a décuplé depuis l'époque soviétique d'après une étude de l'Académie des sciences. À la différence de la nomenklatura soviétique qui bénéficiait de certains avantages liés à l'emploi occupé (appartement, datcha, magasins spécialisés, voiture avec chauffeur), ses héritiers actuels privatisent leur fonction, ils transforment leur pouvoir en propriété Clientélisme et concussion ont pris plus d'ampleur qu'à l'époque de l'URSS — c'est dire. Désormais, sphères privée et publique se confondent dans la poursuite des intérêts corporatistes et personnels. Cette Russie-là n'est pas gangrenée par une mafia de type italien, qui serait née hors de l'État et contre lui, mais par la corruption des mœurs à l'intérieur même des organismes publics et en relation avec les acteurs du privé[1].

Les hauts fonctionnaires jouent un rôle de premier plan dans ce dispositif où ils sont à la fois les corrupteurs et les corrompus. Sans eux, aucune affaire n'est possible. La nomenklatura à la mode Poutine dévore petites et moyennes entreprises pendant qu'elle laisse prospérer les plus grosses, les monopoles et les firmes semi-publiques, pre-

1. Marie Mendras et *alii, Comment fonctionne la Russie ?* Paris, CERI/Autrement, 2003.

mières pourvoyeuses de pots-de-vin. Le secteur des grands conglomérats offre les retours sur investissement les plus élevés, les plus constants, pour leurs actionnaires, leurs dirigeants et leurs protecteurs au sein de l'appareil d'État. Toutes les grandes entreprises ont ce genre de « curateurs » dans leur administration[1]. Le résultat est patent : d'après l'ONG Transparency International qui classe les cent soixante-quinze pays du plus intègre au plus corrompu, la Russie occupe la cent quarante-troisième place (le Danemark est en tête, et la France au dix-neuvième rang). Ses entreprises payent chaque année 250 milliards de dollars de pots-de-vin aux représentants de l'État. Cette taxation sauvage a augmenté de 900 % depuis l'arrivée de Poutine au pouvoir[2]. Un million et demi de bureaucrates ajoutés à 4 millions de *siloviki* (services secrets, policiers, soldats, douaniers, etc.) se payent sur la bête. Selon la fondation Indem, un fonctionnaire moyen à Moscou amasse chaque année de quoi s'acheter un appartement de deux cents mètres carrés[3]. Egor Gaïdar, le « père » des privatisations sous Eltsine, accuse l'État d'engendrer la corruption. « Quand vous êtes propriétaire, vous ne volez pas votre compagnie, explique-t-il, mais quand ce n'est pas votre argent mais

1. *La Russie selon Poutine, op. cit.*

2. Claire Bigg, « Russia : Bribery Thriving under Putin », *Radio Liberty*, 22 juillet 2005.

3. *Capital*, n° 184, janvier 2007. Précisons que l'immobilier à Moscou est le plus cher du monde.

celui de la collectivité, vous pouvez en faire profiter vos amis et connaissances[1]. »

Le mauvais exemple vient du Kremlin. Onze hauts fonctionnaires de l'Administration présidentielle dirigent six sociétés, et douze sont intégrés à leur direction. Quinze membres du gouvernement détiennent six présidences et vingt-quatre appartiennent à leur conseil d'administration. Les entreprises ainsi contrôlées représentent 35 % du PIB de la Russie, elles pèsent 350 milliards de dollars[2]. Quelques exemples :

— Dimitri Medvedev, premier vice-Premier ministre, dirige le conseil d'administration de Gazprom. Alexeï Miller, le P-DG du géant gazier, vient de l'Administration présidentielle.

— Igor Setchine, membre de l'Administration présidentielle, préside le CA de Rosneft, la deuxième compagnie pétrolière du pays.

— Vladislav Sourkov, adjoint de Medvedev au sein de l'Administration présidentielle, considéré comme « l'idéologue » de Poutine, est P-DG de Transneft Produkt qui gère une partie du réseau des oléoducs.

— Alexeï Koudrine, premier vice-Premier ministre, ministre des Finances, est responsable d'Alrosa, qui détient le monopole du diamant. Il est aussi le patron de Vnechtorbank, le deuxième établissement financier du pays qui gère le

1. *Financial Times*, 19 juin 2006.
2. *Idem.*

fonds de stabilisation pétrolier (148 milliards de dollars).

— Viktor Ivanov, chef adjoint de l'Administration présidentielle, est président de la compagnie aérienne Aeroflot et du géant de l'armement Almaz-Anteï.

— Sergueï Ivanov, premier vice-Premier ministre, dirige OAK, le consortium de l'aviation civile.

— Alexandre Volochine, ancien chef de l'Administration présidentielle, est à la tête de l'entreprise d'électricité RAOEES.

— Sergueï Prikhodko, conseiller diplomatique du Kremlin, est P-DG d'Atomprom et patronne TVEL qui détient le monopole de la production et de la vente du combustible nucléaire.

— Vladimir Iakounine, ministre des Transports, est président de la compagnie des chemins de fer.

— Igor Chouvalov, sherpa de Poutine, est responsable de Sovkomflot, la plus grande compagnie de transport du pays.

Les amis de Poutine se sont taillé la part du lion dans ce partage. Un bon nombre de ministres ou de hauts fonctionnaires placés à des postes clefs de l'économie et de l'industrie appartiennent à l'entourage du président. Le premier cercle regroupe les anciens du KGB comme Viktor Ivanov (Aeroflot, Almaz-Anteï) et Sergueï Ivanov (OAK). S'y ajoutent ceux qui ont travaillé avec lui comme espions à Dresde : Nikolaï Tokarev, qui dirige la compagnie pétrolière Zaroubejneft ; Sergueï Tchemezov, patron de Rosoboronexport (monopole de l'exportation d'armement), et Andreï Belianikov, responsable du service fédéral des commandes publiques pour la défense. Le deuxième cercle est formé des *pitertsy*, les Pétersbourgeois qui ont secondé Poutine à la mairie : Dimitri Medvedev (Gazprom), Igor Setchine (Rosneft), Boris Alechine (Rosoboronexport). Le dernier cercle, plus flou, concerne ses voisins à Soloviovka, le village près de Saint-Pétersbourg où Poutine possédait une datcha dans les années 1990 : Vladimir Iakounine (chemins de fer), et Vladimir Smirnov, le P-DG de Techsnabexport qui détient un tiers du marché de l'uranium.

L'hebdomadaire *Novaïa Gazeta*, qui a mené l'enquête sur cet entourage, a estimé le total des actifs du seul « holding présidentiel », c'est-à-dire les amis de Poutine, à 200 milliards de dollars, pour un chiffre d'affaires de 63 milliards de dollars, plus de 10 % du PIB. Le verrouillage s'est peut-être fait sans stratégie globale, au hasard des opportunités qui s'offraient, néanmoins ce sont les branches les plus rentables et les plus porteuses d'avenir qui ont été mises sous le boisseau. On y trouve le secteur pétrolier et gazier (Gazprom, Rosneft, Zaroubejneft), le complexe militaro-industriel et l'énergie nucléaire (Rosoboronexport, Almaz-Anteï et Techsnabexport), les transports (Aeroflot, chemins de fer Sovkomflot), l'industrie mécanique (AvtoVaz passé sous le contrôle de Rosoboronexport), les gazoducs, les oléoducs, la métallurgie. Contrairement aux oligarques de la première époque, les « amis du président » ne possèdent rien, ils contrôlent. On ne peut ni leur retirer leurs actifs ni les nationaliser, ce sont des parasites[1].

Ce dispositif doit survivre au départ de Poutine du Kremlin, après les élections présidentielles de mars 2008. La Constitution, qui interdit au président de briguer un troisième mandat, l'oblige à céder la place, mais son successeur désigné ne changera rien à ce système profitable. « La Russie est dirigée par une sorte de coupole mafieuse qui pille un pays grand comme un continent », résume le politologue Stanislav Belkovski[2]. Et comme toute mafia, celle-ci a le sens du devoir et de la famille. Ses enfants en profitent déjà : le fils du vice-Premier ministre Ivanov codirige la Gazprombank liée au géant gazier ; le fils de l'ancien Premier ministre Fradkov a pris la direction de la Banque russe pour le développement ; le fils aîné du patron du KGB, Nikolaï Patrouchev, gère les crédits des sociétés pétrolières à la banque Vnechtorbank, son fils cadet a été nommé conseiller d'Igor Setchine chez Rosneft[3].

Vladimir Poutine, lui-même, n'est pas un pur esprit qui planerait au-dessus des contingences

1. « Comment Poutine a fait main basse sur l'économie », *Novaïa Gazeta* repris par le *Courrier International*, 21 décembre 2005.

2. *Les Affaires de Poutine* (en russe), Moscou, Ultracultura, 2006.

3. « Pour les enfants des nouveaux nomenklaturistes, la voie est tracée », *Le Monde*, 5 janvier 2007.

matérielles. L'ancien lieutenant-colonel du KGB a pris goût aux affaires à Saint-Pétersbourg, comme nous le savons. Voir en lui un président soucieux du seul bien-être général et garant de l'impartialité de l'État serait une grave erreur. La « verticale du pouvoir » qu'il a mise en place est responsable de ce système où règnent la concussion, la corruption, le népotisme, dont il profite également. La confusion entre le pouvoir et les *siloviki* l'y aide. Un petit détail montre que l'homme n'est pas indifférent aux richesses de ce bas monde : l'édition russe de l'hebdomadaire *Newsweek* s'est amusée à photographier les montres de quelques personnalités pour les comparer. On y voit Roman Abramovitch avec une Rolex Daytona estimée à vingt-neuf mille dollars, Alexeï Mordachov, le magnat de l'acier, porte une Franck Muller de trente mille dollars, quand Poutine s'affiche avec une Pateck Philippe (calendrier perpétuel) qui vaut quelque soixante mille dollars[1].

Les réseaux d'affaires de Vladimir Poutine restent en grande partie inconnus. L'homme n'a pas fait l'essentiel de sa carrière au KGB pour étaler au grand jour ses contacts, surtout financiers. Ce qu'on peut en connaître en est la partie émergée, probablement la moins significative. D'après ce que l'on sait, il disposerait d'un compte personnel à la Promstroïbank (PSB) de Saint-Pétersbourg, établissement dont il détiendrait vingt-

1. http://www.russia-intelligence.fr, Bulletin du 11 mars 2005.

trois actions d'une valeur totale de treize mille dollars. Une misère. Le propriétaire de la PSB est Vladimir Kogan, une bonne connaissance du président du temps de ses années pétersbourgeoises. Kogan serait devenu le banquier attitré du Kremlin à l'arrivée de Poutine, remplaçant dans ce rôle celui qu'avait Roman Abramovitch auprès de la « famille » d'Eltsine. C'est pour le dédommager du préjudice subi que le nouveau président lui aurait d'ailleurs suggéré de devenir gouverneur de la Tchoukotka où l'oligarque a pu installer un petit paradis fiscal pour ses entreprises[1]. Kogan a acquis récemment une dimension nationale en devenant directeur de Rosstroï, un vaste conglomérat d'État qui regroupe l'agence fédérale de construction et les services de la communauté urbaine de la ville de Saint-Pétersbourg. Rosstroï dispose d'un budget annuel d'un milliard et demi de dollars, l'entreprise est notamment chargée de construire un grand barrage, au nord de l'ancienne capitale impériale, un chantier évalué à 350 millions de dollars, personnellement supervisé par Poutine[2].

Sergueï Pougatchev est considéré comme le chef de file des oligarques « poutiniens ». Sénateur de la république de Touva, en Sibérie méridionale, il dirige la Mejprombank, quatrième établissement financier du pays. Une grande partie

1. *La Russie aujourd'hui, op. cit.*
2. http://petersburgcity.com, 13 janvier 2006.

de l'activité bancaire de la société est consacrée à la gestion de Rosneft, la compagnie pétrolière chouchoutée par Poutine, dont le président du CA est Igor Setchine, membre de l'Administration présidentielle. Pougatchev a connu Setchine à Saint-Pétersbourg quand il s'occupait du cabinet de Poutine à la mairie. Le banquier a également été proche de Pavel Borodine, l'intendant du Kremlin sous Eltsine, au service duquel Poutine travailla dans les années 1996-1998. Borodine, qui fut impliqué dans le scandale Mabetex, était au cœur des affaires de la « famille ». L'itinéraire de Pougatchev permet de penser que les relations de travail et d'affaires de Poutine, depuis le début des années 1990, ont peu de secret pour lui. Son influence sur le Kremlin serait certaine. En 2000, il suggéra au nouveau président de tenir les oligarques à distance, ce qui ne l'empêcha pas de poursuivre son ascension sous sa protection. Partisan de la création d'une grande major pétrolière russe, il plaida très tôt pour un rapprochement entre Rosneft et Ioukos, ce qui s'est fait après l'élimination de Khodorkovski. Pougatchev sert encore les desseins de Poutine en finançant l'Église orthodoxe. Le banquier joue les intermédiaires entre le patriarcat et le Kremlin qui a compris comment utiliser la renaissance de la ferveur religieuse des Russes, après des décennies d'athéisme communiste, pour consolider son pouvoir.

L'oligarque le plus au fait des affaires de Vladimir Poutine s'appelle Guennadi Timtchenko. Ce discret négociant en produits pétroliers, né en Arménie en 1952, Russe mais citoyen finlandais d'adoption, réside depuis 2001 en Suisse, à Cologny, la banlieue chic de Genève. À l'instar de son ami devenu président, Timtchenko cultive le secret. La presse russe mentionne rarement son nom, il joue les passe-muraille pour demeurer inaperçu. Ancien du KGB selon certaines sources, on sait qu'il fut proche de Poutine au début de la décennie 1990. Ils ont fréquenté le même club de judo de Saint-Pétersbourg et ils furent voisins de datcha. À l'époque, la société de Timtchenko, Kinex, s'occupait de la revente de pétrole russe à l'étranger, mais il n'appartenait pas au monde des oligarques. Pour son commerce, il a créé en 1997 la Gunvor International Limited, succursale d'une société offshore enregistrée dans les îles Vierges britanniques, dont on ne connaît pas les actionnaires[1]. À son arrivée en Suisse, le Russo-finlandais était un inconnu dans le monde des affaires helvètes. Aujourd'hui il domine la place de Genève en trustant un tiers des exportations russes de pétrole, 60 millions de tonnes par an, pour un chiffre d'affaires de 30 milliards de dollars. Une percée qui n'a pas pu se faire sans de solides appuis à Moscou.

Genève est devenue une plaque tournante du commerce du pétrole après le choc pétrolier de

1. Agathe Duparc, « Genève, plate-forme de Kremlin Oil », *Le Monde*, 11 juillet 2007.

1973-1974. La proximité de grands établissements financiers et leur légendaire secret bancaire ont attiré les traders alors que les cours de l'or noir flambaient. Un endroit idéal pour les commissions occultes et les financements secrets. Quand, dans les années 1990, les oligarques russes ont commencé à s'enrichir, ils en ont compris l'intérêt. Les grandes compagnies pétrolières comme Lukoil, Ioukos et Sibneft ont commencé à revendre l'essentiel de leur production sur les bords du lac Léman pour échapper au fisc. Comme il a été dit, c'est la différence de prix entre le marché intérieur russe et les cours mondiaux qui fit la fortune des Alekhperov (Lukoil), Khodorkovski (Ioukos) et autres Berezovski-Abramovitch (Sibneft).

Guennadi Timtchenko s'est installé à Genève peu après l'arrivée de Poutine au pouvoir. L'International Petroleum Product (IPP) et Gunvor, ses deux sociétés de commerce d'hydrocarbures et de produits pétroliers, se sont fait rapidement connaître sur le marché de la revente. Dès 2003, il devint le « représentant » de Rosneft pour le pétrole et de Gazprom pour ses produits chimiques, deux compagnies contrôlées par l'État russe. « Timtchenko est assis sur une montagne d'or grâce aux liens qu'il a avec Poutine », constatait déjà à l'époque un spécialiste genevois du pétrole[1]. Dans le cadre des prêts bancaires accordés à

1. « Un homme de Poutine à Genève », *L'Hebdo* (Lausanne), 27 novembre 2003.

Rosneft, par exemple, les sociétés de Timtchenko jouèrent les prêteurs sur gages en émettant des lettres de crédit pour des centaines de millions de dollars en échange de quotas de brut à écouler sur le marché. À l'approche des élections présidentielles de 2004, qui ont vu la réélection de Poutine, certains gestionnaires de fortunes et de banquiers basés à Genève et à Londres furent contactés par des personnes proches du Kremlin pour placer de très importantes sommes d'argent. Timtchenko fut l'un des acteurs clefs de cette opération[1]. Le trader a pris encore plus d'ampleur pendant le second mandat de Poutine. Son rôle a été essentiel dans le dépeçage de Ioukos. Il a aidé Sergueï Pougatchev et Igor Setchine, à la tête de Rosneft, à acheter les meilleurs lots de la compagnie, notamment Iouganskneftgaz évalué à 20 milliards de dollars[2]. Timtchenko est toujours le revendeur attitré de Rosneft, devenu la deuxième compagnie pétrolière russe, et de Gazprom pour le compte duquel il commercialise le brut de Sibneft, la société qu'Abramovitch a revendue à prix d'or au géant gazier. Avec ces trois sociétés, Rosneft, Sibneft et Gazprom, nous sommes au cœur des intérêts financiers du Kremlin. Il y a trop d'argent qui circule via Genève pour que les caisses de l'État russe soient les seules à bénéficier de leurs richesses.

1. « Poutine, roi des oligarques ? », *L'Hebdo*, 26 février 2004.
2. *Le Point*, 3 mars 2005.

La citadelle assiégée

Chaque printemps, le président réunit les deux chambres du Parlement, le Sénat et la Douma, pour leur adresser un message sur l'état de la nation, à la manière de son homologue américain. Dans son dernier discours du genre, en avril 2007, Vladimir Poutine a fustigé les « colonisateurs » occidentaux et les « extrémistes » russes coupables de vouloir affaiblir le pays. L'ennemi, qu'il soit extérieur ou intérieur, est une idée récurrente dans ses interventions. Lorsqu'il fut nommé Premier ministre en 1999, il tint ces propos devant ses camarades du FSB : « Il y a quelques années, nous avons succombé à l'illusion que nous n'avions pas d'ennemis et nous avons payé chèrement pour cela. » Après le drame de l'école de Beslan, en septembre 2004, qui coûta la vie à des centaines d'enfants pris en otages, tués lors de l'assaut des forces de l'ordre, il déclara : « Nous avons été faibles et les faibles se font battre. » Ces paroles révèlent son double héritage de communiste et de tchékiste. L'environnement hostile fut un classique des dirigeants soviétiques pour justifier la terreur. Plus le système a été dur et totalitaire, plus l'ennemi était dénoncé — c'est ainsi que la Russie connut la paranoïa de Staline, puis le délire obsidional de ses successeurs. Aux tchékistes revenait la mission d'éliminer le péril. L'ennemi était leur raison d'être, ce qui n'a pas fondamentalement changé chez leurs héritiers. Poutine, lui-même, est incapable de percevoir le monde autrement qu'en termes de rapports de force, persuadé que la meilleure manière de mater l'ennemi aujourd'hui est encore de lui faire peur. Le conflit tchétchène, notamment, est utilisé à cette fin.

Après l'effondrement de l'URSS, en 1991, la mouvance nationalisto-communiste, qui forma le gros de l'opposition à la démocratisation du pays, pensait que la Russie avait été trahie, vendue et détruite par Eltsine, membre d'un complot ourdi et financé par les Occidentaux, rassemblés sous la bannière étoilée. Tous ces malheurs ne seraient pas arrivés, non plus, si la Loubianka était demeurée vigilante. Ces croyances, ajoutées au sentiment d'avoir failli à l'époque dans leur mission, structurent l'état d'esprit des *siloviki* aujourd'hui. On ne les y reprendra plus, c'est certain. « Ils sont persuadés qu'ils sont les seuls à avoir une vision exacte et une bonne compréhension du monde », explique Sergueï Grigoriants, un ancien dissident de l'époque soviétique[1]. Ils jouent de leurs certitudes pour faire croire à la population que la Russie est une citadelle assiégée, convoitée, qu'ils ont le devoir de défendre au nom de l'intérêt commun. Ce qui est une nouvelle façon de justifier leur existence. Dans une population traumatisée par la perte de la puissance de l'ex-URSS, paupé-

1. « The making of a neo-KGB state », *The Economist*, 25 août 2007.

risée par l'absence d'alternative sociale au système soviétique, scandalisée par l'enrichissement d'une poignée de personnes, dépossédée du pouvoir autant qu'auparavant, où l'impression d'avoir beaucoup perdu sans rien avoir gagné en échange est largement partagée, ce genre de propagande trouve un écho certain. Et qui est responsable de ce gâchis ? Le capitalisme et la démocratie, coupables d'avoir affaibli la Russie et provoqué les malheurs de son peuple du temps d'Eltsine. Il a suffi au pouvoir de prétendre que ce nouveau cours fut imposé par l'étranger pour que la thématique de l'environnement hostile, de l'encerclement, dont usait déjà la propagande communiste, soit reprise avec succès par Poutine.

Les premières années de sa présidence ont été marquées par une vague d'espionnite comme le pays n'en avait plus connue depuis l'époque stalinienne. Divulgation de désastres écologiques, relations commerciales informelles, échanges scientifiques, tous les prétextes ont été bons pour accuser des lampistes, faire des procès-spectacles, prononcer de lourdes peines et faire croire ainsi que le pays vivait en état de siège. « Si le ministre des Affaires étrangères devait entretenir, en dehors du cadre de sa fonction, des relations avec des représentants d'États étrangers, il serait alors, comme n'importe quel citoyen russe, soumis à des procédures déterminées en rapport avec le code pénal », avertit Poutine tout juste élu. Pour accréditer l'idée d'une rupture avec le passé, le FSB a changé d'emblème : « Il ne représente plus une épée sur un bouclier, mais un bouclier sur une épée, explique le porte-parole du service. La nuance est d'importance, nous signalons de la sorte que notre priorité n'est plus l'attaque, mais la défense[1]. » À l'agressivité de l'URSS qui voulait conquérir le monde succède une victimisation de la Russie, objet de toutes les convoitises.

L'ennemi a vite été formellement identifié derrière un sigle : ONG. Les organisations non gouvernementales à caractère écologique ont été les premières à être dénoncées comme paravents de l'espionnage étranger. Puis vinrent les ONG à vocation humanitaire. Dans les deux cas, le pouvoir ne voulait pas que ces organisations puissent donner une image négative de la Russie, dans le domaine environnemental, social ou politique. L'offensive principale a été menée après les élections législatives de décembre 2003 à l'issue desquelles les partis libéraux et démocratiques furent laminés. Le Kremlin craignait alors que l'opposition ne se réfugie dans des associations de défense des droits de l'homme ou dans des clubs culturels, comme à l'époque de la dissidence soviétique. Dans son message sur l'état de la nation, prononcé au printemps 2004 devant les deux chambres, Poutine fustigea les ONG corrompues, payées par l'étranger, cinquième colonne de l'Occident, tou-

1. Propos recueillis par Lorraine Millot, « Les héritiers zélés du KGB », *Libération*, 20 février 2007.

jours promptes à dénoncer la Russie tout en taisant ce qui se passe ailleurs pour « ne pas mordre la main qui les nourrit ».

Le succès de la « révolution orange » en Ukraine, à la fin de 2004, au cours de laquelle les ONG locales ont soutenu les revendications populaires, a aggravé la paranoïa du Kremlin. À la suite de ces événements, le Parlement adopta une loi lui imposant un contrôle total sur l'activité et le fonctionnement, notamment comptable, de toutes les ONG présentes dans le pays. Les associations publiques sont désormais soumises à une procédure longue et fastidieuse d'enregistrement. Le procureur général peut, à tout moment, leur demander des explications sur leur gestion financière et prononcer leur dissolution. En vertu de ces nouvelles dispositions, plus de trois mille ONG ont été interdites en août 2007, pour faire place nette en vue des élections présidentielles de 2008.

La « révolution de velours » en Géorgie, à la fin de 2003, puis la « révolution orange » d'Ukraine, qui ont permis à ces deux pays de se rapprocher de l'Occident, ont été vécues à Moscou comme une humiliation. Pour le Kremlin, ces deux pays appartiennent à la Grande Russie. De surcroît, les tchékistes ont eu peur de la contagion et de voir leur régime emporté par la rue. Pour éviter aux Russes de céder aux sirènes de la démocratie, le pouvoir a d'abord muselé la presse indépendante, marginalisé tout ce qui pouvait apparaître comme une opposition, réelle ou supposée, puis il s'est mis à flatter la fibre nationaliste dans l'espoir d'immuniser la population contre les modèles politiques venus d'ailleurs. Le budget pour l'éducation patriotique a été multiplié par trois dans le but de stimuler l'amour de la nation, de financer la publication d'articles patriotiques, de créer des œuvres d'art et une littérature « nationale ». La célébration des victoires militaires et la production de souvenirs *ad hoc* font partie du programme. En 2005, le gouvernement annonça un plan sur dix ans visant à encadrer la jeunesse par un réseau d'organisations et d'associations (financées par le pouvoir) copiées sur le modèle des anciens Komsomols, les Jeunesses communistes.

L'évolution idéologique de la Russie l'entraîne dans un cercle vicieux. Le sentiment d'insécurité que provoque le délire obsidional du pouvoir et l'exacerbation de l'orgueil national incitent la population à se réfugier dans un passé soviétique idéalisé. C'était tellement mieux et plus sûr avant. Ce réflexe engendre une occultation de la nature criminelle du communisme que les héritiers du KGB encouragent, heureux de s'en tirer à si bon compte. « N'autorisons personne à nous imposer un sentiment de culpabilité », a déclaré Poutine devant un parterre d'historiens. Un ouvrage à l'usage des enseignants sur l'histoire contemporaine de la Russie (1945-2006), élaboré sous la haute surveillance du Kremlin, décrit l'URSS comme une « société juste », Staline comme le dirigeant soviétique dont l'œuvre a été « la plus réussie » et la répression comme une nécessité pour « mobiliser la base et l'élite dirigeante ». Cette régression idéologique prépare l'opinion à souhaiter un long règne aux hommes « à la main-forte ».

Même l'embrigadement est de retour, surtout en direction de la jeunesse. Pour la nouvelle génération, qui n'a pas connu le communisme, la tentation occidentale représente un risque, pense le Kremlin. « Ceux qui marchent ensemble », une organisation dirigée par Vassili Iakemenko, un proche de Poutine, est apparue dès juillet 2000. Financée par Gazprom, elle essaima rapidement dans toute la Russie avec des bureaux dans une trentaine de villes. Organiser des rencontres avec des vétérans de la Seconde Guerre mondiale ou lancer des campagnes en faveur des conscrits appelés en Tchétchénie a figuré parmi ses premières actions. Ces « jeunesses poutiniennes », comme on ne tarda pas à les appeler, ont ensuite fait la promotion d'une littérature « autorisée » composée de romans patriotiques, d'ouvrages historiques célébrant la grandeur de la Russie, de publications vantant les mérites du sport, la supériorité de l'orthodoxie ou la permanence du génie russe. Tout cela restait encore bon enfant. Début 2005 le ton s'est durci. « Ceux qui marchent ensemble » laissèrent la place aux Nachi, littéralement « les Nôtres », un nouveau mouvement toujours placé sous la direction de Vassili Iakemenko, qui avait gagné entre-temps son surnom de « Jeune

Führer ». Les Nachi se définissent par rapport aux « autres » qui désignent, eux, les ennemis du régime. Les « jeunesses poutiniennes » devinrent une sorte de garde prétorienne. Le grand ordonnateur de cette mutation a été l'idéologue du Kremlin, Vladislav Sourkov, chef adjoint de l'Administration présidentielle, l'homme chargé de verrouiller le pays pour en faire une autocratie. Les hooligans des clubs de football comme le CSKA ou le Spartak ont été invités à s'inscrire en masse aux Nachi pour aller faire le coup de poing contre les « autres ».

Les entreprises du pays sont sollicitées pour financer le mouvement qui dispose d'un compte ouvert au Kremlin. Elles sont invitées à participer à la « renaissance de la Grande Russie » moyennant un chèque de dix mille dollars. Un refus est considéré comme un acte antipatriotique et attire les foudres du fisc[1]. Les Nachi font partie du dispositif de contrôle mis en place par les *siloviki*. Le mouvement soutient les initiatives du Kremlin en organisant des manifestations « de masse » où chaque participant est payé (cinq cents roubles, l'équivalent de quinze euros) pour crier les bons slogans. Il sert « d'agent de liaison » au pouvoir, ou plutôt de police des consciences, en lui signalant la moindre marque d'hostilité. Il entretient la flamme contre l'ennemi en accusant régulièrement les Occidentaux, en premier lieu les États-

1. « La jeune garde de Poutine », *Le Point*, 10 janvier 2006.

Unis, de vouloir s'emparer des richesses du pays. Il est le gardien de l'authenticité russe et de la moralité en dénonçant la décadence des modes étrangères qui visent à pourrir les esprits. La Russie sent chaque jour un peu plus le renfermé.

Dans sa croisade nationale-patriotique, le pouvoir dispose d'un allié de poids avec l'Église orthodoxe. Le patriarcat pense depuis longtemps que le retour à l'identité russe, après le cataclysme communiste, doit passer par un rejet de l'Occident, de ses valeurs libérales en premier lieu. Cette position de principe convient aux tchékistes qui ont, par ailleurs, une longue pratique de compagnonnage avec le clergé. L'Église orthodoxe décapitée, martyrisée, dépossédée dès les premières années du régime bolchevique, n'a survécu qu'en faisant allégeance au pouvoir, ce qui provoqua une scission entre une Église de l'intérieur assujettie au régime communiste, et la communauté des croyants à l'extérieur de l'URSS. Le Kremlin a sans cesse cherché à utiliser l'Église selon ses besoins. De Staline qui trouva auprès d'elle un allié pour mener la « Grande Guerre patriotique » contre l'Allemagne nazie, jusqu'à Gorbatchev qui l'a mise en avant pour donner une meilleure image de la perestroïka à l'étranger, l'Église s'est bien souvent prêtée aux jeux du pouvoir, non sans y perdre son âme. Le KGB investit les séminaires, recruta massivement des prêtres, noyauta la hiérarchie. À la chute de l'URSS, en 1991, on apprit que les principaux dignitaires avaient coopéré avec la police secrète. Le patriarche Alexis II avait pour nom de code Drosdov, le métropolite Pitirim était Abbat, le métropolite Philarète, Antonov, etc. Le couvercle fut vite refermé sur ces révélations. La Commission d'enquête sur le rôle du KGB dans le coup d'État d'août 1991 fut même dissoute après une intervention discrète du patriarche Alexis II auprès des autorités eltsiniennes.

L'Église orthodoxe ne s'est jamais publiquement repentie de sa collaboration avec les bourreaux tchékistes, ce qui l'a moralement fragilisée quand les héritiers du KGB ont pris les rênes du pouvoir avec Poutine. Les compromissions passées prédisposaient le patriarcat à faire alliance avec les *siloviki*, sans que ces derniers aient besoin de faire pression sur lui. Le clergé est intervenu aux élections présidentielles pour inciter ses ouailles à faire le bon choix. Le patriarche Alexis II a dit tout haut le bien qu'il pensait du nouveau président : « Un homme profondément honnête, qui n'a pas de problème avec ses convictions religieuses[1]. » Le même Alexis II apporta son soutien au Kremlin après la tuerie de Beslan. Même dans l'affaire Ioukos, l'Église accorda une caution morale à l'élimination de Khodorkovski, diabolisé comme le représentant d'une privatisation qualifiée de « chemin de la honte », contraire aux fondements de l'orthodoxie. Au huitième concile,

1. Interview donnée à la *Komsomolskaïa Pravda*, 24 décembre 2002.

qui se tint en février 2004 en présence de l'oligarque préféré de Poutine, Sergueï Pougatchev, une charte condamna sans ambages les mécanismes du marché au nom d'une éthique orthodoxe qui serait l'esprit de l'économie étatiste. Du pain bénit pour un régime de prédateurs. Poutine lui-même cultive une image de « bon orthodoxe ». Un crucifix sauvé miraculeusement de l'incendie de sa datcha, près de Saint-Pétersbourg, au début des années 1990, lui aurait ouvert la voie de Dieu, raconta-t-il au début de sa présidence. Au Kremlin, son directeur de conscience et confesseur, l'archimandrite Tikhon (de son nom Gueorgui Chevkounov), appartient à la tendance radicale de l'Église, celle qui pense que la mondialisation capitaliste vise à détruire la Russie. Dans un article devenu la référence des antimondialistes orthodoxes, Tikhon écrivit, en 1998, que les codes-barres sur les produits de consommation, ainsi que les bandes chiffrées sur les passeports occidentaux, cachaient sous des formes électroniques le nombre 666, celui de l'Antéchrist dévoilé dans l'Apocalypse[1].

Encouragé par les ecclésiastiques dont il s'entoure, Poutine a tendance à s'identifier à Michel Romanov, arrivé sur le trône après le « Temps des troubles », père de la dynastie qui régna sur la Russie jusqu'en 1917. Il pense avoir été choisi,

1. Galia Ackerman, « Vladimir Poutine et ses popes », *La Règle du jeu*, n° 28, avril 2005.

comme Romanov, par des gens qui comptaient exploiter son inexpérience et sa docilité pour le manipuler. Comme lui, il estime être venu à bout de mercenaires (les oligarques) vendus à l'étranger, et de même que Romanov s'appuyait sur son père, le métropolite Philarète, Poutine est guidé par le père Tikhon. Le maître du Kremlin hésite finalement entre deux incarnations, celle du tsar de droit divin ou du généralissime Staline qui mena le pays à son apogée de puissance. Dans tous les cas, il cherche à se présenter en sauveur de la nation. « Le plan de Poutine, c'est la victoire de la Russie », proclament des affiches placardées dans tout le pays.

Faut-il avoir peur de la Russie de Poutine ?

Il n'y a pas de mystère Poutine et encore moins de génie qui lui serait propre. L'incontestable réussite du petit lieutenant-colonel du KGB devenu le nouveau tsar, pour reprendre un cliché éculé, n'a rien de fortuit. Son ascension triomphale tient à la fois de la nature du pouvoir en Russie, au soutien que lui ont apporté ceux qui l'ont placé là, et à une conjoncture favorable. Ces éléments conjugués permettent de comprendre son succès. En entrant au Kremlin, Poutine a endossé une charge qui l'a transcendé tant le lieu est investi d'histoire et de symboles dans l'imaginaire collectif du pays. Les reportages sur sa prise de fonctions, au début de l'an 2000, montraient un homme plutôt embarrassé, écrasé même par les responsabilités qui l'attendaient. Et puis, comme si l'organe créait le président ou le Kremlin engendrait le souverain, il s'est peu à peu investi dans la place. En ce lieu où, des siècles durant, les tsars de toutes les Russies ont régné sans partage et où, pendant des décennies, les dirigeants communistes ont dispensé la terreur, Vladimir Poutine a fini par épouser le rôle. L'aura de cette citadelle impénétrable par le commun des mortels a favorisé sa mue en le préservant de l'extérieur tout en projetant, au-delà de ses murs, une stature de dirigeant suprême. La révérence due à son rang s'est imposée au sein d'une population habituée à la distinction entre « eux » et « nous », l'État et la société, propre aux règles de la gouvernance en Russie depuis des lustres. Pour ces raisons déjà, nulle part ailleurs que dans ce pays, la conversion d'un simple espion en autorité incontestée n'aurait été si rapide et si complète.

Les origines tchékistes de Poutine ont aidé à son adaptation. Il s'est appuyé sur la seule structure capable d'imposer son ordre dans un pays affaibli par les pillages et le déclin de l'autorité, minée par la maladie d'Eltsine. La « verticale du pouvoir » fut vite restaurée, car le nouveau maître disposait des moyens pour le faire. Membre d'un organisme puissant, sa force est venue également de sa capacité à en demeurer l'émanation, jusqu'à aujourd'hui. La propagande du régime a mis en avant un mode de fonctionnement solitaire du pouvoir pour valoriser l'autorité de ce chef, d'un président qui n'aurait de comptes à rendre à personne alors qu'il est en réalité l'incarnation du collectif qui le soutient. Pour gouverner, les *siloviki* se sont inspirés du régime soviétique, le seul qu'ils connaissaient et dont ils avaient pu apprécier les avantages. La Russie actuelle, comme l'URSS d'hier, est dirigée par un groupe d'hommes qui se prononcent en commun sur les grandes options à prendre. Leur partage du pouvoir va de pair avec celui des richesses, ce qui renforce la cohésion du collectif et du système. Au-delà de la « tsarisation » de Poutine, c'est le réseau derrière lui qui compte. Il inclut aussi bien les fonctionnaires des services secrets que les membres des nombreuses administrations civile, judiciaire, militaire, qui profitent du nouveau régime. Au sommet, les tchékistes-oligarques ont pris la place du Bureau politique de l'ancien PC, leurs intérêts communs tenant lieu d'idéologie. L'attribution des meilleurs postes résulte d'une répartition consensuelle des dividendes, ce qui n'a rien à voir avec les compétences. Au sein de cette nouvelle nomenklatura, Poutine est l'homme de l'équilibre.

Aujourd'hui, la préservation du système est le souci principal de cette élite. La sauvegarde de ses intérêts l'oblige à tout contrôler, surtout en période de passation de pouvoir. Il ne peut être question, pour elle, de laisser les électeurs choisir librement, de risquer de voir les richesses accaparées passer en d'autres mains. En ce sens, la succession de Vladimir Poutine était une épreuve, un test de la capacité des *siloviki* à perpétuer leur régime. L'URSS leur a servi de modèle une fois de plus. À la mort du secrétaire général, le Bureau politique du Parti désignait en son sein un successeur, dont le choix était ensuite entériné par le

Comité central. Ainsi fonctionnait la « démocratie » communiste. Le même principe a été appliqué aujourd'hui. Interdit de troisième mandat par la Constitution, Poutine doit laisser sa place. Le collectif directeur a choisi un successeur, Dimitri Medvedev, pour le représenter à l'élection présidentielle de mars 2008. Ce haut fonctionnaire-oligarque, président du Conseil d'administration de Gazprom, véritable tirelire du pouvoir, a fait sa carrière dans l'ombre de Poutine, de la mairie de Saint-Pétersbourg au Kremlin. Fidèle parmi les fidèles, il est propulsé sur le devant de la scène pour permettre à l'ancien président de continuer à occuper une place prépondérante[1], quitte à ce qu'il reprenne la fonction plus tard, comme la loi fondamentale l'y autorise du moment qu'il y a interruption entre ses mandats présidentiels. Si la transition se passe comme prévue, la Russie risque de connaître une longue période de « poutinisme », le temps suffisant pour les Organes d'imprimer leur marque sur le pays et sur les esprits. Aujourd'hui le peuple souverain n'est pas le Comité central d'hier, mais le processus électoral est si bien verrouillé qu'il joue également les utilités. L'épreuve des urnes doit juste servir à confirmer le choix de l'élite et à entériner la pérennité du système. Ainsi fonctionne la « démocratie » tchékiste.

1. Ce système de gouvernance s'inspire du modèle chinois de Deng Xiaoping qui, jusqu'à sa mort continua à diriger « derrière le rideau », selon la formule consacrée, sans occuper la première place.

Pour conforter son rôle dirigeant, Vladimir Poutine a également profité d'une conjoncture exceptionnelle. Le 11 septembre a permis à la Russie de basculer dans le « bon » camp de la guerre contre le terrorisme, de prétendre y figurer en première ligne en dévastant la petite République tchétchène. Moscou a exploité son succès militaire pour reprendre pied parmi les grands de ce monde, ce qui a rejailli sur le locataire du Kremlin. Son intégration au G8, aux côtés des chefs d'État et de gouvernement des pays les plus industrialisés, a conforté son image de responsable. Sur le plan géostratégique, les difficultés rencontrées par les États-Unis en Irak ont, par contrecoup, offert une marge de manœuvre inespérée à la Russie, renforçant la stature planétaire de son président. La flambée des cours des matières premières, singulièrement des hydrocarbures a, de surcroît, replacé son pays au centre des enjeux économiques mondiaux, redonné une surface financière à l'État, cela malgré les prélèvements pratiqués par les oligarques et la corruption généralisée. La fin du XXe siècle fut marquée par le déclin de l'URSS et par sa chute, conséquences de la politique menée par ses dirigeants ; la renaissance de la Russie en ce début de XXIe siècle est due à des circonstances extérieures, en grande partie indépendantes de la volonté de ceux qui y détiennent le pouvoir. Drôle de paradoxe.

Portée par ce retour inopiné dans l'histoire, cette nouvelle Russie s'est dotée d'une doctrine à la fois révélatrice de ses ambitions et explicative de sa politique depuis que les tchékistes ont pris les rênes. Vladislav Sourkov, l'idéologue du Kremlin, en a tiré le concept de « démocratie souveraine », à la résonance très orwellienne encore. L'idée que se font Poutine et ses hommes de la démocratie vaut bien celle de Staline, dont la Constitution de 1936 fut proclamée la plus démocratique du monde par la propagande de l'époque. Aujourd'hui, le Kremlin répète sur tous les tons qu'il n'a de leçon de liberté ou de droits de l'homme à recevoir de personne. Le terme de souveraineté doit être pris au pied de la lettre, comme l'expression d'une autorité suprême qui ne saurait souffrir de contestation. La « démocratie souveraine » russe revendique pour le pouvoir un droit à l'autonomie, sans interférence de la population ni de pressions étrangères. L'idée exprime au fond la nostalgie des *siloviki* pour l'État-nation que l'URSS incarnait si bien, pour un ordre fondé sur l'équilibre des forces et la non-ingérence intérieure, comme le monde et surtout l'Europe l'ont vécu aux XIXe et XXe siècles. Cette crispation sur un modèle du passé est en soi une source de conflits avec le reste du Vieux Continent, où la plupart des pays ont abandonné ce mode de gouvernance et de relation d'État à État. Ce déphasage incite le reste de l'Europe à percevoir le régime actuel russe comme une menace.

La fin de la guerre froide a débouché, dans nos contrées, sur un nouvel ordre, dont les éléments fondamentaux sont l'ingérence mutuelle dans les affaires intérieures et une conception de la sécurité fondée sur l'ouverture et la transparence réciproques. L'Europe des vingt-sept se construit cahin-caha sur ces choix, en tous points opposés à la politique voulue et pratiquée par les dirigeants russes. L'Union européenne, qui est la traduction la plus aboutie (ou la plus inachevée selon les points de vue) de ce nouveau mode de relations internationales, se trouve par là même en opposition temporelle avec la Fédération de Russie. Les deux entités ne sont tout simplement pas au même stade d'avancement politique, ce qui est une source de désaccords, presque existentiels, entre eux. Poutine et ses hommes raisonnent en termes d'État-nation, car l'Union soviétique qui demeure leur référence fut, comme tous les autres pays socialistes, un modèle dans le genre. Le totalitarisme communiste a été la quintessence de ce que peut être un pouvoir étatiste pendant que l'idéologie nationale fut le véritable moteur du PC au pouvoir[1]. La « verticale du pouvoir » imposée par Poutine et le national-patriotisme dispensé par sa propagande sont des résurgences de ce passé. La nature autocratique du régime russe est un moyen de résister à l'évolution du monde. Comme à l'époque soviétique, le Kremlin continue de privilégier l'enfermement pour échapper

1. Voir à ce sujet mon livre *Rouge-Brun, le mal du siècle*, Paris, J.-C. Lattès, 1999.

à la modernité extérieure. Dans une population qui aime enjoliver l'histoire pour mieux conjurer les difficultés présentes, cette posture passéiste plaît.

La Chine est l'autre référence qui inspire le Kremlin. On y envie Pékin qui a réussi à concilier son ouverture au capitalisme, tout en se préservant des ingérences dans ses affaires intérieures. Vue de Russie, l'expérience chinoise prouve qu'il est possible de ne rien céder sur le fond, de rester un pays communiste, tout en profitant du développement induit par l'économie de marché. Autrement dit, on peut avoir un parti unique qui régente le pays et des industries performantes (pour la plupart à capitaux étrangers) qui génèrent des profits[1]. La Chine a réussi à se garder des intrusions extérieures en faisant miroiter aux pays capitalistes son 1,3 milliard de consommateurs potentiels. Pour ces pays, la perspective d'un tel marché mérite de fermer les yeux sur une réalité politique déplaisante, de mettre entre parenthèses leurs grands principes démocratiques. La Russie espère bénéficier du même traitement de faveur en appâtant les Occidentaux avec les richesses de son sous-sol. La « souveraineté » que le nombre ne lui permet pas d'obtenir, comme chez son grand voisin, elle tente de l'acquérir avec ses millions de tonnes de pétrole, de gaz et de minerais divers, très convoités.

1. Voir à ce sujet mon livre *Le Grand Bluff chinois*, Paris, Robert Laffont, 2007

En 1996, entre le moment où il a quitté la mairie de Saint-Pétersbourg chassé par les urnes en même temps que le maire Anatoli Sobtchak, et son arrivée au Kremlin dans les services de Pavel Borodine, Vladimir Poutine rédigea une thèse sur « La planification stratégique du renouvellement de la base minérale et des matières premières de la région de Leningrad dans le contexte du passage à une économie de marché », à l'Institut des mines de Saint-Pétersbourg. Le pensum est moins intéressant que celui qui l'a inspiré, le professeur Vladimir Litvinenko[1], recteur de l'Institut en question. Du même âge que son élève (et futur président), Litvinenko milite depuis longtemps pour un contrôle des richesses du sous-sol afin que la Russie soit maîtresse chez elle et qu'elle puisse peser de tout son poids dans le monde. « Il fut un temps où le sel était la ressource la plus importante, explique-t-il. Puis ce furent les métaux de toutes sortes avant qu'advînt l'âge de l'or. Aujourd'hui, ce sont les hydrocarbures. C'est notre principale force et notre meilleur argument sur la scène mondiale[2]. » Poutine a fait siennes ces idées, Litvinenko est devenu son conseiller sur les questions énergétiques. Pour tenir en main tous les leviers, le Kremlin a procédé par étapes : élimination des oligarques gênants, exclusion des majors occidentales des gi-

1. À ne pas confondre avec son homonyme, Alexandre Litvinenko, l'ancien officier du KGB assassiné à Londres en octobre 2006, au Polonium 210.

2. *Moscow Times*, 6 juin 2006.

sements les plus rentables (British Petroleum et la Shell en ont fait les frais), contrôle des investissements du secteur par le FSB, mise en place d'un réseau d'entreprises capables de tenir leur rang sur les marchés extérieurs (Gazprom, Lukoil, Rosneft, pour ne citer qu'elles).

« La Russie ne peut dominer dans aucun autre domaine que celui de l'énergie », a déclaré Poutine à l'occasion d'une réunion du Conseil de sécurité nationale, en septembre 2005. Hier, la puissance de l'URSS reposait sur la dissuasion nucléaire, aujourd'hui la force de la Russie tient en sa capacité à pouvoir fermer les robinets du gaz et du pétrole. Maîtriser les sources d'approvisionnement et les moyens d'acheminement, faire pression sur les pays récalcitrants, promouvoir un nouvel ordre mondial, le Kremlin ne manque ni de moyens ni d'alliés pour parvenir à ses fins. Les ex-« dominions » de l'URSS ont été les premiers à ressentir la poigne russe. Ukraine, Géorgie, Arménie, Moldavie, Azerbaïdjan, tous ont été obligés de céder à Gazprom des parts de leurs sociétés gazières ou de leurs réseaux de gazoduc s'ils voulaient éviter une faillite après la hausse intempestive des prix décidée par Moscou. Dans un deuxième temps, qui se déroule actuellement, la Russie veut renforcer la dépendance de ses clients en les coupant d'autres sources d'approvisionnement possible. Les gaz turkmène, kazakh et ouzbek, qui offraient à l'Europe des alternatives possibles à la production russe, sont passés sous le contrôle de Gazprom ; des accords avec le Venezuela de Chavez et l'Algérie de Bouteflika font peser une menace sur les flux pétroliers en direction de l'Europe. Sur fond de rapport de force favorable aux pays producteurs, de prix à la hausse, d'une Amérique empêtrée en Irak, d'une construction européenne à la peine, Moscou se rapproche de plus en plus des autres nations riches en matières premières dans l'espoir de les rallier sous sa bannière et de tenir la dragée haute à des Occidentaux en manque d'hydrocarbures. L'architecture énergétique mondiale qu'essayent de mettre en place Poutine et ses hommes va dans ce sens. Plus l'Europe sera dépendante du gaz et du pétrole russes, plus elle sera vulnérable.

Faut-il donc avoir peur de la Russie d'aujourd'hui ? Sans doute, si l'on s'en tient à la mentalité de ses dirigeants. Les *siloviki*, en dignes héritiers du KGB, éprouvent à la fois mépris et haine pour les pays occidentaux. Dans leur cursus d'espions, ils ont étudié les moyens de subvertir ces « nations ennemies », ils en connaissent les faiblesses comme la mentalité de ses habitants. Ils ont appris comment influencer les opinions publiques, de quels moyens user pour séduire les dirigeants, à quel prix acheter les consciences. Ils ont compris la fragilité de leur système politique ballotté au gré des élections et la relativité de leur opulence, toujours à la merci d'une crise de confiance. Partisans d'un État autoritaire et souverain et d'une économie dirigiste, adeptes du népotisme et concussionnaires patentés, ces hommes-là ne peuvent avoir que du dédain pour ce qu'ils considèrent être l'inconsistance de la démocratie. En même temps, cet Occident capitaliste qu'ils jugent amolli, individualiste et sans valeurs spirituelles est tenu pour responsable de l'effondrement du système communiste pour lequel ils éprouvent tant de nostalgie. Leur mépris n'a d'égal que cette détestation. Le comportement agressif de Moscou envers son « étranger proche », pour les ex-républiques socialistes qui se sont libérées de son joug avant de se tourner vers l'Europe, pis, du côté des États-Unis pour certaines, est la transcription sur un terrain conflictuel de ces passions. Poutine et ses hommes n'acceptent pas que ces pays, hier sous domination, fassent d'autres choix que le leur pour s'émanciper. Les ingérences répétées dans les élections ukrainiennes, les violations régulières de l'espace aérien et terrestre de la Géorgie, les cyber-attaques contre l'Estonie, coupable d'avoir déplacé à Tallinn un monument au soldat inconnu soviétique mort pendant la Seconde Guerre mondiale, tout cela traduit l'agacement du Kremlin et donne la mesure de ses capacités agressives. Les récentes rodomontades militaires de Moscou qui vont de la reprise des vols de bombardiers aux frontières de l'OTAN, à l'essai de mégabombes, en passant par la menace de nouveaux missiles pointés sur l'Europe, ne sont pas seulement des manifestations de ce fameux complexe d'encerclement dont souffrent les dirigeants russes. Ces gestes visent aussi à intimider, à instaurer un rapport de force, et à flatter le nationalisme d'une population encore humiliée par l'effacement de son pays après la chute de l'URSS.

Russia is back ! La Russie est de retour, ce programme a accompagné la mise en place d'un pouvoir autocratique à Moscou. Il existe toujours une corrélation entre la politique intérieure d'un pays et sa diplomatie. Un régime qui s'est imposé en massacrant un petit peuple (la Tchétchénie), en bafouant les libertés conquises pendant la décennie précédente, en détournant le peu de démocratie apparue dans l'euphorie de la fin du communisme, ce régime-là a les dispositions nécessaires pour porter sa brutalité au-delà de ses frontières, s'il en a les moyens. Pour l'heure, en dehors de son étranger proche, l'offensive de Moscou s'est limitée à la pratique d'une diplomatie de nuisances, dans le dossier du nucléaire iranien ou dans le conflit proche-oriental en armant la Syrie, par exemple. Poutine et ses hommes ont d'autres visées, ils aspirent à rétablir le monde bipolaire qui fit la gloire de l'Union soviétique, ou, à défaut, ils veulent promouvoir une nouvelle forme de multilatéralisme au sein de laquelle la Russie jouerait un rôle prépondérant pour contraindre les démocraties occidentales à traiter avec elle, dans les termes et sur un terrain qu'aurait choisis Moscou.

Faut-il craindre alors les ambitions du Kremlin ? Probablement pas, Poutine et ses hommes ne disposent pas des moyens nécessaires pour réaliser leurs projets. Il existe deux manières de voir la Russie actuelle. Celle qui gagne profite de la flambée des cours du pétrole et des autres matières premières sur le marché mondial : croissance soutenue (6,7 % en moyenne depuis l'arrivée de Poutine au pouvoir), excédent commercial (120 milliards de dollars par an), fortes réserves de devises (130 milliards de dollars), un niveau de vie multiplié par trois en dix ans. Cette Russie a d'ores et déjà dépassé le PIB de l'URSS qui était géographiquement plus étendue et qui profitait de l'exploitation des pays « frères ». La Russie qui gagne, ce sont encore les grands groupes qui investissent tous azimuts dans le monde, le pétrolier Lukoil qui rachète les stations Mobil aux États-Unis, les sidérurgistes Evraz et Severstal qui s'emparent d'aciéries en Italie, en Amérique du Nord et en Afrique du Sud, la Vnechtorbank qui prend 5 % du capital d'EADS, le géant de l'aéronautique européenne... Mais tout cela demeure fragile. Que les cours des matières premières s'effondrent et Moscou serait en difficulté. La faiblesse du pays est pourtant ailleurs que dans cette dépendance. Elle tient avant tout au mode de fonctionnement du pouvoir, à l'organisation économique qui en découle et à la cupidité de ses dirigeants politiques et économiques (qui se confondent souvent). C'est la Russie qui perd.

L'oligarchie tchékiste est en train de tuer la poule aux œufs d'or faute de savoir et de vouloir gouverner autrement que pour ses intérêts. « Choisir cent personnes et leur offrir de contrôler l'ensemble de l'économie, cela ne donne pas naissance à une classe d'entrepreneurs. Cela crée seulement un clan », constate Grigori Iavlinski, leader de la petite formation libérale Iabloko. Ce clan vit sur la rente que lui procurent les richesses du pays sans se préoccuper du reste, des infrastructures, des industries, du bien-être social, de tout ce qui fonde la puissance économique d'un pays. En dehors du complexe militaro-industriel, la diffusion de la croissance reste modeste dans les autres secteurs, comme au temps de l'Union soviétique. Ailleurs, les équipements se détériorent, l'offre manufacturière marque le pas. Le désintérêt de l'État pour les investissements collectifs (transports, centrales électriques, logements, écoles, hôpitaux...) obère les possibilités d'expansion à long terme. Un exemple : un gigantesque centre commercial de 200 000 m^2, inauguré en grande pompe à Saint-Pétersbourg en 2006, n'a toujours pas d'électricité. Ce sont des groupes électrogènes, alimentés au fioul par des camions-citernes, qui fournissent l'énergie. Le géant suédois du meuble Ikea, présent dans le centre, a bien financé la construction d'une centrale électrique, mais elle n'a pas été raccordée au réseau.

Les Russes parlent de *zastoï* poutinienne, de stagnation, le mot qu'ils employaient du temps de Brejnev. Même le secteur énergétique, chéri entre tous par le pouvoir, souffre d'une politique à courte vue qui consiste à s'enrichir le plus vite et le plus possible. L'incapacité de l'État à renouveler les équipements pour l'extraction du gaz et du pétrole a été pointée par l'OCDE dans un rapport de juillet 2007. Christophe-Alexandre Paillard, expert international en matière d'énergie, explique le problème en ces termes : « Le prix du gaz reste très bas en Russie. Ce piège étatique conduit Gazprom à négliger l'investissement intérieur pour investir à l'extérieur, sa politique se confond avec celle d'un pouvoir qui manie l'arme énergétique comme une arme diplomatique et privilégie, du même coup, une politique de contrôle plutôt que de développement[1]. » Les trois principaux gisements gaziers du pays s'épuisent faute d'investissements nécessaires, ce qui va entraîner une baisse de la production. Dès 2010, le déficit pourrait s'élever à 63 milliards de m^3, selon les estimations basses, voire à 200 milliards de m^3 d'après les évaluations les plus pessimistes. Pour faire face à ses engagements, notamment vis-à-vis de l'Europe, Gazprom doit augmenter ses importations d'Asie centrale, ce qui limite la maîtrise du processus d'approvisionnement de l'entreprise comme de l'État. La situation n'est guère meilleure dans le secteur pétrolier. Depuis le démantèlement de Ioukos, le pays accuse une baisse de sa production d'or noir. L'ambition de Khodorkovski de

1. Conférence donnée le 24 avril 2007 à l'Institut français des relations internationales.

hisser sa société parmi les premières du monde l'obligeait à investir massivement dans les équipements et la recherche de gisements. Ses successeurs se contentent d'engranger les milliards. D'une manière générale, la mentalité des oligarques n'est pas d'entreprendre mais de profiter. Le savoir-faire technique s'épuise, les instituts de recherche géologique sont à court de crédit et les découvertes de nouvelles réserves se font rares. Faute d'avoir investi dans du matériel performant, les compagnies russes doivent faire de plus en plus appel à des spécialistes étrangers (Total pour Chtokman, en mer de Barents notamment), ce qui affaiblit leur marge de manœuvre, donc leur pouvoir de nuisance vis-à-vis des Occidentaux.

Les difficultés de la Russie sont encore plus graves que ces facteurs conjoncturels le laissent apparaître. La vraie crise à laquelle est confronté le pays est à la fois structurelle, récurrente et profonde.

Cette crise est structurelle quand la forme autocratique et oligarchique du pouvoir empêche la population de profiter de la manne pétrolière et gazière. En dépit du boom qu'ont connu ces secteurs, 83 % des Russes restent pauvres et même si le salaire moyen a augmenté de 70 % ces dernières années, le niveau de vie des 10 % les plus riches est quarante-neuf fois plus élevé que celui des 10 % les plus pauvres. Surtout, les grandes réformes sur les retraites, la santé, l'éducation, la propriété communale, ont été repoussées *sine die*, rien n'a été fait pour adapter le système aux besoins de tous.

La crise est récurrente dès lors que la population ressent plus que jamais ce fossé entre « eux » (le pouvoir) et « nous », qu'elle a toujours connu. Le désintérêt pour la chose publique qui en résulte arrange Poutine et ses hommes, qui peuvent ainsi organiser leurs trafics en toute impunité, mais le repliement sur soi, sur la sphère privée, attise les maux dont souffre la Russie de longue date. Chaque citoyen de plus de quinze ans boit une bouteille de vodka par jour, par exemple. Du point de vue de la santé, mentale comme publique, cette Russie ne se porte pas mieux que l'URSS, le taux de propagation du sida y est l'un des plus élevés du monde, la tuberculose tue trois fois plus qu'au début de la décennie 1990.

La crise est profonde à partir du moment où cette désespérance influe sur le devenir même du peuple russe. Avec une durée de vie limitée à cinquante-huit ans en moyenne pour les hommes (conséquence de l'alcoolisme et des mauvaises conditions d'hygiène), avec un déclin démographique qui paraît inéluctable quand le pays enregistre seulement cent naissances pour cent soixante décès, les ambitions affichées par Moscou de revenir sur le devant de la scène mondiale sont irréalistes. L'histoire a prouvé qu'aucun pays en déficit démographique n'a jamais réussi son expansion. *A contrario*, une forte natalité, une longue espérance de vie, ont toujours été des facteurs constitutifs de la réussite et de la croissance. En dépit de sa formidable étendue géographique, malgré ses richesses, le pays se marginalise de lui-même, miné par le moral de sa population. Le drame démographique dépasse le cadre de l'ère poutinienne, mais la confiscation de tous les pouvoirs, politique, économique, médiatique, spirituel même, par une oligarchie politico-financière, aggrave le phénomène.

« Ne blâme pas le miroir, s'il te renvoie un visage que tu n'aimes pas », dit un proverbe russe, le préféré de Poutine paraît-il. Les héritiers du KGB sont probablement fiers de l'image qu'ils donnent à voir de leur Russie d'ordre, alors qu'elle reflète l'incapacité chronique de ce pauvre pays, qui a déjà tellement souffert, à s'adapter au reste du monde. L'Union soviétique a pu survivre pendant près de quatre-vingts ans en fermant ses frontières, en élevant au rang de dogme une idéologie mortifère, en assujettissant des dizaines de peuples et de pays. Sa chute n'en fut pas moins inéluctable. Aujourd'hui, toute politique d'isolement est devenue impossible avec la globalisation ; le communisme, cette religion séculière, est quasiment mort avec le siècle qui l'a vu s'épanouir ; les peuples d'Europe qui aspirent à la paix et à la prospérité ne sont pas près d'accepter une nouvelle domination. L'URSS pouvait faire peur, portée par un projet politique qui enrégimentait des millions d'adeptes de par le monde. Avec leur idéologie nationale-patriotique d'un autre âge, qui ne saurait mobiliser hors de leurs frontières, les maîtres actuels du Kremlin ne disposent pas d'une pareille force. Cette Russie-là n'a pas d'avenir.

ANNEXES

préparées par Laura Fort

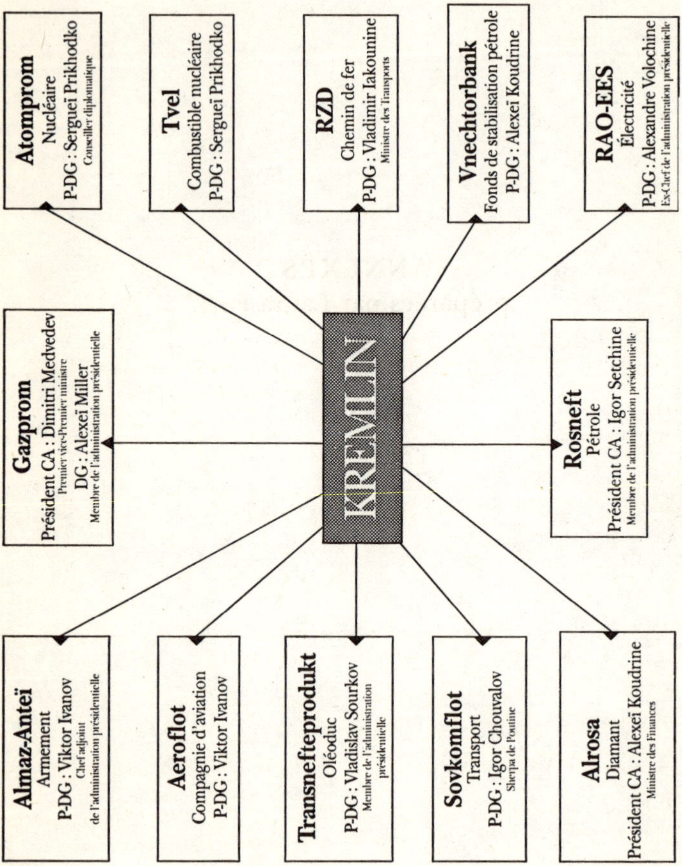

Les entreprises contrôlées par le Kremlin

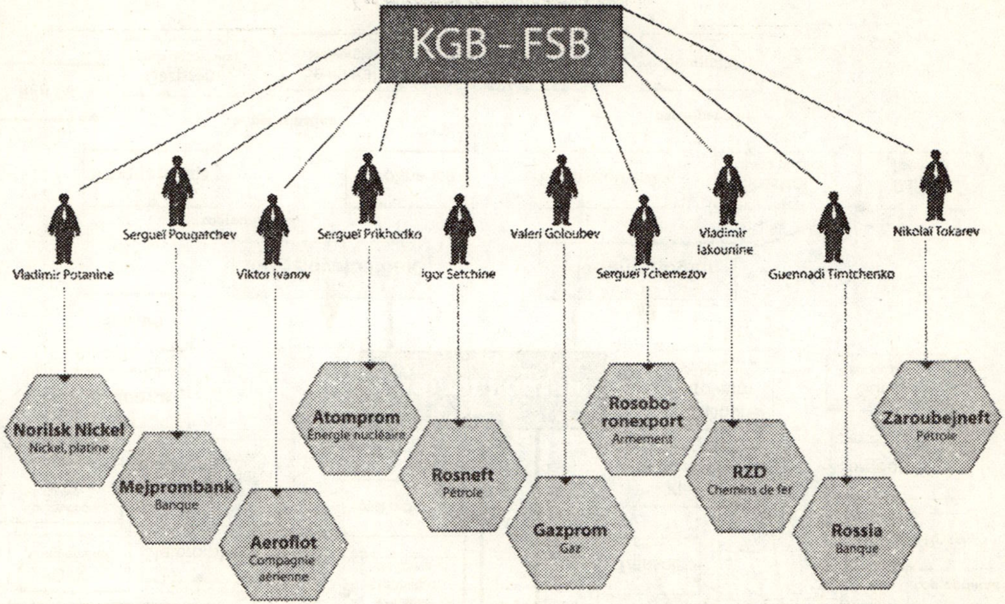

Les entreprises sous le contrôle du KGB/FSB

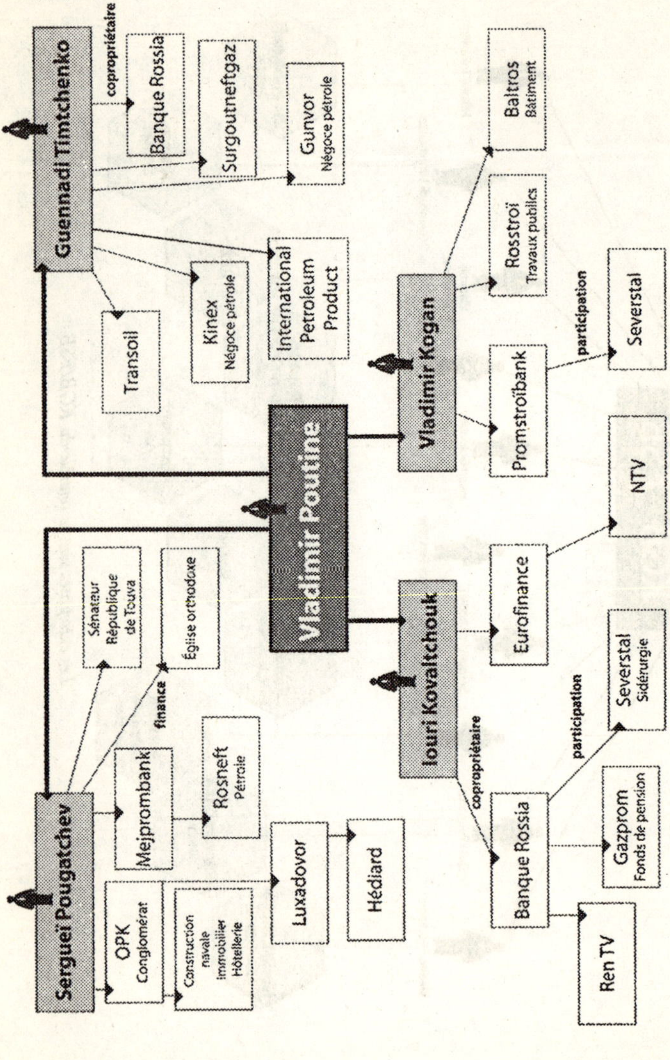

Les réseaux d'affaires de Poutine

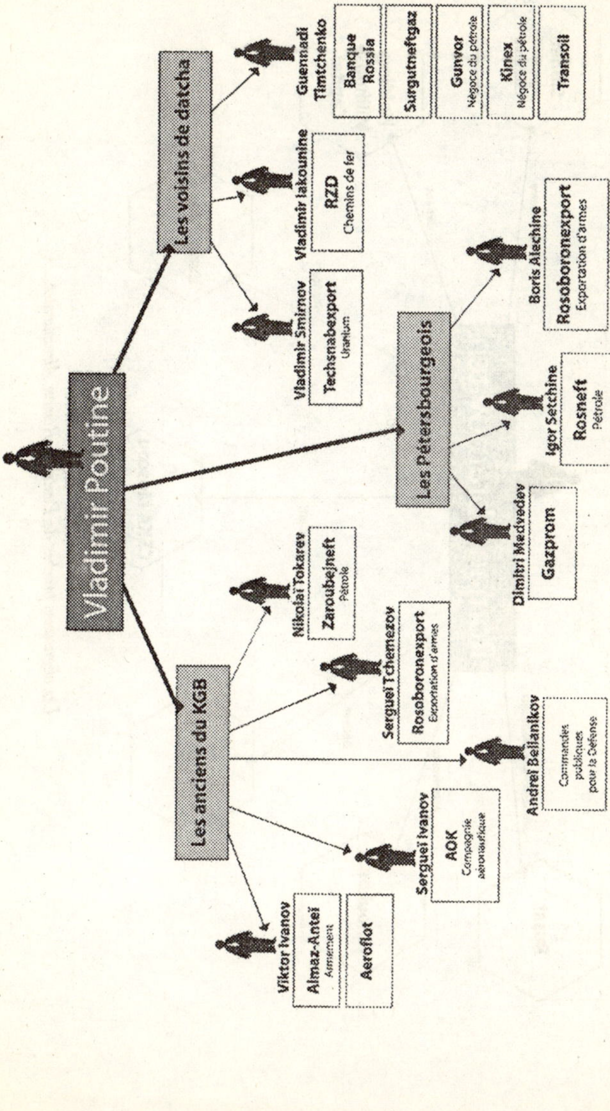

Les réseaux amis de Poutine

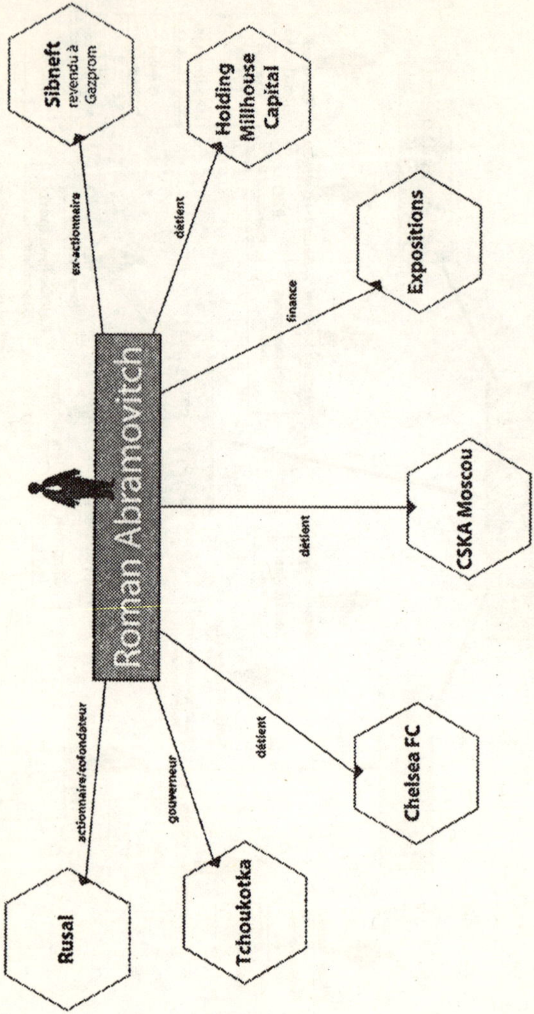

Les oligarques proches de Poutine : Roman Abramovitch

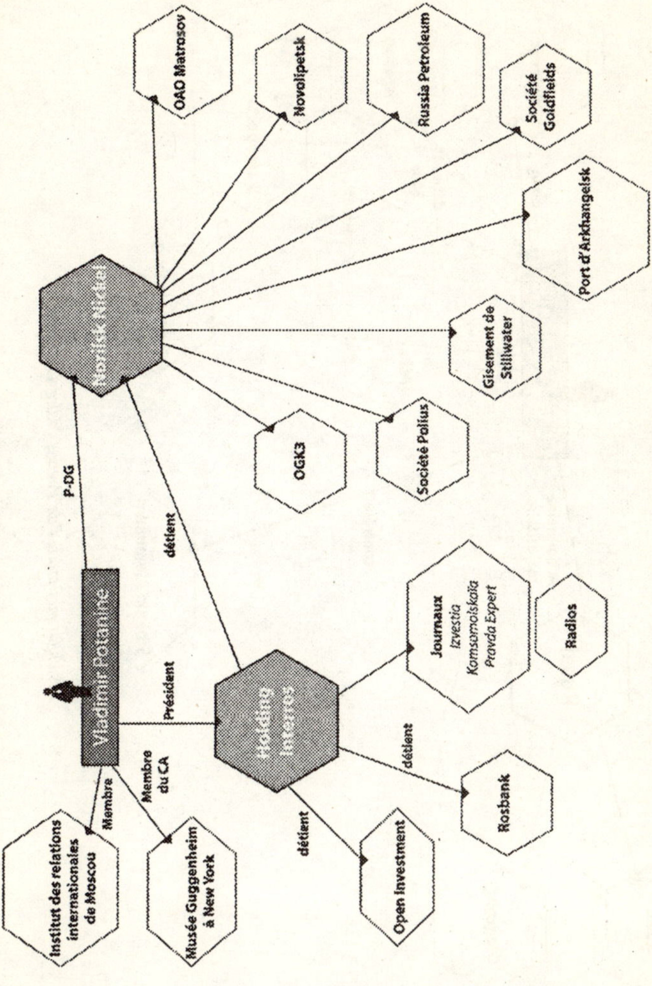

Les oligarques proches de Poutine : Vladimir Potanine

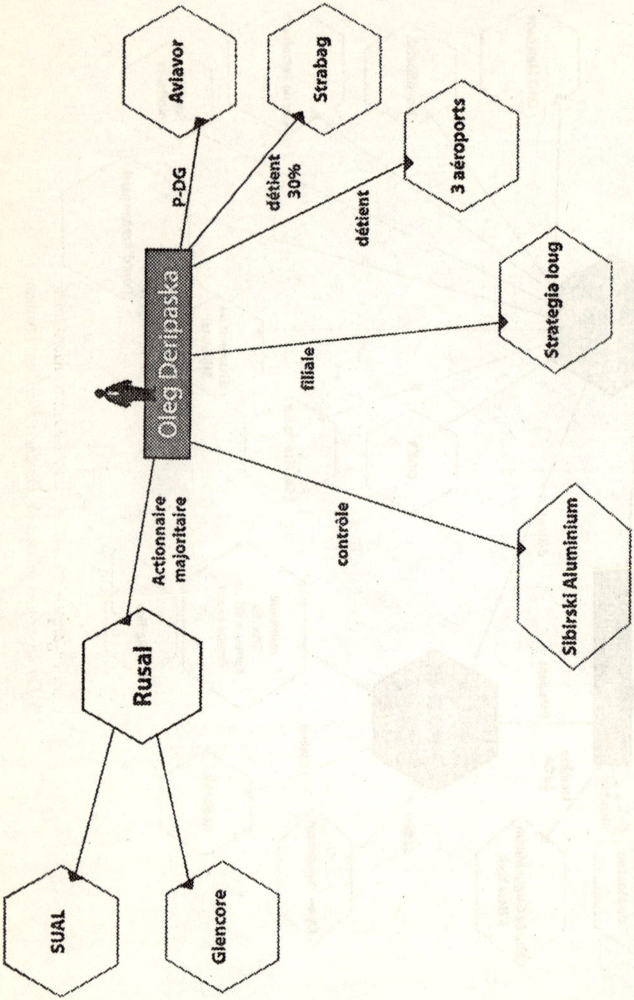

Les oligarques proches de Poutine : Oleg Deripaska

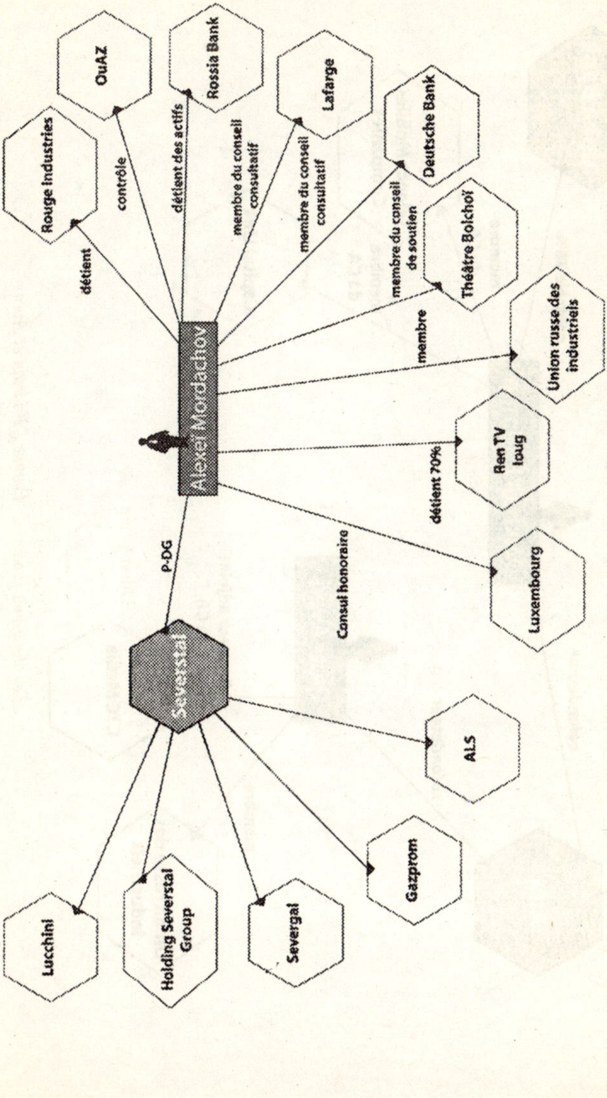

Les oligarques proches de Poutine : Alexeï Mordachov

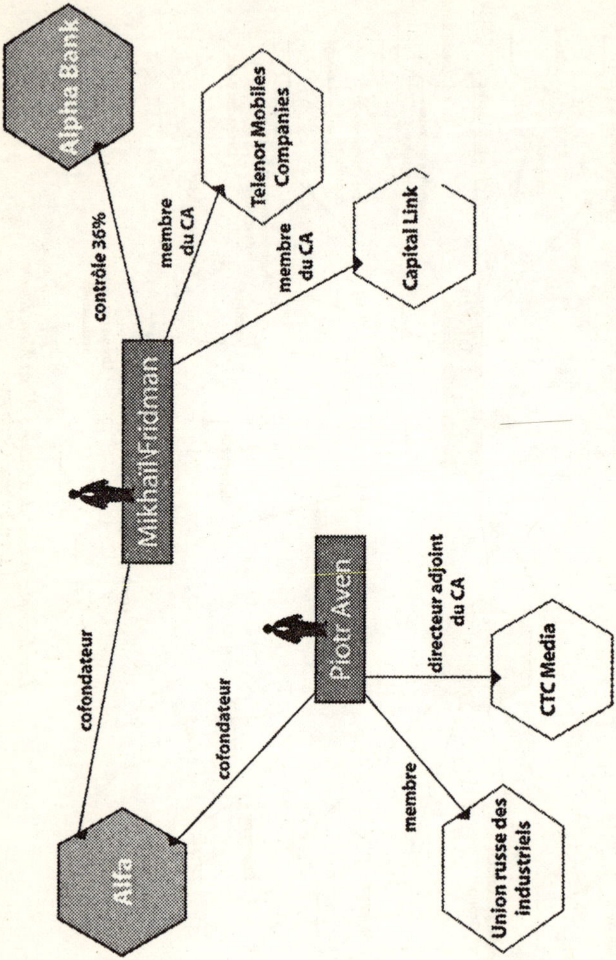

Les oligarques proches de Poutine : Fridman et Aven

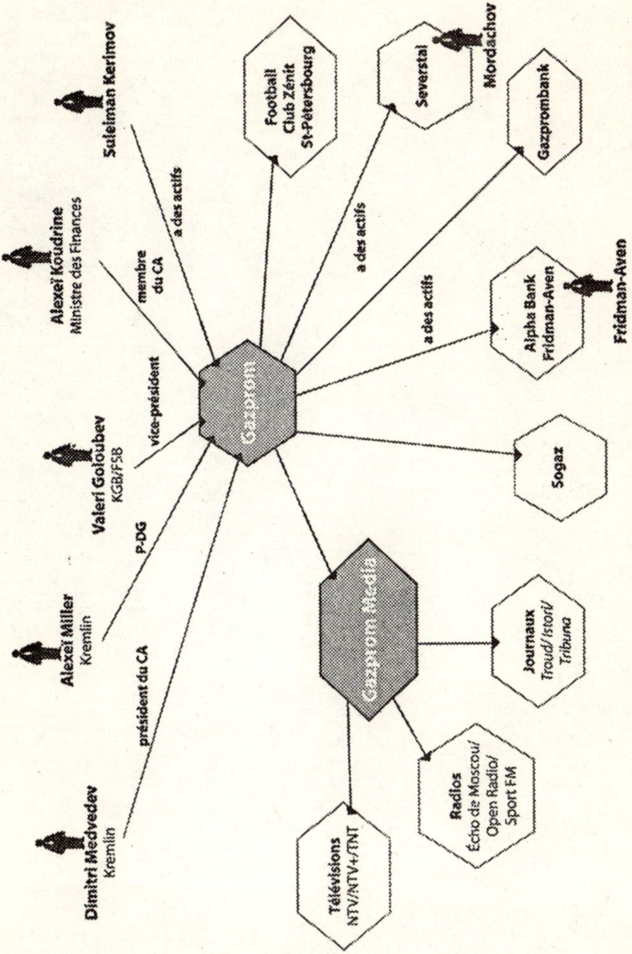

La nébuleuse Gazprom

INDEX

Seuls les noms cités dans le texte ont été retenus, et non ceux des sources utilisées.

DU MÊME AUTEUR

Aux Éditions Buchet/Chastel

LE KGB AU POUVOIR, 2008 (Folio documents n° 46)

Chez d'autres éditeurs

LE GRAND BLUFF CHINOIS, Robert Laffont, 2007

QUATRIÈME GUERRE MONDIALE, Grasset, 2006

BRÈVE PSYCHANALYSE DE LA FRANCE, Plon, 2004

COMMENT GUÉRIR DU COMPLEXE DE GAUCHE, Plon, 2003

LA FIN DES NATIONS, Plon, 2002

ROUGE-BRUN : LE MAL DU SIÈCLE, Lattès, 1999

L'HISTOIRE INTERDITE, Lattès, 1998

LA FRANCE SOUS INFLUENCE : PARIS-MOSCOU, TRENTE ANS DE RELATIONS SECRÈTES, Grasset, 1997

LE GRAND RECRUTEMENT, Grasset, 1993

LES VISITEURS DE L'OMBRE, avec Marcel Chalet, Grasset. 1990

LES ÉCURIES DE LA Ve, Grasset, 1989

SILENCE, ON TUE, avec André Glucksmann, Grasset, 1986

LE KGB EN FRANCE, Grasset, 1986

LE PETIT GUIDE DE LA FORCE TRANQUILLE, avec Christian Jelen, Albin Michel, 1982

BARILS, avec Julien Brunn, Lattès, 1981

L'OCCIDENT DES DISSIDENTS, avec Christian Jelen, Stock, 1979

COLLECTION FOLIO

Dernières parutions

4531. Orhan Pamuk — *Neige.*
4532. Michael Pye — *L'antiquaire de Zurich.*
4533. Philippe Sollers — *Une vie divine.*
4534. Bruno Tessarech — *Villa blanche.*
4535. François Rabelais — *Gargantua.*
4536. Collectif — *Anthologie des humanistes européens de la renaissance.*
4537. Stéphane Audeguy — *La théorie des nuages.*
4538. J. G. Ballard — *Crash!*
4539. Julian Barnes — *La table citron.*
4540. Arnaud Cathrine — *Sweet home.*
4541. Jonathan Coe — *Le cercle fermé.*
4542. Frank Conroy — *Un cri dans le désert.*
4543. Karen Joy Fowler — *Le club Jane Austen.*
4544. Sylvie Germain — *Magnus.*
4545. Jean-Noël Pancrazi — *Les dollars des sables.*
4546. Jean Rolin — *Terminal Frigo.*
4547. Lydie Salvayre — *La vie commune.*
4548. Hans-Ulrich Treichel — *Le disparu.*
4549. Amaru — *La Centurie. Poèmes amoureux de l'Inde ancienne.*
4550. Collectif — *«Mon cher papa...» Des écrivains et leur père.*
4551. Joris-Karl Huysmans — *Sac au dos* suivi de *À vau l'eau.*
4552. Marc-Aurèle — *Pensées (Livres VII-XII).*
4553. Valery Larbaud — *Mon plus secret conseil...*
4554. Henry Miller — *Lire aux cabinets.*
4555. Alfred de Musset — *Emmeline.*
4556. Irène Némirovsky — *Ida* suivi de *La comédie bourgeoise.*
4557. Rainer Maria Rilke — *Au fil de la vie.*
4558. Edgar Allan Poe — *Petite discussion avec une momie et autres histoires extraordinaires.*

4559. Madame de Duras — *Ourika. Édouard. Olivier ou le Secret.*
4560. François Weyergans — *Trois jours chez ma mère.*
4561. Robert Bober — *Laissées-pour-compte.*
4562. Philippe Delerm — *La bulle de Tiepolo.*
4563. Marie Didier — *Dans la nuit de Bicêtre.*
4564. Guy Goffette — *Une enfance lingère.*
4565. Alona Kimhi — *Lily la tigresse.*
4566. Dany Laferrière — *Le goût des jeunes filles.*
4567. J.M.G. Le Clézio — *Ourania.*
4568. Marie Nimier — *Vous dansez?*
4569. Gisèle Pineau — *Fleur de Barbarie.*
4570. Nathalie Rheims — *Le Rêve de Balthus.*
4571. Joy Sorman — *Boys, boys, boys.*
4572. Philippe Videlier — *Nuit turque.*
4573. Jane Austen — *Orgueil et préjugés.*
4574. René Belletto — *Le Revenant.*
4575. Mehdi Charef — *À bras-le-cœur.*
4576. Gérard de Cortanze — *Philippe Sollers. Vérités et légendes.*
4577. Leslie Kaplan — *Fever.*
4578. Tomás Eloy Martínez — *Le chanteur de tango.*
4579. Harry Mathews — *Ma vie dans la CIA.*
4580. Vassilis Alexakis — *La langue maternelle.*
4581. Vassilis Alexakis — *Paris-Athènes.*
4582. Marie Darrieussecq — *Le Pays.*
4583. Nicolas Fargues — *J'étais derrière toi.*
4584. Nick Flynn — *Encore une nuit de merde dans cette ville pourrie.*
4585. Valentine Goby — *L'antilope blanche.*
4586. Paula Jacques — *Rachel-Rose et l'officier arabe.*
4587. Pierre Magnan — *Laure du bout du monde.*
4588. Pascal Quignard — *Villa Amalia.*
4589. Jean-Marie Rouart — *Le Scandale.*
4590. Jean Rouaud — *L'imitation du bonheur.*
4591. Pascale Roze — *L'eau rouge.*
4592. François Taillandier — *Option Paradis. La grande intrigue, I.*

4593. François Taillandier — *Telling. La grande intrigue, II.*
4594. Paula Fox — *La légende d'une servante.*
4595. Alessandro Baricco — *Homère, Iliade.*
4596. Michel Embareck — *Le temps des citrons.*
4597. David Shahar — *La moustache du pape* et autres nouvelles.
4598. Mark Twain — *Un majestueux fossile littéraire* et autres nouvelles.
4599. André Velter — *Zingaro suite équestre* (nouvelle édition)
4600. Tite-Live — *Les Origines de Rome.*
4601. Jerome Charyn — *C'était Broadway.*
4602. Raphaël Confiant — *La Vierge du Grand Retour.*
4603. Didier Daeninckx — *Itinéraire d'un salaud ordinaire.*
4604. Patrick Declerck — *Le sang nouveau est arrivé. L'horreur SDF.*
4605. Carlos Fuentes — *Le Siège de l'Aigle.*
4606. Pierre Guyotat — *Coma.*
4607. Kenzaburô Ôé — *Le faste des morts.*
4608. J.-B. Pontalis — *Frère du précédent.*
4609. Antonio Tabucchi — *Petites équivoques sans importance.*
4610. Gonzague Saint Bris — *La Fayette.*
4611. Alessandro Piperno — *Avec les pires intentions.*
4612. Philippe Labro — *Franz et Clara.*
4613. Antonio Tabucchi — *L'ange noir.*
4614. Jeanne Herry — *80 étés.*
4615. Philip Pullman — *Les Royaumes du Nord. À la croisée des mondes, I.*
4616. Philip Pullman — *La Tour des Anges. À la croisée des mondes, II.*
4617. Philip Pullman — *Le Miroir d'Ambre. À la croisée des mondes, III.*
4618. Stéphane Audeguy — *Petit éloge de la douceur.*
4619. Éric Fottorino — *Petit éloge de la bicyclette.*
4620. Valentine Goby — *Petit éloge des grandes villes.*
4621. Gaëlle Obiégly — *Petit éloge de la jalousie.*
4622. Pierre Pelot — *Petit éloge de l'enfance.*
4623. Henry Fielding — *Histoire de Tom Jones.*
4624. Samina Ali — *Jours de pluie à Madras.*

4625. Julian Barnes	*Un homme dans sa cuisine.*
4626. Franz Bartelt	*Le bar des habitudes.*
4627. René Belletto	*Sur la terre comme au ciel.*
4628. Thomas Bernhard	*Les mange-pas-cher.*
4629. Marie Ferranti	*Lucie de Syracuse.*
4630. David McNeil	*Tangage et roulis.*
4631. Gilbert Sinoué	*La reine crucifiée*
4632. Ted Stanger	*Sacrés Français ! Un Américain nous regarde.*
4633. Brina Svit	*Un cœur de trop.*
4634. Denis Tillinac	*Le venin de la mélancolie.*
4635. Urs Widmer	*Le livre de mon père.*
4636. Thomas Gunzig	*Kuru.*
4637. Philip Roth	*Le complot contre l'Amérique.*
4638. Bruno Tessarech	*La femme de l'analyste.*
4639. Benjamin Constant	*Le Cahier rouge.*
4640. Carlos Fuentes	*La Desdichada.*
4641. Richard Wright	*L'homme qui a vu l'inondation* suivi de *Là-bas, près de la rivière.*
4642. Saint-Simon	*La Mort de Louis XIV.*
4643. Yves Bichet	*La part animale.*
4644. Javier Marías	*Ce que dit le majordome.*
4645. Yves Pagès	*Petites natures mortes au travail.*
4646. Grisélidis Réal	*Le noir est une couleur.*
4647. Pierre Senges	*La réfutation majeure.*
4648. Gabrielle Wittkop	*Chaque jour est un arbre qui tombe.*
4649. Salim Bachi	*Tuez-les tous.*
4650. Michel Tournier	*Les vertes lectures.*
4651. Virginia Woolf	*Les Années.*
4652. Mircea Eliade	*Le temps d'un centenaire* suivi de *Dayan.*
4653. Anonyme	*Une femme à Berlin. Journal 20 avril-22 juin 1945.*
4654. Stéphane Audeguy	*Fils unique.*
4655. François Bizot	*Le saut du Varan.*

4656. Pierre Charras — *Bonne nuit, doux prince.*
4657. Paula Fox — *Personnages désespérés.*
4658. Angela Huth — *Un fils exemplaire.*
4659. Kazuo Ishiguro — *Auprès de moi toujours.*
4660. Luc Lang — *La fin des paysages.*
4661. Ian McEwan — *Samedi.*
4662. Olivier et Patrick Poivre d'Arvor — *Disparaître.*
4663. Michel Schneider — *Marilyn dernières séances.*
4664. Abbé Prévost — *Manon Lescaut.*
4665. Cicéron — *« Le bonheur dépend de l'âme seule ».* Tusculanes, *livre V.*
4666. Collectif — *Le pavillon des Parfums-Réunis* et autres nouvelles chinoises des Ming.
4667. Thomas Day — *L'automate de Nuremberg.*
4668. Lafcadio Hearn — *Ma première journée en Orient* suivi de *Kizuki le sanctuaire le plus ancien du Japon.*
4669. Simone de Beauvoir — *La femme indépendante.*
4670. Rudyard Kipling — *Une vie gaspillée* et autres nouvelles.
4671. D. H. Lawrence — *L'épine dans la chair* et autres nouvelles.
4672. Luigi Pirandello — *Eau amère* et autres nouvelles.
4673. Jules Verne — *Les révoltés de la Bounty* suivi de *maître Zacharius.*
4674. Anne Wiazemsky — *L'île.*
4675. Pierre Assouline — *Rosebud.*
4676. François-Marie Banier — *Les femmes du métro Pompe.*
4677. René Belletto — *Régis Mille l'éventreur.*
4678. Louis de Bernières — *Des oiseaux sans ailes.*
4679. Karen Blixen — *Le festin de Babette.*
4680. Jean Clair — *Journal atrabilaire.*
4681. Sous la direction d'Alain Finkielkraut — *Ce que peut la littérature.*
4682. Franz-Olivier Giesbert — *La souille.*
4683. Alain Jaubert — *Lumière de l'image.*
4684. Camille Laurens — *Ni toi ni moi.*
4685. Jonathan Littell — *Les Bienveillantes.*

4686. François Weyergans — *La démence du boxeur.* (à paraître)
4687. Frances Mayes — *Saveurs vagabondes.*
4688. Claude Arnaud — *Babel 1990.*
4689. Philippe Claudel — *Chronique monégasque* et autres textes.
4690. Alain Rey — *Les mots de saison.*
4691. Thierry Taittinger — *Un enfant du rock.*
4692. Anton Tchékhov — *Récit d'un inconnu* et autres nouvelles.
4693. Marc Dugain — *Une exécution ordinaire.*
4694. Antoine Audouard — *Un pont d'oiseaux.*
4695. Gérard de Cortanze — *Laura.*
4696. Philippe Delerm — *Dickens, barbe à papa.*
4697. Anonyme — *Le Coran.*
4698. Marguerite Duras — *Cahiers de la guerre* et autres textes.
4699. Nicole Krauss — *L'histoire de l'amour.*
4700. Richard Millet — *Dévorations.*
4701. Amos Oz — *Soudain dans la forêt profonde.*
4702. Boualem Sansal — *Poste restante : Alger.*
4703. Bernhard Schlink — *Le retour.*
4704. Christine Angot — *Rendez-vous.*
4705. Éric Faye — *Le syndicat des pauvres types.*
4706. Jérôme Garcin — *Les sœurs de Prague.*
4707. Denis Diderot — *Salons.*
4708. Isabelle de Charrière — *Sir Walter Finch et son fils William.*
4709. Madame d'Aulnoy — *La Princesse Belle Étoile et le prince Chéri.*
4710. Isabelle Eberhardt — *Amours nomades.*
4711. Flora Tristan — *Promenades dans Londres.*
4712. Mario Vargas Llosa — *Tours et détours de la vilaine fille.*
4713. Camille Laurens — *Philippe.*
4714. John Cheever — *The Wapshot.*
4715. Paule Constant — *La bête à chagrin.*
4716. Erri De Luca — *Pas ici, pas maintenant.*
4717. Éric Fottorino — *Nordeste.*
4718. Pierre Guyotat — *Ashby* suivi de *Sur un cheval.*
4719. Régis Jauffret — *Microfictions.*

4720. Javier Marías	*Un cœur si blanc.*
4721. Irène Némirovsky	*Chaleur du sang.*
4722. Anne Wiazemsky	*Jeune fille.*
4723. Julie Wolkenstein	*Happy End.*
4724. Lian Hearn	*Le vol du héron. Le Clan des Otori, IV.*
4725. Madame d'Aulnoy	*Contes de fées.*
4726. Collectif	*Mai 68, Le Débat.*
4727. Antoine Bello	*Les falsificateurs.*
4728. Jeanne Benameur	*Présent ?*
4729. Olivier Cadiot	*Retour définitif et durable de l'être aimé.*
4730. Arnaud Cathrine	*La disparition de Richard Taylor.*
4731. Maryse Condé	*Victoire, les saveurs et les mots.*
4732. Penelope Fitzgerald	*L'affaire Lolita.*
4733. Jean-Paul Kauffmann	*La maison du retour.*
4734. Dominique Mainard	*Le ciel des chevaux.*
4735. Marie Ndiaye	*Mon cœur à l'étroit.*
4736. Jean-Christophe Rufin	*Le parfum d'Adam*
4737. Joseph Conrad	*Le retour.*
4738. Roald Dahl	*Le chien de Claude.*
4739. Fédor Dostoïevski	*La femme d'un autre et le mari sous le lit.*
4740. Ernest Hemingway	*La capitale du monde* suivi de *L'heure triomphale de François Macomber.*
4741. H.P. Lovecraft	*Celui qui chuchotait dans les ténèbres.*
4742. Gérard de Nerval	*Pandora* et autres nouvelles.
4743. Juan Carlos Onetti	*À une tombe anonyme.*
4744. R.L. Stevenson	*La Chaussée des Merry Men.*
4745. H.D. Thoreau	*« Je vivais seul, dans les bois ».*
4746. Michel Tournier	*L'aire du Muguet* précédé de *La jeune fille et la mort.*
4747. Léon Tolstoï	*La Tempête de neige* et autres récits.
4748. Tonino Benacquista	*Le serrurier volant.*
4749. Bernard du Boucheron	*Chien des os.*
4750. William S. Burroughs	*Junky.*
4751. Françoise Chandernagor	*La voyageuse de nuit.*

4752. Philippe Delerm — *La tranchée d'Arenberg et autres voluptés sportives.*
4753. Franz-Olivier Giesbert — *L'affreux.*
4754. Andrea Levy — *Hortense et Queenie.*
4755. Héléna Marienské — *Rhésus.*
4756. Per Petterson — *Pas facile de voler des chevaux.*
4757. Zeruya Shalev — *Thèra*
4758. Philippe Djian — *Mise en bouche.*
4759. Diane de Margerie — *L'Étranglée.*
4760. Joseph Conrad — *Le Miroir de la mer.*
4761. Saint Augustin — *Confessions. Livre X.*
4762. René Belletto — *Ville de la peur.*
4763. Bernard Chapuis — *Vieux garçon.*
4764. Charles Julliet — *Au pays du long nuage blanc.*
4765. Patrick Lapeyre — *La lenteur de l'avenir.*
4766. Richard Millet — *Le chant des adolescentes.*
4767. Richard Millet — *Cœur blanc.*
4768. Martin Amis — *Chien Jaune.*
4769. Antoine Bello — *Éloge de la pièce manquante.*
4770. Emmanuel Carrère — *Bravoure*
4771. Emmanuel Carrère — *Un roman russe*
4772. Tracy Chevalier — *L'innocence*
4773. Sous la direction d'Alain Finkielkraut — *Qu'est-ce que la France ?*
4774. Benoît Duteurtre — *Chemins de fer.*
4775. Philippe Forest — *Tous les enfants sauf un.*
4776. Valentine Goby — *L'échappée.*
4777. Régis Jauffret — *L'enfance est un rêve d'enfant.*
4778. David McNeil — *Angie ou les douze mesures d'un blues.*
4779. Grégoire Polet — *Excusez les fautes du copiste*
4780. Zoé Valdés — *L'éternité de l'instant*
4781. Collectif — *Sur le zinc. Au café avec les écrivains.*
4782. Francis Scott Fitzgerald — *L'étrange histoire de Benjamin Button* suivi de *La lie du bonheur.*
4783. Lao She — *Le nouvel inspecteur* suivi de *Le croissant de lune.*

4784. Guy de Maupassant	*Apparition et autres contes de l'étrange.*
4785. D. A. F. de Sade	*Eugénie de Franval.*
4786. Patrick Amine	*Petit éloge de la colère.*
4787. Élisabeth Barillé	*Petit éloge du sensible.*
4788. Didier Daeninckx	*Petit éloge des faits divers.*
4789. Nathalie Kuperman	*Petit éloge de la haine.*
4790. Marcel Proust	*La fin de la jalousie.*
4791. Friedrich Nietzsche	*Lettres choisies.*
4792. Alexandre Dumas	*La Dame de Monsoreau.*
4793. Julian Barnes	*Arthur & George.*
4794. François Bégaudeau	*Jouer juste.*
4795. Olivier Bleys	*Semper Augustus.*
4796. Éric Fottorino	*Baisers de cinéma.*
4797. Jens Christian Grøndahl	*Piazza Bucarest.*
4798. Orhan Pamuk	*Istanbul.*
4799. J.-B. Pontalis	*Elles.*
4800. Jean Rolin	*L'explosion de la durite.*
4801. Willy Ronis	*Ce jour-là.*
4802. Ludovic Roubaudi	*Les chiens écrasés.*
4803. Gilbert Sinoué	*Le colonel et l'enfant-roi.*
4804. Philippe Sollers	*L'évangile de Nietzsche.*
4805. François Sureau	*L'obéissance.*
4806. Montesquieu	*Considérations sur les causes de la grandeur des Romains et de leur décadence.*
4807. Collectif	*Des nouvelles de McSweeney's.*
4808. J. G. Ballard	*Que notre règne arrive.*
4809. Erri De Luca	*Sur la trace de Nives.*
4810. René Frégni	*Maudit le jour.*
4811. François Gantheret	*Les corps perdus.*
4812. Nikos Kavvadias	*Le quart.*
4813. Claudio Magris	*À l'aveugle.*
4814. Ludmila Oulitskaïa	*Mensonges de femmes.*
4815. Arto Paasilinna	*Le bestial serviteur du pasteur Huuskonen.*
4816. Alix de Saint-André	*Il n'y a pas de grandes personnes.*
4817. Dai Sijie	*Par une nuit où la lune ne s'est pas levée.*

Composition Nord Compo.
Impression CPI Bussière
à Saint-Amand (Cher), le 20 janvier 2009.
Dépôt légal : janvier 2009.
Numéro d'imprimeur : 090200/1.
ISBN 978-2-07-035789-5./Imprimé en France.

Composition Nord Compo.
Impression CPI Bussière
à Saint-Amand (Cher), le 26 janvier 2009.
Dépôt légal : janvier 2009.
Numéro d'imprimeur : [illegible]
ISBN [illegible] Imprimé en France.

159117